龙岩市文艺发展专项资金扶持项目
讲好乡村振兴故事最新力作

花落花会开

杨笔 著

陕西新华出版
太白文艺出版社·西安

图书在版编目（CIP）数据

花落花会开 / 杨笔著. -- 西安：太白文艺出版社，2024. 8. -- ISBN 978-7-5513-2704-6

Ⅰ. I247.5

中国国家版本馆 CIP 数据核字第 20240BM014 号

花落花会开
HUA LUO HUA HUI KAI

作　　者	杨　笔
责任编辑	李明婕　蒋成龙　林　兰
封面设计	李　李
版式设计	宁　萌
出版发行	太白文艺出版社
经　　销	新华书店
印　　刷	四川科德彩色数码科技有限公司
开　　本	880mm×1230mm　1/32
字　　数	231 千字
印　　张	9.25
版　　次	2024 年 8 月第 1 版
印　　次	2024 年 8 月第 1 次印刷
书　　号	ISBN 978-7-5513-2704-6
定　　价	89.00 元

版权所有 翻印必究
如有印装质量问题，可寄出版社印制部调换
联系电话：029-81206800
出版社地址：西安市曲江新区登高路 1388 号（邮编：710061）
营销中心电话：029-87277748　029-87217872

自序：珍惜时代赋予的历史使命

我的家乡在闽西长汀，国家历史文化名城、世界客家首府、红军的故乡，这些都是文学的富矿。我创作过一些红色主题和客家文化的作品，做过一些宣传，也出版了一些专著。

近年来，我更加关注这片绿色土地上发生的一些变化，采写了几十个村庄里面的上百号人物，写成纪实文集。在采访的过程中，一些人物的故事深深地打动了我，使我有了写长篇小说的冲动。我想写他们的探索和实践，写他们的痛苦和挣扎，写他们的欢乐和幸福。同时，我也有许多的不解和迷茫，所以就有了第二次、第三次……采访，这样就结交了许许多多劳作在乡村土地上的农民朋友。

我的祖祖辈辈都生活在这片土地上，这里有我的童年、我的青春、我的梦想。我经常回到乡村，看那一缕缕袅袅升腾的炊烟，看那潺潺流淌的溪流，看那天上飘动着变幻莫测的流云。我会走到田间地头，看父老乡亲们躬身劳作，盘算着他们的付出和收获；走进乡亲们的家里，温一壶米酒，一侃就是大半天……尽管我知道，生活在这片土地上的人们，日子过得并不那么称心如意，但是他们朴实的笑脸、热情的话语、热切的期盼,总会触碰到我心灵深处那个最柔软的地方。我被他们的一言一行、一举一动感动着,不能自已。

于是,我创作出版了长篇儿童小说《雨中奔跑的少年》《又见炊烟气》《春到画眉岭》等,深受广大读者的欢迎。后来还不过瘾,又创作了长篇儿童小说《望春草》、中篇小说《春去春又来》《谁叫我们是兄弟》等,并开始酝酿这部长篇小说。这期间,不少文友给我提了许多中肯的建议,并帮我把作品名称确定为《花落花会开》。春去了还会回来,花落了还会再开,这是大自然亘古不变的规律,恰恰也是我们广大乡村生生不息的真实写照。历经两年时间我完成了这部作品,经过不断地征求意见、不断地修改完善,终于鼓起勇气将作品呈献给广大读者,呈献给我的父老乡亲。

《花落花会开》以我家乡闽西长汀的水土流失治理、生态文明建设、乡村振兴战略为素材,讲述了重点大学的毕业生廖海峰放弃都市的高薪工作,返乡创业,创办兰花专业合作社,开展文旅融合发展,带领乡亲们发展大规模兰花产业的故事。在他的带领下,一个水土流失严重的偏僻乡村成为旅游胜地、兰花世界、幸福天堂,最终实现了乡村振兴、共同富裕的目标。小说中,廖海峰因为一株命名为"大唐盛世"的兰花获评日本国际兰花大赛"花王"称号,成了远近闻名的"兰花大王",他也因此被政府和乡亲们寄予厚望。于是,乡村干部、资深兰友、农林专家、大学生创业者、邻家大叔等人物纷纷登场,上演了一个个攻坚克难、守望相助、可歌可泣的故事。小说内容以小见大,从平凡人物的故事中升华,激发起更深层次的爱心和社会责任感,同时也讴歌了新时代的山乡巨变。

乡村振兴是一项巨大的工程,是现代农业文明的构建,因人因地而异,没有完全相同的模板。如果我的这部作品能够给读者带来一些启示和思考,哪怕能够激发起点滴灵感,我认为这部作品就实现了它的时代价值。置身时代洪流,我们要牢记时代赋予的历史使命,以"勇于挑战、敢于超越"的果敢,积极投身生态农林科技、文旅融合、乡村振兴的各项实践中,勇做新时代的奋进者和开拓者。

目 录
Contents

楔　子		001
第一章	大奖归来	002
第二章	老丈人的戒尺	019
第三章	兰自山中来	033
第四章	林中有双眼睛	048
第五章	好大一个洞	065
第六章	乡村兰花展	078
第七章	可怕的泥石流	093
第八章	艰难的董事会	106
第九章	兰花专业合作社	119
第十章	无叶美冠兰	131

第十一章	笑脸书记	144
第十二章	山里山外	158
第十三章	廖云岱回来了	171
第十四章	科技龙头企业	185
第十五章	兰花小镇	200
第十六章	智慧兰花谷	216
第十七章	甜蜜的事业	231
第十八章	董文娟的婚礼	249
第十九章	素心如幽兰	265
尾　声		281

后　记：花未全开月半圆　　　　282

楔子

兰田村地处武夷山南麓的汀柳县白石镇。兰田村的田螺坑可谓是久负盛名。府志记载：兰田，物产丰富，因盛产素兰而得名，其兰芳香久远，尤以田螺坑为贵。

在廖海峰的记忆里，故乡兰田，除了蛙叫蝉鸣，就是刀砍斧劈的声音了。在他孩童时期，这里是主要的经济林区，每天穿梭往来的拖拉机把山上的树木往外拉。发大水的时候，伐木工人把大量木头沿着溪流往下游运送。到20世纪80年代末，原始森林荡然无存，出现土地裸露，泥石流、干旱等自然灾害越来越严重。

封山育林那天，他刚好收到西部某985大学的录取通知书。

爷爷看着他的录取通知书，擦拭着混浊的双眼，泪水像断了线的珠子似的往下流。他笑一阵哭一阵，叹着气说，峰啊，好啊，我们兰田如今没有木头可砍啦，接下来只剩下吃草、吃泥、吃沙子啦。你考上大学，那就走得远远的吧，永远不用再回来啦！

第一章　大奖归来

1

想不到廖海峰这一去就是二十余年。

大学毕业后,廖海峰北漂了十六七年。爷爷、奶奶、父亲、母亲在这些年间相继离世,他们都葬在了田螺坑。这年清明节,他回来了,回来祭扫至亲。没想到记忆中如此不堪的兰田村,竟然把他的心也带回来了。

北漂期间,廖海峰经常去欧洲一些国家出差,看到许多乡村都有一个个大庄园,那里空气清新,河水碧绿,果树成排,绿草如茵,蓝天白云。他被此景震撼住了,从此心里就有了一个"庄园"情结,立誓这辈子也要拥有这么一处庄园。

想不到眼前的田螺坑与自己梦寐以求的大庄园越来越接近了。一条条溪流,一座座山坡,一片片草地,还有一丛丛葱郁的树林,甚至还有许多忽飞忽落的小鸟……这不正是自己想要的吗?虽说还有斑斑驳驳裸露的红土,但那些都是可以改变的。

眼前的一切与廖海峰记忆中的样子相去甚远。孩童时期,这里是林区经济主战场,每天都是车来车往、尘土飞扬。到了读大学那几年,父亲每次写信都要诉苦:田螺坑又发大水了,洪水挟带着大量的泥沙奔腾而下,咱家的农田被淹没了,今年又要减产了……今年闹旱灾,田螺坑枯水了,没办法呀,光秃秃的山上留不住水呀……田螺坑越来越贫瘠了,为了生活,我们得搬家了……后来,父亲在镇上租了房子,成了机砖厂的工人。直到父亲去世,再也没有提起田螺坑。

廖海峰疑惑地问技校毕业后返乡种树的弟弟廖云岱,田螺坑现在怎么变美了,变得不认识了?廖云岱说,听说中央和省市县的领导都知道了汀柳县白石镇这里疮痍满目,老百姓纷纷外迁。领导干部经过多次调研后认为,治理水土是民生工程,必须好好落实。于是政策有了,扶持资金也有了,种草种树,大家一干就是十几年。从那时候开始,一届接一届的党委班子把水土流失治理当作头等大事来抓,渐渐地,原本裸露的红土看不见了,原本光秃秃的山岭披上了绿装。如今,白石镇整个的水土治理成效明显,乡亲们自然也就从中受益了。虽然说生态环境还很脆弱,偶尔还会有塌方、泥石流等自然灾害发生,但是山上的植被却越来越丰富了,农作物的收成也越来越好了。

这天晚上,廖海峰住在弟弟家。廖云岱学的是园林绿化专业,从技校毕业后就回到了兰田村,他自己建了一个苗圃,为田螺坑的生态修复培育了不少苗木,赚了些钱,盖了一栋小洋楼,成了家。弟媳叫吴冬香,是邻村的,非常能干,只见她从屋背后的竹林里抓了一只河田鸡,在菜园子里摘了一把莜麦菜。一顿美味的菜肴,一壶醇香的老酒,兄弟俩吃着喝着,顿时百感交集。

兰田村除了我们家,还有几个村干部,剩下的都是老人了。廖云岱说着,一杯老酒灌进了肚里。我劝你不要回来,我们商量好了,下半年就出去。孩子要上学了,我们到漳州帮一位同学打理一家兰花基地,去干夫妻工,孩子上学的问题也可以解决。

廖海峰没有劝他，人各有志，就像他到北京，一去就是十几二十年。但他还是表明了自己想要回来的愿望。廖云岱说，开头我可以帮你，七八月份我就出去，你住在这里或是住老屋都行，苗圃算是给你打下的基础，你接手好好打理，马上就可以有收入。

廖海峰想起一座座老屋里住着的一个个老人，似乎有了一种义无反顾的决心。老人们年龄大了，这世外桃源般的兰田村啊，我要回来！

廖海峰半夜来到田螺坑山场，在月光下，他走了一圈又一圈，往事历历在目。这年年初，他在新闻里看到，上面的领导对汀柳县水土保持工作做出指示——进则全胜，不进则退。那天晚上他一夜没有合眼。这个他的父辈们砍伐了大半辈子的山场，如今脆弱的生态环境正开始慢慢修复，许多难忘的镜头在他脑海里闪现。他对田螺坑又爱又恨，但是从这次回来开始，他决心举家搬回来。

十多年前，廖海峰在北京赚到了第一桶金，买了房子、车子，与同是汀柳县老乡的公司同事温素兰结了婚，生了一双儿女。

我要回来，我要回来！廖海峰回家的愿望越来越强烈了。他说服了妻子，卖了房子、车子，带着五六百万元现金和一双儿女回到了小县城。从县上职业中专学校退休的岳父温泉水和岳母叶枫知道后非常高兴。廖海峰很快在岳父家附近买了一小栋房，将家人安顿下来，给孩子们办好了入学，还买了一辆二手四驱皮卡车，回到了兰田村。

廖云岱帮助哥哥注册了田螺坑农林开发有限公司，把荒废多年的老屋清理干净，用生石灰消毒，以便进行下一步维修。他把老屋前的十亩苗圃交给哥哥打理，带着妻子和孩子离开了兰田村。

老屋好啊！廖海峰对老屋特别有感情，他又想到了欧洲的庄园，哪座庄园里没有一两座老屋啊？那可是乡村的灵魂啊！

廖海峰的这座老屋是在爷爷手上建的，他想起了爷爷。爷爷是靠山吃山的那一代人，靠着砍伐林木赚了钱，盖了这座占地三亩的老屋。他又想起了爷爷那双混浊的眼睛，想到爷爷说的"走得远远的吧，永远不用再回来"的话语。他知道，爷爷盖了这座老屋，就是为了子孙后代能够传承，其实爷爷的心里是希望他们回来的。

老屋很大，外厅、正厅、上厅，左右厢房，都是砖木结构的。外庭院足足有一亩地那么大，中间和左右两边还有六个大天井，房间也很多。廖海峰把老人们留下的物什集中在几间厢房内，将正厅、左右厢房修缮一新，左边改装了卫生间、厨房、餐厅，右边装修出一间接待室和一间办公室。外厅装修成两间客房，其余的房间打扫干净后检修了屋漏情况，并做了防潮处理。待廖海峰他们一搬进老屋，整座屋子就有了生机。

温泉水第一次看到这么大的宅院，高兴得像个孩子似的。他说，院子可以养兰啊，多好的地方啊，我一辈子的养兰技艺总算有了用武之地了！廖海峰知道岳父一辈子嗜兰如命，平时打理了百八十盆兰花，跟宝贝似的。这地方如果让他用来养兰，他可是求之不得啊！

就这样，温泉水也搬过来和廖海峰住在了一起。温素兰带着两个孩子在县城上学，与母亲叶枫朝夕相伴。

2

温泉水给老屋命名"兰苑"，亲笔题写门头牌匾，然后刻在一块酸枣树木板上，挂在大门的横梁上。廖海峰的庄园梦想以老屋为中心，向四周恣意生长。

兰苑大门前方是一口池塘，左边是一条机耕道，连向村部广场，右边就是廖云岱的苗圃。围墙右侧是田螺坑出来的溪流，当地老百姓唤作"兰溪"，由田螺坑大大小小十几条小溪汇流而成。兰苑背后是一座小山包，属于兰苑的后龙山，有二十几亩，一半长着茂盛的风水林，另一半是廖海峰父亲留下来的抛荒地。

温泉水把家里的三百多盆兰花悉数搬来，摆放在正厅的天井里，三层砖台有序排列，整座大宅院顿时有了气韵。

一切算是打理妥当，爷儿俩坐在正厅喝茶，有一搭没一搭地聊天。

你说，这么好的山水，这么好的村庄，怎么就没什么人住了呢？温泉水说。

谁说不是啊！我看北京好是好，但就是没有我们家乡的山好水好，那里生活节奏太快，压力太大。交通啊、雾霾啊、上学啊、住房啊都是困扰，回来这段时间，我吃得好睡得好，好像一下子轻松了许多！

但是趁着年轻，还是得做点儿事情。种粮？种芋头、烤烟、小米椒？我看还不如养兰花算了！

我也有养兰花这个打算，万事开头难啊！我现在只能走一步算一步了。

不对，现在就应该规划好！你先跟着我学一些基础的养兰知识，再外出拜师学艺。我查阅了很多资料，这白石镇天然兰花资源丰富，历史上曾经是兰花交易中心，气候条件非常适宜养兰花，山上还有很多濒临灭绝的兰花品种有待探索和保护。

行，我就跟着您老人家，希望能早日出师！

他们走出家门，绕着苗圃和后龙山转了一圈，思路一下子清晰了。温泉水说，苗圃是经济来源，先把树苗培育好。后龙山还有一大片荒山，可以种果、种竹、种景观林，苗木可以卖一些、自己用一些，更新换代，生生不息。大宅院就用来养兰花，六个天井，一个大庭院，我估摸着养个五六千盆兰花一点儿问题都没有。

他们又看了看门前那口池塘，决定好好打理一下，把一潭死水变成活水，养鱼、种莲，既可以观赏还可以利用起来改善生活，甚至带来经济收益。

有了初步思路，廖海峰决定找村"两委"干部聊一聊。他买了一只河田鸡，打电话约了村支部书记晚上到家里小酌。支部书记廖龙辉是廖海峰的发小，两个人也是小学同学，自己回到老家来，以后免不得要经常麻烦人家。

两个大男人温泉水和廖海峰，叶枫母女俩还担心他们以后的生活能不能自理呢，没想到生活上还真难不倒他们。廖海峰买了一个猛火炉，一个蒸笼，一个电磁炉，两口炒锅，两个电饭煲，煮饭、炒菜、炖汤同时进行。温泉水虽说是个退休干部，但也是从农村学校一路过来的，做饭洗衣还是没问题的。再说了，现在有了洗衣机、电冰箱什么的，好像也没什么难事儿。

就拿今天来说，杀好鸡，一半炖汤，一半白斩，冰箱里拿出备好的牛肉、腊肉、香肠和若干素菜，一小时工夫，五菜一汤就上桌了，主食炒了一盘白石米粉，另外备好两瓶五粮液。

六点钟，廖龙辉带着村主任阙汉民来了，手里拿了一盒伴手礼，像是白石花菇。

汀柳县属于客家地区，所以乡民热情豪爽，讲究热情好客，注重礼尚往来。

在廖海峰没回来之前，村里经常派人跟他联系，怎么说他也是名校出来且在北京发展不错的优秀代表。什么奖教奖学、建桥修路、招商引资，他们都会发来一张函，希望得到大力支持。

没想到同学里面的佼佼者，现在要回来当农民。村里就有人私下里议论，廖海峰外面遇到什么困难啦？走投无路的人才会往回走啊！看看，大城市到处都是商机，一年都能赚个百八十万元，谁稀罕这穷乡僻壤啊？但是话又说回来，前几年经济危机，听说好些人资金链断了，有的为了躲债，回来喘口气，说是韬光养晦，准备东山再起……总之，说什么的都有。

一进门，他们就看到桌上的两瓶五粮液，吃惊不已。心想，这廖海峰不像是没钱的主儿呀。

一番泡茶寒暄过后立马开饭。温泉水是长辈，被请到上位，紧挨着廖龙辉坐。

边吃边聊，廖海峰说北京压力大，他带了点儿钱回来想静心做点儿事情，希望村里面大力支持。但是他没有说想要建一个庄园的事情，就只说兰花的销售在大城市呈现出快速增长的趋势了，希望家乡的兰花也能够走进寻常百姓家，做成一个产业，让更多的乡亲都来种兰花。

温泉水酒喝得少，听他们三个人聊天，偶尔插上一两句。

想不到二十年不见，廖龙辉说的话真真假假、虚虚实实，还不大容易懂。他说，外出乡贤返乡投资，那是给乡亲们送福利呀，村里面一定鼎力支持呀。问他支持什么？土地可以流转吗？山林可以承包吗？有资金扶持吗？有政策支持吗？他说，只要你廖总需要，打个报告开个清单出来，我们开个会研究一下，立马给你上报。别说我们是发小，就是别家姓氏的乡亲，能做到的也一定想办法！

廖海峰看他在打哈哈，就说喝酒喝酒，这回来以后免不得要麻烦你们了。你一杯我一杯，两瓶酒就这样见底儿了。

客人们回去了，廖海峰收拾好碗筷，看到温泉水抽着烟，若有所思的样子。他面对着老丈人坐下说，以前廖云岱说的话他还不信，乡里乡亲的，平时吃吃饭喝喝酒，有事情的时候不都会互相帮衬吗？看来，这小小山村也有江湖呀！难怪廖云岱不愿意待下去了，估计跟这些村干部不无关系。

温泉水说，我看还是自己先想办法吧，没做好，休想他们能够起多大作用，锦上添花的事情他们是乐意做的。自己做好了，往他脸上贴金，特别是要树政绩的时候，他们自会找上门来。

他们一边喝茶，一边合计下一步的打算。

廖海峰说，首先是管好苗圃，把兰花养起来。都说兰田村是素兰的家园，田螺坑的兰花尤为金贵，养好本地兰花才是最好的出路。所以下一步就得深入大山，找到尽量多品种的兰花作为种苗，并把这些花培育好。

望着天井上空朦胧的月光，爷儿俩沉默了。

廖海峰也是经过大风大浪的人了，他对廖龙辉他们也算是知根知底的。这些基层干部，在不同的人群之间周旋，能够真正站在群众的角度做一点儿事情，那是真的不容易。想到这儿，廖海峰一下子释怀了。

一阵风吹来，盛开的兰花香味顿时弥漫了整座大院。温泉水十分享受这种花香，他仿佛置身于兰花的世界，与兰共舞，身心一下子轻松起来。

3

从喧闹的都市回到兰田村，廖海峰真有点儿无所适从。

从朝六晚九，到时间自由，他感觉来到了天上人间。但毕竟是在大公司历练过的人，才两天时间，他就给自己列了一份作息时间表。

周一早上六点从城里出发，七点在白石镇吃早饭，七点四十到老屋，八点开始干活，十一点半做午饭，十二点开饭，一点午休，下午两点半开始干活，六点下班，做晚饭、吃饭、散步……十点晚休。

周二到周五早上六点起床，巡逻一圈，其他时间不变。周五下午一般要进城里办事，回城里陪家人过周末。

廖海峰跟温泉水说，老爷子的时间随意，可以不必参考他的作息计划。温泉水不同意，他说自己早年参军，一生从教，从不落后。所以，他俩作息时间几乎是一样的。

廖海峰请了几位工人，把苗圃全面打理修剪一番。锄草、施肥、浇灌，长满荒草的苗圃又焕发出了生机。这样，就有了大把大把的时间，温泉水提出进山看看。看什么？当然是寻找野生兰花，那种生长在岩石缝里，与阳光雨露为伴的兰花，自然充满了无穷的魅力。

老鹰岩是汀柳县和杭川县交界的最高峰，田螺坑在老鹰岩的脚下。听说以老鹰岩为中心，周围五十公里内出了三位国家领导人、二十多位开国将军，可谓是人杰地灵、人才辈出。

皮卡车沿着山路可以开到田螺坑一半的地方，这是一条简易的林间山路，以前用来运木头的。再往里，沿着溪流还能往前行驶一公里，一直到一个水潭边，就没路了。这些山路只有四驱的皮卡车可以穿行，换作一般的小汽车，那就只能望路兴叹了。

一连半个月，温泉水和廖海峰都是乘兴而去，失望而归。要说一无所获那倒不至于，但采到的都是非常普通的素心兰，数量也少得可怜。他们分析，二十多年前，田螺坑经历了毁灭性的破坏，生态环境原本就很脆弱。兰花对生长环境的要求很高，又需要富含腐殖质的土壤，所以还没有形成兰花大量繁殖的自然条件。

这个周五，廖海峰早早地到城里来，找到林业局的养兰专家廖兴平，向他请教田螺坑缺少兰花的原因。廖兴平也是兰田村人，大学毕业后就在县城工作，五十多岁，接近退休的年龄，说起来还是廖海峰的侄子一辈。廖海峰知道廖兴平成了养兰专家还是在百度上搜索发现的，后来通过两次电话。没承想廖兴平看到廖海峰非常热情，紧紧握住他的手，希望他可以把兰田村的兰花发扬光大。

廖兴平瘦高个儿，高颧骨、深眼窝，戴着一副高度近视眼镜，一看就是个专家的样子。他养兰的知识十分丰富，一心钻研兰花的种植、品种和习性，被评为教授级高级工程师，也是县内比较权威的兰花专家。他自信地说，不用灰心，田螺坑的兰花没有灭绝，很多品种都还保留下来了。廖海峰一脸蒙圈，难道自己这半个月还没触及兰花生长的核心区？

廖兴平笑了笑，他笑得很淳朴、很自然，这一笑让人感到温暖，让人感觉他是有真才实学的。他说，就我知道，兰田村最少还保留了三十六种兰花，有些还长得很好。如果这几年还有新品种多出来，那就是我没有掌握到。

原来，廖兴平农大毕业后专门做过白石镇兰花的田野调查，收集到很多第一手资料，而且自己通过理论联系实际，对养兰花进行了数十年的研究，写出了《兰田的兰花史话》《武夷素兰鉴赏》《如何培育出更多观赏性兰花》《田螺坑兰花种类分析》等在业界有影响力的研究论文，得到了广泛好评。

在田野调查的过程中，廖兴平把自己采到的兰花送给兰田村的家家户户，手把手教他们如何养好兰花，有些人家也确实种出了好的兰花。几十年来，他送出去的兰花何止千百株，给许多家庭的庭院带来了芬芳。有些人还通过卖兰花，换取油盐酱醋等生活用品，得到了不少实惠。但是，到田螺坑野外寻找兰花，需要十足的耐心，因为野生的兰花与许多杂草生长在一起，很容易被忽视。也有许多兰花被覆盖在枯枝烂叶下面，如若不把上面的枯枝烂叶扫开来，根本发现不了兰花。他这一说，廖海峰他们才找到这半个月收获不大的根源了。

听说廖海峰放弃北京的高薪工作，要回来养兰花，廖兴平自然高兴不已，承诺倾囊相授。他拿出一摞权威的养兰书籍，还有自己的研究成果汇编而成的文集送给廖海峰。他说，规模化养兰跟家庭养兰一样，只要把握好养兰的四个要素就算成功了一半。这四个要素就是植料疏松度、植料干湿度、植料的肥力、环境通风性。养兰花还要注意将其放置在通风良好的地方，能保持营养土的干湿循环稳定。干湿平衡之后，兰花就不易出问题了。当然，不同品种的兰花习性也存在差异，那就另当别论了。

廖海峰听他说得轻松，又有了一大摞资料，心里渐渐有了底。廖兴平给了他十几个电话号码，说回去可以找找，这些人都是养兰时间超过三十年的老花农了，跟他们买花苗，向他们求教，做到腿脚勤，一切都好办了。

廖海峰可高兴了，当晚就邀上廖兴平和老丈人，还特意叫了几个林农专家，下馆子好好喝了两杯。这样一来，他们成了无话不谈的好朋友，真可谓相见恨晚啊！

廖海峰如饥似渴，利用几天的时间，把几本书都翻看了一遍，他不由得感叹养兰花的知识真可谓是浩如烟海。廖海峰下一步的思路更清晰了，信心也更足了。

廖海峰给廖龙辉打了个电话，把廖兴平提供的信息跟他说了。廖龙辉说，好事啊，我那天就忘记要跟你说这事儿，有什么需要尽管吩咐。廖海峰说，不敢吩咐啊，就是想请你陪我去走访一下这些个花农，交交朋友、交交心。

廖龙辉说，他们都是小打小闹的，要不你直接把他们收编得了。廖海峰说，那不行，都是我的前辈，我得好好烧香拜访。你这几天得闲吧？廖龙辉爽快地答应了。

廖海峰给这些花农一人准备了一份伴手礼，一包椴木香菇、一包手工腐竹、一包湿烤花生、一包汀州豆腐干，另外再加两包红七匹狼香烟。花钱不多，满打满算一份也才两三百元钱。

周一上午，廖海峰带上温泉水，在廖龙辉的陪同下，去拜访那些老花农。他们首先来到上村的三叔公家。三叔公岁数不大，也就六十几岁，但辈分大得很，该是廖海峰的祖父辈了。廖海峰递上两包香烟、一份伴手礼，三叔公乐乐呵呵地把大家请进屋。但见满院子都是兰花，有一千来盆，按照不同品种，排列了十几丛，长势很旺，有一些正在开花，所以满院子都是香气缭绕，蜜蜂飞舞。廖海峰算是做了功课来的，一下子就叫出了一些兰花的品种，什么春兰、寒兰、蕙兰、建兰，尤其是几种本地特有的品种，他更加熟悉。但要细分兰花的品名，就没那么容易了。

落座喝茶，廖海峰说，三叔公，您老身体挺硬朗啊！三叔公笑得合不拢嘴，脸上油亮的褶子闪着红光。他声音浑厚，亮着嗓门说，都是托这些兰花的福啊，人到无求品自高，我每天就侍弄这些个兰花，一年到头也能换点零花钱，够吃够用，我们遇到好光景啦！

廖龙辉接过话茬说，三叔公德高望重，从来不偏不倚，是老百姓公认的一杆秤啊！村里面如果有解决不了的问题，三叔公出马就迎刃而解了！

三叔公白了他一眼说，支书也别给我戴高帽子，我老头子就怕人敬，不怕人欺，眼里容不下沙子。今天海峰兄弟专程到来，我知道无事不登三宝殿。我先把话说明白了，海峰兄弟有事尽管开口，我一定尽力而为！说完，手掌把胸脯拍得咚咚响。

温泉水被三叔公逗乐了，上前拉住他的手说，老哥真是豪爽人，真性情！三叔公泡好浓茶，给大家端茶递烟，大家笑着落座了。

三叔公果然爽快，按照廖海峰的要求，每一个品种选了五株花苗，小心翼翼地用报纸包好，还特地交代，哪个品种喜阴、哪个品种喜阳，从泥土、肥料、药物方面一一交代，还特别强调了各品种容易遭受什么病虫害，该如何防范……当然，花苗的钱他也象征性地收了一些，说这是对兰花和养兰人的尊重！当年廖兴平送花苗的时候，也向他收了一些钱。廖兴平还说，兰花高贵得很，必须让每个人心里都要觉得兰花是值钱的。至于值多少钱，一种是由市场来定价，另一种则由良心来定价。

都是爱兰的人，聊起来时间过得很快，不知不觉就中午了。客人起身告辞，三叔公一句话，不喝两杯，谁也别想把我的兰花带走！原来，他早交代老伴准备了午饭，炒了几个下酒菜。客人们也就不再拘礼，随性吃喝起来。几杯酒落肚，俨然成了多年不见的老朋友了。

4

廖海峰就这样,尊重养兰人,同时也得到了养兰人的尊重。他用了半个多月时间,拜访了廖兴平介绍的那十几户养兰人,同时也花小钱办成了深入田螺坑也难以办成的事情。短短十几天,他购得五十多种本地特有的兰花品种,远远超出了廖兴平掌握的数量。

廖龙辉说,从我多年走村串户的经验看来,还有一些小户,手头上也有兰花,说不定也有一些品种是稀缺的。廖海峰让他说详细些,一一记录在册。由于这些散户住得比较分散,上门拜访很花时间。还是温泉水有办法,他说我们可以求购啊,贴通告出去,廖海峰的兰苑准备规模化养殖兰花,求购各养兰户各种稀缺名贵兰花,价格好商量。这样一来,果然有三三两两的花农带着兰花寻上门来,廖海峰也学着三叔公的热情,好酒好肉招待着。

又过了半个月,购得兰花新品种若干,爷儿俩可真是欣喜若狂。

温泉水凭经验种兰花,廖海峰对照着书种兰花。没承想这成了互补模式。一个有实战经验,一个有理论知识,以前发现的问题,竟然在新的实践中一一解决了。

自古以来,兰花因它的优雅而高贵,所以不管放在哪里,都能显示出特有的气质来。就比如他们要去拜访一户人家,一进门就看到了几盆形态独特、风姿绰约的兰花,这户人家在客人的心中自然就雅致高贵了不少。兰花的品性高贵,同时它也非常娇贵,稍有不慎,容易导致烂根、黄叶、不开花。尤其是烂根,这可是养兰花的人碰到的最多的问题。

养兰花,首要解决的就是土壤问题。疏松、透气、养分绵长,这样的泥土就是种植出好兰花最好的植料。但是，植料配得好不好可是一门大学问，绝对不能单凭自己的经验，更不能照本宣科。由于各地气候不同，温度和湿度也就大相径庭。经过走访和试验，廖海峰配制出了自己独特的植料。他把取自田螺坑的土壤，配上一定比例的杉树木屑，加上苗圃的园土，再根据需要添加一些松树皮、砖粒、木炭等，保持土壤结构的疏松性，这样园土的保水性加上其他植料的疏水性，几者平衡，兰花就不易烂根了。

另外，什么时候给兰花浇水，也是所有养兰人很难把握好的一个难题。一般是通过肉眼来判断，首先观察盆面植料的颜色，如果发现泛白后，掂量一下花盆的重量，是不是比较轻了，如果是，那就可以浇水。也可以采用插竹签的方式来判断，将竹签沿着盆边插入到盆中部，放置二十分钟后取出，如果竹签尖端还有湿泥，则不用浇水，反之则需要浇水。浇一次水以浇透为宜，不然兰花容易空根。切不可凭空臆想，三天两头地给兰花浇水。

土壤的肥力是影响兰花生长的一个重要因素。对于兰花来说，它喜欢"淡肥"，所以在施加肥料的时候，要掌握薄肥勤施的原则。另外，施肥前要适当控水，兰花吸收养分的效率会更高。当然，兰花对于环境是否通风也是十分敏感的，不通风的环境，兰花容易出现烂根、黄叶、不开花或少开花等问题，但是却很难找出显性的问题根源。所以保持通风也是必须要考虑的问题。在实践中，为了充分利用空间，廖海峰采用了分层搭架的立体养兰方法，这样既充分利用了空间，又能够保持兰花的干湿循环稳定。

爷儿俩一边摸索，一边向那些养兰的"土"专家请教，一边根据实践总结经验。廖海峰就如一张白纸，廖兴平和各位专家就像是很好的美术师，经过长期配合，这张白纸上竟然画出了一幅惊世杰作。廖海峰渐渐成长为一名闻香识兰、一眼识兰的专家了。当然，温泉水也打破了固有的思维，养兰技艺更上一层楼。

廖海峰用了三年时间，在后龙山的那块荒山上种树、种竹、种果。树种简单，松树、杉树、半枫荷、红枫皆可；竹子就是武夷山随处可见的毛竹；果树有油桃、秋姬李、油奈、杨梅、早酥梨、脐橙、橘子、柚子，还种了几棵柿子树分布在四周。廖海峰还根据山形，修了几条鹅卵石路，早晚都可以到山坡上散散步。

平时，庭院里的兰花由温泉水打理。六个大天井种满了兰花，大约一亩的外庭院也都种满了兰花。

上厅天井，是廖海峰的试验场。他把珍贵的兰花品种单独种在这里，经过三年培育，出了好几种新的品种。有"瑞华万代福"，银边，独特的中透线艺造型；有杂交的"红美人"，叶片半垂，花繁朵鲜，开花时大红大紫，花枝有时不堪花朵重负下垂，像是雍容华贵的美人；有"天地之华"，属于建兰的上品，开花时花朵红色出架，花期较长……

最令廖海峰得意的就是以"武夷素"命名的本地素心兰改良品种，因为这种兰花是武夷山脉独有，又以田螺坑山场为贵，是素兰中的精品，秋天开花，花朵淡雅，花清香远逸，乳白一色不娇不艳，素雅贞洁，以清高素洁之感陶冶情操。廖海峰的另一款杰作是春兰"大唐盛世"，姿态潇洒，花中有花，最为神奇的是花叶同色，皆为绿色，有清而不寒之态、秀而不媚之容，为春兰之珍品。花叶同色，是廖海峰潜心培育的结果，刚刚开花时，他和温泉水连声赞叹，他打电话给廖兴平，激动地汇报培育成果，廖兴平连声道喜，立即开车前来观看。经廖兴平确认，此款春兰极其少见，据说是有缘之人才能够拥有，拥有之人必定大富大贵，事业欣欣向荣，就像是盛世大唐时期，于是便命名为"大唐盛世"。

这年年底，日本举办国际兰花大赛，每个参赛单位只能选送一件作品。廖海峰在"武夷素"和"大唐盛世"之间左右为难，最后还是廖兴平果断决定，就选送"大唐盛世"吧，让国兰走向世界，非他莫属。

果然，廖海峰收到主办方的热情邀请，参加国际兰花大赛的颁奖大会，可以有两名代表参加，差旅费由主办方承担。廖海峰也是见过大世面的人，但收到邀请难免激动万分，他知道自己选送的作品获大奖了。廖兴平建议，温泉水同去领奖，共同分享几年来对兰花一往情深、默默耕耘的喜悦。

颁奖大会的当天中午，廖海峰打来越洋电话报喜，自己选送的春兰"大唐盛世"获评日本国际兰花大赛"花王"称号。廖兴平连忙向县委、县政府汇报了这一喜讯，电视台连夜让记者做了一期专报。随着电视和广播电台的轮番播出，廖海峰和他的"大唐盛世"一时间成了全县人民热议的话题。

廖海峰和温泉水回到汀柳县，立马受邀参加了县政府为他们举办的庆功大会。大会上，县政府给廖海峰颁发了金光闪闪的"兰花大王"牌匾。县长说，这是我们汀柳县首次获得国际农业科技大奖，我们应该好好庆祝，好好宣传！他还说，看来我们白石镇的兰花品种优良，应该发展成一个产业，向全县推广。

这天晚上，廖海峰失眠了，脑子里把这几年的经历像放电影一样过了一遍又一遍。他想，养兰花绝对是一条好的路子，既然认准了这条路子，那就大胆地向前走吧！

第二章　老丈人的戒尺

1

第二天一早，温泉水在城区的江滨路散步。许多认识的老朋友都过来向他道喜，他一一抱拳答谢。有打听兰花品种的，他就耐着性子讲解一番。返回来的路上他想，老汉今年六十六了，听到犹如潮水般的夸奖都快要飘飘然了，廖海峰可不能这样，应该给他敲敲警钟。

温泉水从书柜里拿出一把戒尺，擦拭干净，放进了行李包。

这天是周六。廖海峰一早接到邀请，要去镇政府一趟，说要参加一个庆祝活动。吃过早饭，廖海峰带着温素兰和两个孩子过来，还请廖兴平开了辆小车，带上老丈人、丈母娘，顺便也想回到兰田村的兰苑去住一宿。一来和家人孩子们分享自己获奖的喜悦，二来也造造声势，毕竟三年的付出终于有了回报。

"收拾一下，今天到老家住一宿！"廖海峰说。

两辆车一前一后向白石镇开去。一路上，孩子们叽叽喳喳地说着笑着。温泉水看了看老伴，只见叶枫银白色的头发轻轻地拂过脸颊，脸上红扑扑地闪着光。他忍不住把老伴抱在身边，轻轻地摸着她的脸颊，哼着一首首只有他们才能听懂的歌谣。老伴有点儿受宠若惊，微笑着闭上了双眼。

好久都没有这么开心了。温素兰结婚那会儿，他们总是提心吊胆的。仅有的一根独苗，却要在北京漂泊，也不知道孩子在外是不是受苦。大城市车水马龙，人生地不熟，会不会遇到危险。总之，没有几件事情是往好处想的。三年前，女儿和女婿回来了，还带回来一双儿女，大家挺开心的。可后来又担心廖海峰一切从头再来，是否会失败？他们心里没底儿，于是决定让老爷子去帮帮忙，怎么说也有个照应。

现在好了，看来所有的担心都是多余的。老两口想着想着，车子已经开到了白石镇了。

车子刚开到镇政府门口，就有人过来引导。廖海峰看到四处都洋溢着喜庆的氛围，人山人海，热闹非凡。有人过来给皮卡车绑上一朵大红花。廖海峰他们刚下车，立即有人过来给他和温泉水分别戴上了一朵大红花。车后，两组龙灯队紧随其后，民乐队嘀嘀嗒嗒吹响了十番音乐。

白石镇的李镇长笑着走过来，紧紧地握住廖海峰的手说，功臣回家，我们该好好庆祝一下！说完亲密地拉着廖海峰的手往政府大院走，工作人员把其他人也围在中间，朝大院里走。大门口，两排威风的锣鼓呈八字形排开，十六个锣鼓手正在使劲儿敲打着。廖海峰他们顺着人流进了政府大院，龙灯队紧随其后。

进入大院，腰鼓队敲打着欢快整齐的鼓点迎了过来。李镇长把大家邀请到观礼台上，那里早就摆好了椅子。一行人刚一落座，腰鼓队、锣鼓队、舞龙队接连表演，最后是十番乐队演奏了一曲《天官赐福》。等到鼓点停止时，下面早就整齐地排好了队伍。

李镇长站起来，不知谁递过来一个无线话筒。李镇长手持话筒大声宣布：同志们、乡亲们，前几天，我们的优秀乡贤廖海峰先生选送的春兰"大唐盛世"在日本获评"花王"大奖。

昨天县里的庆功会上,县政府授予廖海峰先生"兰花大王"荣誉称号。县长说,我们汀柳县获得国际方面的农业大奖是第一次,这是全县的殊荣。要我说这更是我们白石镇的骄傲啊!廖海峰先生毕业于名校,本是当今社会有前途的对外贸易专家,在首都北京从事高薪工作。没想到他致富不忘桑梓情,三年前带着巨额财富,携妻带子回来二次创业,获得了巨大成功!我代表白石镇三万乡亲,对廖海峰先生的善举和创举表示衷心的感谢和热烈的祝贺!祝福廖海峰先生的事业百尺竿头,更进一步!

李镇长接着说,同志们,昨天县长说了,这次廖海峰先生获得了国际大奖,证明我们白石镇的兰花是优良品种,我们要做强兰花产业,带动乡亲们共同致富!希望廖海峰先生在这方面多多传帮带!下面请廖海峰先生给我们讲话!

从接到邀请开始,廖海峰就知道今天镇上对欢迎活动早有安排,肯定要讲几句话,于是早早打好了腹稿。他站起身,微笑着向台下的演出人员和父老乡亲鞠躬,向台上的领导嘉宾致意。他说:很荣幸我是白石人,很荣幸我是兰田人!这里有大自然馈赠给我们的宝藏,那就是兰花。记得小时候大人们都叫它"兰花草",感觉这就是普普通通的小花小草。没想到这个兰花草大有名堂。这次日本之行,我看到了天价兰花,一株兰花标价一百万日元,折合我们的人民币六万多元。乡亲们,六万元我们得养多少头大肥猪啊?我们随处可见的兰花草,不是寻常的草,是个宝啊!当然,要让我们的兰花草入寻常百姓家,我们不可能走高端路线,我们要走平民路线。大家算一本账,一株兰花草卖十元,一年卖出一万株兰花草,就是十万元,刨除成本,有六七万元的纯收入,我们很快就可以致富啦!关于如何种兰花,台上的廖兴平教授是我的老师,大家也都是我的师傅，如果有需要了解交流的乡亲，欢迎到我的基地来，到兰田村我的老家来。我们一起努力！

台下掌声雷动。廖海峰看到，有记者把他的讲话全程录制下来了。而自己的亲友代表团，尤其是一对儿女，笑得合不拢嘴，小巴掌都要拍红了。

2

李镇长热情邀请廖海峰一行共进午餐，被廖海峰婉言谢绝了。

临上车时，李镇长紧紧握住廖海峰的手说，往后我们走产业化发展道路，很多事情得靠你多多指点和付出了！有什么需要政府出面的事情，你尽管打电话来，我的手机二十四小时为你开通。

回到兰苑，孩子们像刚放飞的小鸟，围着院子高兴地跑来跑去。他们第一次看到这么多兰花，第一次闻到这么浓郁的兰花香味，激动得一刻也停不下来。廖海峰也请岳母大人叶枫和妻子温素兰参观了一圈，她们也被惊艳到了。温泉水慢条斯理地煮开水、沏茶，脸上洋溢着幸福的笑容。

温素兰和叶枫来到厨房，看着收拾得井井有条的厨房用具，打趣地说，平时没见你们下厨房，还是我们不在身边好啊！廖海峰说，别说了，我们两个大男人笨手笨脚的，互相鼓励，好不容易解决了吃饭的问题。温素兰瞪了他一眼，说你胖你还真喘上了呀！廖海峰呵呵地笑了，叶枫更是开心得脸上笑开了花。丈母娘看着女婿，笑在脸上乐在心里。

厨房里的事情就交给叶枫母女俩了，廖海峰来到大厅，陪老丈人和廖兴平喝茶。两个孩子跑累了,也挨着廖海峰坐了下来。

廖海峰看着两个孩子问,你们说说,是北京好呢还是老家好?

姐姐廖怡兰抢着说,要我说呀,各有各的好。北京有大公园、有天安门、有故宫、有长城……嗯,老家也挺好的,尤其是有这么多兰花。她话锋一转说,特别是老爸,您回来养兰花,还获了大奖,我们大家都替您高兴!

廖海峰说,这孩子,养兰花是爸爸和外公共同完成的,我不过是挂了个名而已,不能一个人抢功。喜欢兰花以后可以经常过来,陪我们一起养兰花,好不好?廖怡兰高兴地点了点头。

弟弟廖怡松若有所思地说,我更喜欢老家。在北京的时候,爸爸因为工作忙,晚上回来我们已经睡着了,早上等我们起床他已经出去了,一家人难得聚一下。回来老家就好多了,爸爸和外公每个周末回来陪我们,妈妈不用上班,每天和外婆给我们做好吃的!

姐姐扑哧一笑说,你个小吃货!

温泉水微笑着看着姐弟俩,心想,我和老伴天天盼星星盼月亮盼着你们回来,现在回来了,好呀!真好!

廖海峰看着温泉水问道,您给女儿取名素兰,给外孙女取名怡兰、外孙取名怡松,有什么含义啊?

温泉水喝了一口茶,沉思了一会儿说,我一生嗜兰如命,尤其喜欢素心兰,素兰就是素心兰的意思,表达活泼高雅、健康长寿的花语,这是我们对宝贝女儿的祝愿。怡兰,开心快乐,高贵典雅,集淡泊、高雅、美好、纯洁、贤德于一身,我们要把这些美好的品质统统送给外孙女;怡松,铮铮傲骨,幸福绵长,中国人把松树视作坚定、贞洁、长寿的象征,和竹、梅并称"岁寒三友",有着不畏逆境、战胜困难的坚韧精神。松树不畏严寒,四季常青,我们希望小外孙坚韧不拔,成为一个真正的强者。

两个小家伙不好意思了,脸瞬间红起来,温泉水和廖海峰对视一眼,开心地笑了。廖兴平看着一家子其乐融融,也跟着笑了起来。

女儿怡兰,十岁,上小学四年级了;儿子怡松,七岁,刚进入小学读一年级。想当年下定决心回到小县城,担心孩子们会不习惯,学习会输在起跑线上,现在看来担心是多余的。孩子们适应环境的能力很强,很快就有了许多新朋友。至于学习要赢在起跑线的问题,廖海峰与温泉水多次探讨,都觉得持保留意见。廖海峰自己从村小到农村初中,后来考上县城一中,也顺利考上了985高校。温素兰也是跟着父亲辗转好几所农村学校,后来考进北京一所高校。如今,夫妻双双回到曾经出发的地方。二十年后回头看,人生其实是一场马拉松,起跑线没有起到那么重要的作用,反而抓住了关键几步,才能够走出自己人生的一片新天地。

厨房里饭菜的香味飘出来了,两个小馋猫立刻跑了过去,钻进厨房就不出来了。廖海峰回忆起自己也是这么大的时候,有一次表兄弟、表姐妹到家里做客,母亲蒸簸箕粄招待他们。蒸簸箕粄是一份一份来的,那真叫吃着碗里的看着锅里的。簸箕粄开始出锅了,母亲吩咐排好队,四个客人先吃,弟弟廖云岱排第五,自己最后吃。后来廖海峰想了个主意,等弟弟吃完第一份,就偷偷和他去商量,这一轮让哥哥先吃,待会儿哥哥还他两份,弟弟傻傻地答应了。吃完弟弟那份,再吃自己这份,这样自己一次性就吃饱了!而弟弟站在那边,还在可怜巴巴地等着下一轮。每次想到这里，廖海峰就会哑然失笑。

3

廖海峰获得大奖的消息，很快传遍了兰田村的每个角落。

廖龙辉一个个打电话，通知那些养兰户，下午三点到廖海峰的兰苑开个现场会。接到通知，那些人第一反应就是一定要去看看，说不定获奖的兰花就是从他家传出来的。他们甚至在家里就想好了，要是这兰花的种苗是他们家的，奖金要分，奖杯也要分。因为他们听说奖杯是金子做的，那一定挺值钱的。

廖海峰也接到镇村通知，全村的养兰户都要来参观学习，分享荣获大奖的喜悦和经验。他特地到镇上买了水果，还买了两条灰狼香烟（七匹狼香烟的一种），答谢这些对他有过帮助的乡亲长辈。

温泉水隐隐觉得来者不善，他让老伴和女儿带两个孩子到苗圃以及山上转转，说下午家里要开会。廖兴平想要先回城里，被温泉水留下了。温泉水说，廖教授，您是看着我们一步步走来的，待会儿帮忙说两句。廖兴平心领神会，点头同意了。

三点来钟，全村养兰户除了几位年龄大得实在走不动的，其他人都结伴来了。廖海峰昨天把获奖兰花的照片放大了，刚刚挂在了正厅侧面，桌子上放了一个镀金奖杯，上面刻着获奖选手、兰花品种等文字。来人首先过来看看，嘴里道声恭喜恭喜，看到这兰花花叶同色，见所未见、闻所未闻，心里嘀咕着稀罕。廖海峰无一例外，每人一包灰狼香烟，笑着说声谢谢。温泉水坐在大板桌旁泡茶，请各位落座。他认真观察着各位的表情,有看热闹的,有真心祝福的,也有的像是在找什么。

大家落座后,廖龙辉主持会议。他说,廖海峰选送的春兰"大唐盛世"在日本获了大奖,县上和镇上都开了庆祝大会,认为这是我们全县第一次获此殊荣。对此,我向获奖的廖海峰兄弟、温泉水先生表示热烈祝贺!说完起身鞠个躬,带头鼓起掌来,大家也稀稀拉拉鼓起掌来。他接着又说,下面,请廖海峰兄弟分享一下兰花获奖的经历和获奖感言。

廖海峰站起身,看了大家一眼,感觉气氛有些不正常,有些人不像是来道喜的,似乎另有所图。但是他什么世面没见过?在北京那些年,去欧美、东南亚、日韩等国家,在商业谈判桌上,哪些高手没会过?何况今天是在自己家里,这里是主场,又不是龙潭虎穴。他捋了捋思路,先给大伙儿点头致意,笑着说,各位叔伯兄长,感谢你们百忙之中来分享我们家首次获得的荣誉!这株获奖的春兰"大唐盛世"大家都看了图片,那盆兰花现在被日本的兰花协会收藏了,新培育的几盆现在还没长好。说实话,如果没有我们兰田村的那么多种苗,没有田螺坑的营养土,没有专家廖兴平教授,没有我的岳父温泉水先生,没有在座的各位前辈传授经验,没有村干部的大力支持,我也走不到今天,更不要说获得什么大奖。所以,我这次获奖,其实是我们大家一起获得的,我实在不敢一个人居功!

廖海峰看了看大家,接着说,在养兰花方面,我确实是新手,我希望大家一如既往地帮助我、支持我!

啪的一声,有人重重地拍了一下桌子。

大家看过去,原来是下村的廖必贤。这个人廖海峰知道,一直以来游手好闲、嗜酒如命,除了养兰花,什么农活都不干。这个人还有个特点,容易被人当枪使,爱在背地里嚼舌头,搬弄是非,人品很不好。

只见廖必贤两颗眼珠子瞪得通红，大声喝道，廖海峰，你自己也知道，种兰花你是小儿科，获一两次奖说不定也是巧合。刚刚你自己说的，你这次获奖的功劳是大家的，那好，那你把这次获得的奖金给大伙儿平分了！大家说好不好？

好！好！果然有几个下村的养兰户应和着。

廖海峰被廖必贤这一将，脑袋都蒙了，胸中有一股气在往上涌。他挠了挠脑袋，看了廖兴平一眼，平复了一下心情，心平气和地说，各位叔伯，我是说过功劳是大家的，我也知道这次获奖纯属巧合。但是白纸黑字，说我是获奖人，那我只能说托大家的福，我只是运气比各位好罢了！

廖必贤哼了一声说，别说的比唱的好听，听说你这次的奖金是五十万元，你要是真的把这五十万元分了，那个金子做的奖杯我们也不要了，往后要什么花苗，我们还是可以给你。要不然……

他故意卖关子，不往下说了。

廖海峰感到自己被威胁了，朝桌上砸了一拳。廖兴平示意他坐下，拿起一包烟一人发一根，并帮大家点上。廖兴平说，各位都是兰田村的叔伯兄弟，打断骨头连着筋。今天是关起门来说话，这话要是传出去了，会说我们兰田人窝里斗，不团结。要我说啊，廖海峰这次获奖，还真跟大伙儿关系不大……

廖兴平也故意卖个关子，看看各位的反应。

他这句话一下子把大家镇住了，廖必贤眼珠子瞪得比铜铃还大，只等着廖兴平往下说。

廖兴平端起茶杯喝一口茶，接着说，获奖并不是像廖海峰说的那么容易，也不是什么纯属巧合。大伙儿说说，谁见过这种花叶同色的春兰？不要说没见过，就是听都没听过。这几年，廖海峰每个星期都往我办公室跑，他看过的书摞起来都比我们个头还要高,光买这些书籍资料都花了好几万。这盆兰花,他培育了多少轮?请教了多少专家?吃了多少苦头?经历了多少次失败?你们不知道我知道!这三年来,你们只是种兰花,只有种植的技术,没有研发技术,所以你们只是在一开始种植兰花的时候给廖海峰提供了帮助,但这不是他获奖的原因,所以我说这次获奖纯粹是廖海峰的个人成就。那个谁,你种兰花不是我教你的吗?我向你要过一支烟?喝过你一杯酒吗?你卖兰花的时候给过我一分钱吗?我看廖海峰够谦虚了,一人一包灰狼,买了上好的水果,温老先生还亲自泡茶。要我说,谁要是有分奖金的心思,趁早滚蛋!这种人根本不配坐在这里谈论兰花!

可以说,在座的都是在廖兴平的指导下开始养兰花的,如今他又说的句句在理,一下子众人都哑口无言了。廖必贤此时更是低下了头,不敢跟廖兴平对视。

廖海峰站起身,打一个圆场说,廖教授过奖了!我们都是因为兰花聚在一起的,大家以兰交友,千万别伤了和气!刚刚有老前辈讲到奖金的事情,我声明一下,奖金是五十万元,但那是日元,合我们人民币也就三万元。这个奖杯是镀金的,我问了一下城里开金店的,也就值人民币两千多元。不是我不想把钱拿出来分,一来,为了培育这株兰花,我买书的钱、外出培训的钱,算起来也早就超过三万元了;二来,县长昨天刚刚开了个会,在大会上表扬了我,还给我授牌,如果我一回来就搞了分钱这一出,传出去真的会闹笑话。廖书记,您说呢?

廖海峰踢了一个球过来,廖龙辉只好站起身来接住。他哈哈一笑说,各位都是兰田村有头有脸的人,千万别因为一点小事伤了和气。要我说啊,今天廖海峰兄弟真的心诚,好烟好茶招待大家,谢谢了,兄弟!昨天下午县上开了庆功大会,授牌表彰廖海峰为"兰花大王"。今天上午镇上开了庆祝大会，那场面啊，比逢年过节还热闹。乡亲们，这是我们兰田人的荣耀啊！县长和镇长都说了，要把养兰作为一个产业来打造，我看我们兰田人发财致富的机会来了，大伙儿一定要抓住这个机会。我有两个提议：一是成立兰花合作社，建议由廖海峰担任理事长，团结全村兰农，带领大家做大做强兰花产业，一起发财致富；二是今天晚上村里搞个庆祝活动，我自掏腰包请大家喝酒，在座的都要参加。各位说好不好？

4

廖龙辉这一番话，似乎滴水不漏。

温泉水看着大家的表情，也都轻松了许多。最早点炮的廖必贤果然是棵墙头草，他站起来说，还是书记想得周到，这么大的喜事怎能没有酒啊！他这么一说，大家都哈哈大笑起来。

大家这一笑，廖海峰也笑了。他接过话头说，怎么能让书记破费啊？来者都是客，既然大家那么厚爱我，晚上就在这里吃个便饭、喝两杯小酒。我看可以早一点开饭，五点半怎么样？

三叔公坐在上位一直没有说话，听廖海峰这么说，哈哈笑着说，干吗要五点半啊？我看等一下我们四处参观一下，五点开饭怎么样？

廖海峰看了一眼挂在大厅的大钟，现在是四点二十分，也别让大家等太久，于是应承下来，那就五点，大家随便看看，等一下边吃边聊。

原本火药味十足的座谈会，一下子变得轻松了。大家三三两两，绕着院子转悠，看兰花，参观苗圃，还到后龙山沿着鹅卵石步道随便溜达。

廖兴平过来握手告辞。廖海峰拍拍他的肩膀说，教授，要不是您，今天的会可能不好收场！廖兴平说，你也别放心上，这些人"放放炮"就好了。廖海峰把他一直送到了路口。

廖海峰把温素兰叫回来，原本准备的鸡鸭鱼肉，有些已是半成品了，再从冰箱里拿出一些腊肉和素菜，也就差不多了。温泉水也过来打下手，让廖海峰去安排其他事情。

廖海峰打个电话到镇上的饭馆，叫了四五个下酒菜。原本拿了几瓶泸州特曲，后来想一想，把特曲放回去，抱了一件五粮液出来。他心想，这么好的事情，是该庆祝一下的。只是有些人，让他喝这么好的酒，有点儿暴殄天物了。

廖龙辉进来，陪廖海峰泡茶。他压低声音说，农村的事情，说好办也好办，说不好办有时候还真难办。我有两条经验：一条是请喝酒，再大的事情，两杯酒下去就好商量了；另一条是忍一忍，难听的话别放在心里，就当是放屁。他们发火我们不发火，他们计较我们不计较，一下子就风平浪静了。等会儿他们肯定来敬酒，你就当什么都没发生，说不定以后还得用到他们。

果然，酒菜一上，气氛马上热烈起来。廖海峰端起酒杯一一敬过去，他们也主动回敬，还说了很多客气话。廖必贤走过来，俯下身子敬酒，他说，海峰兄弟，你大人不计小人过，我敬你！廖海峰笑着说，您是长辈，以后有话还请您直说。笑一笑，一杯酒下去，似乎一切真的搞定了。

酒足饭饱，廖海峰把他们一一送到大路口，叮嘱他们别骑车、开车，互相之间照应好。客人们一个个靠过来咬耳朵直夸海峰兄弟，好样的！成立合作社千万别忘记老哥呀！廖海峰回应说哪里哪里，互相帮衬嘛，还得乡亲们多多支持！

等客人都送走了,廖海峰迎着晚风,深深吸了一口气,感觉一下子轻松了很多。

饭桌已经收拾好了,把菜热一热,自己一家人开始吃饭。温泉水从房间里拿出一瓶飞天茅台来说,海峰,我这酒是一个学生送的,当年我教育他,成大事者要有胸怀,要有格局,现在果然混出了点儿名堂。今天咱一家人把它消灭了。廖海峰打开瓶盖,酒香扑鼻,忍不住多吸了两口气味。他给老丈人、丈母娘、妻子分别满上,端起酒杯动情地说,感谢老爷子的陈年好酒,感谢一路有你们,干!仰起脖子就灌了下去。

老爸,我们还没倒呢!儿子廖怡松大声喊道。

廖海峰一看,姐弟俩都端着空杯子给他看,大人们都被逗笑了。

廖怡兰说,你们也真是的,这么好的日子,怎么能没有我们的祝福呢?

温素兰连忙从冰箱里拿出一瓶可乐,一人倒了一满杯。

温泉水提议,我们一家人庆祝一下,你们随意,我和海峰干了!说完,端起酒杯,想要一饮而尽。老伴连忙伸过手来,抢下他的杯子,杯中酒已经被喝掉大半了。老伴嗔怪道,你以为自己还年轻啊?海峰也少喝点儿,刚才我就看你们喝不少了呢!

温素兰白了母亲一眼说道,妈,想喝就让他们喝呗,大喜的日子,开心开心没错。

廖怡松也说,外婆,我看大老爷们喝点儿酒没什么!说完,他端起可乐杯子就敬上了,外公、老爸,咱三个大男人喝一杯,人生得意须尽欢,莫使金樽空对月!

姐姐廖怡兰也端起可乐说,我也敬一个,什么空对月啊,喝酒量力而行,外公您说是吧?

……

吃吃喝喝打打闹闹，不知不觉快要十点半了。这时，温泉水说，这庆祝也庆祝了，酒也喝好了，下面，我有一个礼物送给海峰。

什么？老爷子除了带瓶好酒，还带了礼物？

只见温泉水取出行李包，拿出了一把三尺长的戒尺。大家瞪大眼睛看着戒尺，心里想，这老爷子唱的是哪一出啊？

温泉水拿着戒尺，指着上面的烫金字说，这第一行大字呀，是"素心如幽兰"，下面还有九个小字：戒贪心、要恒心、有爱心。这一共十四个字就是我今天送给海峰的礼物。我一辈子爱兰、种兰、惜兰，就是本着"素心如幽兰"的初衷，养兰花还要牢记上面这三个心——戒贪心、要恒心、有爱心，否则就对不住这高雅纯洁的兰花。我寻思着你得一次奖会不会飘飘然了，所以把这"三心"刻在木戒尺上了，当作礼物送给你。

廖海峰连忙站起身，毕恭毕敬地从岳父手上接过木戒尺，仔细端详刻在上面的苍劲有力的十四个金字，庄重地点了点头。他四处张望了一下，然后走到大厅神位前，毕恭毕敬地把戒尺放在神龛上。

客家人把神像挂在大厅天子壁上，将祖训抄在丝绢上，放在神龛前。这廖海峰把老丈人送的戒尺放在神龛前，就有了跟供奉祖训差不多的意思了。大人们都知道，这是一个庄重的仪式，孩子们未必看得懂，但是看到他们的爸爸一脸严肃，也明白了这把戒尺，以及上面刻着的十四个字，一定意义非凡。

第三章　兰自山中来

1

一石激起千层浪。

廖海峰回到兰田村的时候，就是因为看到了田螺坑的变化，想要有一个自己的庄园。后来得到岳父的大力支持和廖兴平的帮助，培育的兰花竟然得了国际大奖。这个奖项本来也没什么，偏偏赶上了好时候，政府正苦于没有一个好的产业带领老百姓脱贫致富。而廖海峰就是在这个节骨眼上，向波澜不惊的水潭里扔下了一颗石子。这颗石子的能量不大不小，刚好激起了县、镇两级政府以及领导的高度关注。

昨晚睡得迟，早上大家都起得比较晚。温泉水和廖海峰起床的时候，叶枫母女俩刚刚煮好稀饭。他们到苗圃、后龙山溜达半小时回来，孩子们这才刚刚被温素兰叫起床。

吃过早饭，温素兰开着皮卡车，带着母亲和两个孩子去串亲戚。说起来也奇怪，温素兰在北京的时候是不敢开车的，她说人多车多她不怕，就怕纵横交错的立交桥，一不小心就容易开错道，开错一个道，说不定半天都转不回来。但是回到小县城她就放心了，买了一辆两厢车，随便开随便停，两三年下来技术娴熟得不得了。偶尔下乡的时候，她也敢开廖海峰的大皮卡车了，她说坐在驾驶座上，有一种开坦克的感觉，霸气十足。

看着温素兰她们出去，爷儿俩又泡起了茶。温泉水感叹着现在起点不同了，该好好谋划谋划了。

他们正聊着呢，李镇长带着镇党委分管乡村振兴的刘长水委员和负责包片的副镇长钟海华进来了。钟海华手上拎着一大罐白石百花蜜，看样子该有十斤重，一来就交到温泉水手上，说这是镇上的特产，好好尝尝。一番寒暄，自然免不了再次祝贺。

李镇长说，自古以来，我们白石镇靠山吃山，木材、毛竹、红菇、蜂蜜是我们白石远近闻名的"四宝"，相比较起来，我们兰田村的兰花虽然名气很大，还曾写进了府志，但都是小打小闹，没有形成气候。

20世纪60年代，我们白石成立了一个县级伐木场、一个县级林场，功能都差不多，就是砍伐林木，支援各地经济建设。一场场砍伐竞赛，白石镇得过很多红旗，那时候可是无上光荣的事情。现在想起来，应该让人感到汗颜，对子孙后代真是没法交代啊！

资料显示，白石镇的森林储备在三十年之间砍伐殆尽。到20世纪80年代末，原始森林荡然无存，各地开始出现土地裸露、泥石流、干旱等现象，而且情况越来越严重。可以说，20世纪那场地毯式的乱砍滥伐，大家已经饱尝到苦果。幸好上面发现及时，全省开始大范围封山育林，我们白石镇被划进了重点整治区域。成效大家也都见到了，但是任重道远啊，我们这一代人应该替我们的父辈赎罪！

今天我们来呀，一是祝贺，二是感谢。祝贺你们获大奖，这个不光在我们白石镇，就是在全县也是破天荒的大喜事。感谢你们，为我们争得荣誉，更为我们打开了一扇睁眼看世界的窗户。昨天我在庆祝大会上提出，我们要做大做强兰花产业，带动乡亲们共同致富！今天就是来听听你们的意见的。

钟海华说，是啊，多少年来我们都在寻求一条好的路子。现在县里定了调子，养兰花就是一条好的路子啊！就看这条路怎么走才能越走越宽。

刘长水点了点头说，乡村振兴，面对的是广大农村，聚焦的是"三农"。农村的问题，一定要因地制宜。适合地方的产业就是好产业啊！如今廖海峰先生为我们乡村振兴带来了新路子，我们激动啊！

廖海峰不断给他们续水，认真听他们的见解。温泉水也一字不落地听着，想听听他们有什么具体举措。

廖海峰看看大家，听出他们的来意了。他心想，你们有你们的立场，关键还要看你们的政策定位，我从北京回来，还没向你们开口呢。他想了想说，谢谢县领导和镇领导对我的关爱，让我受宠若惊。我虽然读的是985高校，但没有像父老乡亲期望的那样建功立业，到头来还得回家种田。如今侥幸得了个民间奖项，我也知道自己几斤几两。昨晚我岳父敲了我的脑袋，让我心无旁骛好好养兰花，要记得戒贪心、要恒心、有爱心，我谨记教诲。

廖海峰看了温泉水一眼，温泉水表情平静地点了点头。

廖海峰接着说，就养兰花来说，老百姓自古就把兰花叫作草，兰花草，但如果种得好，也可以变成兰花宝。不管是兰花草还是兰花宝，镇上要有政策支撑。简单地说，就是要有土地流转、技术支持和资金扶持。老百姓都看红了眼，一句话，把兰花做成产业要惠及老百姓，让老百姓真正富起来，否则满足不了老百姓的需求，更达不到老百姓的愿望。

李镇长仔细地听后，若有所思。廖海峰说的话都讲到点子上了，土地、技术、资金，是做好兰花产业的三驾马车，缺一不可。基本农田有红线，动不得。技术人才如何引进？项目资金如何争取？这些都是迫切需要解决的问题。现在一定要把饼画大，说得好听一点儿，就是要有规划蓝图，把近期目标和远景规划相结合。他想了想说，廖海峰先生说得好！你说的都是我们政府应该解决的问题。你回来也有三年了，从来没有跟政府提出过任何要求，如今一炮打响，我看成就一番事业的天时、地利、人和，还有各方面的条件都渐渐成熟了。天时，就是要趁着获奖的东风，县上、镇上和村子里都会全力打造兰花产业，机会难得；地利，兰田村本身就有养兰花的基础，土壤、气候、水质都十分适宜养兰花，自古就有"因盛产素兰而得名"的美誉；人和，以你廖海峰的人格魅力，花农、技术员，接下去的销售渠道都会很顺畅，可以说一呼百应。这么好的机会，打造成一个百亿元产业，我看只是时间问题。

温泉水一边倒茶，一边笑着说，李镇长是做大事的人，一张口就是百亿元产业。可我们家廖海峰，只是想养养兰花，过过小日子，怕是没有这样的雄心壮志，更没有开天辟地的本事啊！

李镇长喝一口茶，对温泉水说，廖海峰有着经天纬地之才，韬光养晦，厚积薄发，我们都看在眼里。我们白石镇自古出英雄，开国将军就有好几位，南征北战，叱咤疆场。在如今的经济主战场，英雄应运而生，我看廖海峰就是新时期的急先锋。他有魄力从北京回来，绝对不是那种居家过小日子的人！山水无言，无用之用，方为大用。正是因为廖海峰没有太多的功利心，我们可以期待他做一番轰轰烈烈的大事。

廖海峰边听边想，岳父叫我不能贪心，要有恒心和爱心，就是告诉我，不要带有太多的功利心，而应该从自己的内心出发，去规划自己的事业。看来，打造一个庄园只是小目标，做出一番事业来，让更多的人受益才是我真正应该做的呀！想到这里,他心情豁然开朗,笑着说,李镇长,既然镇上这么重视兰花产业,那我也就打开天窗说亮话,把我下一步的打算跟您说说?

李镇长说,太好了!廖海峰先生,要成就一个产业,我们就该坦诚相待,只要我能做到的,你尽管说出来,我来想办法。

2

廖海峰拿出一张手绘草图,摊在大板桌上。

手绘草图标注着"兰田村兰花产业园示意图"几个字。廖海峰介绍说,兰花产业园以兰苑为中心,在东西南北中五个方位各建一个基地,以点带面带动花农积极参与。土地问题,尽量利用树林、竹林和抛荒地,按照规划应该在五百亩上下,养兰花的规模也逐步扩大,从现在的一万盆,增加到十万盆,这就形成了气候,然后开始向外销售。如果要再扩大,就得加大资金投入。就兰田村而言,最终达到年销售一百万盆,甚至三百万盆,年产值破亿应该是可以实现的。

李镇长看着示意图,一会儿点头,一会儿摇头。深思良久,他说,你这个示意图已经有了初步想法,根据这个想法进一步完善,我看大有作为!但就总体而言,我感觉太分散,规模也还不够大,整体上没有形成片区,涉及的土地还是会踩耕地红线。这样,你这边再思考一下,我把这幅图带回去重新论证,过几天我们再在这儿开个现场会,邀请有关部门的负责人都来参加,你看可以吗?

温泉水看了廖海峰一眼,回过头来说,看来镇上的规划蓝图还要更大,我们充满期待。不过我有一个建议,在召开现场会之前，希望我们可以尽早了解一下镇上的想法，这样好有个心理准备。

李镇长说，那是自然，我们这个属于战略合作，大家要加强联系。

李镇长回去后，温泉水和廖海峰喝了一会儿茶，两个人都有点儿云里雾里的感觉。镇上会有大动作吗？还是在画大饼？算了，不理他，出去转转吧。

廖龙辉打电话过来，邀请廖海峰和温泉水去吃饭喝酒。温泉水摇了摇头，廖海峰说,我过来吧,老爷子还有点儿其他事情。

温素兰把皮卡车开回来，带着母亲和孩子坐便车回城了。临走时她说，很多亲戚听说养兰花能赚大钱，都要求廖海峰带上他们。廖海峰听了有点儿哭笑不得，他想，这个跟廖必贤要求分钱是差不多的意思，如果真的有心养兰花，那是求之不得啊！

去廖龙辉家的路上，廖海峰忽然感觉自己是不是有点儿飘？不就是一个民间奖项吗？别人在吹捧自己，难道自己还不知道自己几斤几两？难道忘记了回来的初衷？他突然有一种被架在火上烤的感觉，确实得静下心来好好捋一捋了。这样一想，他对镇村干部的热情一下子凉了许多。走自己的路，不能被绑架了。他的步子越来越坚定了。

到了廖龙辉家里，村主任阙汉民、村文书廖贵发、妇女主任温梅香几个村委都来了。廖海峰带了两瓶酒算是伴手礼。廖龙辉在门口大坪摆了张泡茶桌，他们热情地跟廖海峰握手，又是端茶又是递烟。

廖海峰看了看，这是一栋建在山脚下的小洋楼，有点儿别墅的风格，但是较为粗糙，用料也没什么讲究。他打趣地说，书记家住别墅啊？看来我们村在书记的带领下，很快就可以过上好日子咯！阙汉民说，还是廖总会说话，我们书记也是见过大世面的，外面赚了钱不忘回乡回报乡亲们。当年还是镇上出面请他回来的，他当书记这几年，我们村变化真是大啊！

廖海峰听说过，廖龙辉原本在外地包一些土建工程，后来因为垫资出现了亏空，刚好村里领导干部换届就回来了。听阙汉民这么说，他也顺着话题说，对，现在就需要这样的企业家回来当村干部，有眼界有魄力。阙主任也是企业家吧？

廖贵发说，阙主任是老支书的儿子，在石狮办过服装厂，也是他家老爷子动员他回来的。要我说啊，他也是典型的企业家。廖龙辉接着说，我在厦门的时候，去过汉民的工厂，进了三道门才看到他，那里除了几个老乡当技术骨干，剩下的都是女工。汉民啊，你当时那是身在花丛中啊！

阙汉民脸上有点儿挂不住了，他赶快转移话题，大家喝茶，我进去看看菜做好了没。说完转身进了厨房。廖海峰听说这个阙汉民还真是个情种，当年开了家服装加工厂，接一些外包加工的活儿，当时因为跟厂里一个女工好上了，执意要跟妻子离婚，被他父亲押了回来。后来他还是跑出去要跟那个女的私奔，差不多有半年时间跟家里断了联系。再后来听说还是那个女的主动离开了他。阙汉民快要被亲戚朋友的口水淹没了，于是卖了设备器材，灰溜溜地回来了。没想到家里的妻子又跟他闹起了离婚，他便答应了妻子的要求，给她十万元，妻子带走了一个女儿，自己留下了一个儿子。听说他原来的妻子非常贤惠孝顺，对两个老人更是恭恭敬敬，含辛茹苦带大两个孩子。因为这事儿，他老父亲气得吐了血，没几年就去世了。又过了没多久，他娶了个隔壁村的姑娘，生了一对双胞胎，夫妻俩感情还挺好。具体一些细节，廖海峰也只是听说，没有刻意去打听。

吃饭的时候气氛热烈。这些村干部别看在上级领导面前唯唯

第三章 兰自山中来

诺诺，实际也是当面一套背后一套，回到村里更是蛟龙入海，呼风唤雨。他们似乎商量好的，一致针对廖海峰，左一个廖总右一个廖总。今天这称呼一变，廖海峰有点儿不习惯，前几天还称呼兄弟呢，怎么今天就成廖总了？要说这称呼的改变啊，还是廖龙辉的主意，他说，自己在外面混的那几年，每次人家叫他廖总，心里特别受用，好像一下子真的就腰缠万贯了。大家要先给廖海峰灌点迷魂汤，再把他灌醉，看他以后还敢不敢趾高气扬，不把村干部放在眼里。

　　今天喝的是特曲，五十二度，这在村里面的招待算是最高规格了，也算是对在廖海峰家喝了五粮液的一种回报。平时他们喝的都是啤酒、米酒，顶多上几瓶定制的"廖府家酒"，不到一百元一瓶。菜也算地道，红烧狗肉、白斩鸡、老鸭汤、黄焖兔、一鱼两吃，还有猪脚、排骨什么的，村里有的菜全套上了。

　　一开始，廖龙辉看起来有点儿像经过大场面的人，他端起酒杯，来个开场白：各位村"两委"的同事，我今天设家宴邀请廖海峰廖总，廖总不但是县上、镇上的大红人，更是我们村经济战线的核心人物。这第一杯我们一起敬廖总，回头我们再商量一下成立合作社的事情。大家热情一点儿，廖总的酒量那可是没的说。

　　干了！干了！一呼百应，杯中的酒就都喝了个底朝天。

　　没想到廖海峰才刚刚举起筷子，阙汉民杯子一端说，敬廖总，先干为敬！廖海峰刚喝下去，廖贵发一杯酒又下去了，也是先干为敬。廖海峰看明白了今天的阵仗，他们是在搞车轮战啊，这可不行。

　　廖海峰端起酒杯说，书记，你今天是请我吧？

　　廖龙辉说，是啊，诚心请你！

　　那你这做了一桌子丰盛的菜，让不让我吃？还有，别叫廖总，自己家里人，不知道的以为是哪里来的客人。

廖龙辉被他将了一军，立马笑着说，都叫海峰，海峰兄弟！大家别急，先请海峰兄弟吃菜。那个贵发，你那一杯先缓一缓，大家吃菜，尝尝看我老婆的手艺怎样。

这样，总算可以暂时消停一下了。

3

还别说，这几个老家土菜做的真是地道。

廖海峰一边吃一边夸奖，嫂子这手艺没的说，以后我懒得做饭就过来蹭吃蹭喝，龙辉，欢迎吗？

他这一夸奖，一改称呼，距离似乎一下子拉近了。廖龙辉规划好的车轮战不管用了，先声夺人的主动权也逐渐丧失。

菜上齐了，大家打打闹闹、说说笑笑……不知不觉，六瓶白酒都下肚了。廖海峰认真观察，阙汉民跟廖贵发窃窃私语，还盯着他和廖龙辉看，廖龙辉也不住地向他使眼色，觉得这里面有蹊跷。廖海峰端起酒杯站起来，故意一个趔趄，一下子趴在了桌上，酒杯里的酒洒了出来。

整个饭局一下子安静下来。廖龙辉的老婆范秋莲轻轻地说，醉了。廖龙辉白了她一眼，怎么可能？廖……廖总的酒量，早着呢！他向妇女主任温梅香使了使眼色，温梅香绕过半张饭桌，来到廖海峰身边，轻轻地摇了摇，边摇边说，廖总，我再敬您一杯！廖海峰醉眼迷离地看了她一眼，又趴了下去。温梅香在他耳边轻轻地说，廖总，要不我们酒不喝了，你看看这个，合作社这样子搞行不行？说着她从包里拿出一份打印好的协议书，把廖海峰面前的桌子收拾好，用纸巾擦干净，摊平来请廖海峰看。

廖海峰使劲抬起头，眯着眼问了一句，这是什么？他盯着协议书看了好一会儿，再问一句，这是什么？离婚协议书？我不离婚！

廖龙辉说，兄弟，是合作社的协议书，前两天在你家里商量好了的，你当理事长，村里面的花农都听你指挥，你看看行不行？

我当理事长？大家听我指挥？太行了！行……说完，又重重地趴在了桌面上，把那张协议书死死地压在下面。

温梅香又把廖海峰摇醒说，廖总，行就对啦，麻烦您签个字，我们过段时间就按照合同把合作社成立了！廖海峰歪着头看了温梅香一眼，又眯着眼睛逐一看了大家一眼说，行，明天我签，我们再喝两杯。说完又要去找酒杯。

温梅香从包里拿出一支笔来，放在廖海峰的右手上，廖海峰没有接，还是要找酒杯。温梅香说，廖总，签完我们都敬您，您是理事长，大家都听您指挥。廖海峰用力睁了一下沉重的眼皮，真签？不后悔？

温梅香说，不后悔。

在场的人都说，不后悔。

不后悔就签！廖海峰接过笔，吃力地签下姓名，可能是真喝醉了，字签得很潦草，大家也没细看，温梅香快速收起来，连同笔一起放进包里。廖海峰又一次趴在了桌上。

大家互相诡异地看了一眼，似笑非笑地说，廖总，喝酒！

4

几个村干部七手八脚地把廖海峰送回家。他们从兰苑出来后,刚走出不远,一个个佝偻着身子便蹲在路边吐得稀里哗啦。

廖海峰站在窗口,端着一杯热水喝起来。看着刚刚离开的四个人蹲在路边吐得七荤八素,鄙夷地笑了。

温泉水走过来,手里端着一大杯凉了的金线莲茶,递给廖海峰说,喝了吧,醒醒酒。廖海峰接过茶杯,仰头一口喝下。温泉水看了看月光下蹲在路边的三男一女,叹了口气,什么话也没说。

睡觉前,廖海峰写了一篇日记,把晚上的经过详详细细地记录了下来。

范秋莲在家里收拾好碗筷,看廖龙辉跟跟跄跄地走进家门,一下子瘫倒在沙发上,鞋也没脱,呼噜声就响起来了。她关好门,瞪了廖龙辉一眼,嘴里嘟囔着说,一肚子的坏水,肯定没好下场!说完身子一激灵,浑身起了一层鸡皮疙瘩。

早晨醒来,太阳已经升起老高了。廖海峰直起身子,抬起晕乎乎的脑袋,轻轻地摇了摇,伸了个懒腰,徐徐地呼出胸腔中的浊气。还好,不算太难受。他穿好衣服,洗漱完毕,温泉水早已煮好了金线莲茶让他喝下,然后又走进厨房,帮他煮了三个荷包蛋,下了些面条。廖海峰吃下荷包蛋煮面,活动活动筋骨说,谢谢老爷子,我好了,没事了。他把昨晚的日记递给温泉水。温泉水戴起老花镜,看得很仔细。

温泉水打开大门,看到外面薄雾缭绕,年味越来越浓了,有些人家里开始酾酒,有些人家里开始杀年猪、炸年糕了。

要辞旧迎新喽!温泉水大声说道。他跨出大门,到苗圃里转了一圈,远远地,看到有人向这里张望。他背着双手,又走了回来。

廖海峰看了看墙上的挂钟,九点一刻。他给李镇长打了个电话,李镇长啊,我是兰田村的廖海峰啊,这么早有没有打扰到您?关于规划的事情做好了没?我想先了解一下,过完年才知道怎么做啊。哦,还没有啊?那不急!您刚好要过来看我老丈人?哦哦哦,他挺好的,那行,我泡好茶等您!

挂了电话,廖海峰对温泉水说,李镇长说想送什么东西给您过年,那我们等等他!

快到十点了,李镇长在钟海华的陪同下来了。钟海华手上拎着一个大包,里面装着香菇、梨菇、蜂蜜、茶油,都是白石特产,七七八八的有十多斤。

廖海峰握着李镇长的手说,怎么能大敬小,该我们给您拜年的,快请坐!李镇长说,我们都是自己人,温老先生可是我们尊贵的客人啊,为了白石的经济建设,老先生退而不休,理应得到我们的尊重!温泉水一边给大家倒茶,一边说,海峰刚刚起步,我来帮帮他,虽然知道帮不上什么忙,总算有个照应吧,没有镇长说得那么伟大。

李镇长说,镇上把思路跟县规划设计院说了,请他们帮我们设计一下。我今天来,想跟你们探讨一下思路。上次我们说到耕地红线的问题,还有一个问题就是牵扯到的人不能太多,牵扯的人越多阻力越大。我认为应该从抛荒地和半林地着手,这些土地大都是村集体所有,少数林地是村民的自留山,所以只要跟村委会和少数村民签订合同就行了。几十年来,这些闲置土地都没有发挥应有的作用,该好好在这上面做做文章了。

李镇长接着说,我们讨论来讨论去,认为还是要围绕做大做强兰花产业，要从种和养上面做文章。你养兰花获得大奖给了我们启示，扎根白石镇，还是大有作为的。我们这几天走访了农业部门、林业部门，咨询了农林专家，修复好的生态环境还是适合大规模养兰花的，所以我们计划围绕田螺坑种植兰花来做文章。

李镇长看着廖海峰，接着说，兰从山中来，再回山中去。专家们建议，在林下种植仿生态兰花是一条创举，而且可以用实践证明切实可行。仿生态兰花具有原生态、抗病强、开花香、开花多、成本低，以及好种、好养、市场竞争力强的特点，深受消费者喜爱，发展前景广阔。我建议，由你带领一部分花农建一个基地，从事林下养兰的试验，如果试验成功了，可以在全镇推广，靠山吃山还是一条可持续发展之路。

温泉水点了点头说，这个思路好，一下子就从土地政策上跳出来了。但是廖海峰不这样想，昨晚那场酒会还在他的脑海里挥之不去。他在想，群众的脑海里充满了幻想，没有办法脚踏实地干事业，这个是很致命的问题。他忽然又有了被架在火上烤的感觉。

大家喝了一会儿茶，李镇长问，你刚刚打电话给我，还有其他事情吧？廖海峰拿出昨晚写的日记说，李镇长，都说家丑不能外扬，但您是我们白石镇的大家长，我看兰田村的事情也是您的管辖范围，所以思前想后还是要跟您汇报一下。这是我昨晚写的日记，请您过目。

李镇长看完廖海峰的日记，心里咯噔了一下。他笑了笑说，你还真签的廖龙辉三个字？廖海峰说，那您说该签什么名字？我第一次去他家喝酒，竟然是一场鸿门宴，还是我的发小、我的小学同学亲自摆的鸿门宴！

李镇长收敛笑容，气氛一下子凝重起来。

过了好一会儿，李镇长说，我看这样，合作社的事情往后推一推。村里的事情我来处理。你先说说你现在的思路，只要是切实可行的，只要是为广大老百姓着想，我来做你的后盾。

廖海峰说，我就耕好自己的一亩三分地，能养家糊口就行。我老丈人一个退休干部，不能随着我到处折腾，该回去陪我丈母娘享享清福了。我没想法，谢谢镇长一直以来的关心。

李镇长向着温泉水说，温老先生，村里面这些人头脑简单四肢发达，我看他们也是想把事情做好，只是私心太重，又太过急功近利了。廖海峰先生从北京回来，韬光养晦三年，如今一鸣惊人，我们应该抓住机会，乘胜追击，不出五年，这里将是兰花世界、旅游天堂。我代表政府承诺，政策的事情我来想办法。矛盾一定会有的，而且一直都会有各种各样的矛盾存在。就看廖海峰够不够有胆，够不够有胸怀！

最后一句话是向着廖海峰说的。

廖海峰说，我在北京年薪百万，但可以义无反顾地回来，不是盼着地里长金子，而是想回到生我养我的家乡，过自己想过的生活，干一件有意义的事情。没想到有些事情真是令我心寒啊！

温泉水给大家续茶。钟海华说，自古以来，成就一番大事都会经历各种各样的困难，遇到各种各样的阻力。我看李镇长态度已经很明确了。廖总您的心情我们完全可以理解。那这样，改天由我来请客，让村里跟您赔个不是，这一页算是翻过去了。

廖海峰看了钟海华一眼，有一种莫名地想发火的冲动。他又看了李镇长一眼，李镇长端起茶杯喝茶，似乎同意钟海华的建议。果然，李镇长淡淡地说，农村的事情要大事化小、小事化了，不然你永远也别想战胜这些泥腿子，他们有的是时间和精力。

　　李镇长他们起身告辞,廖海峰送到路口。看着他们坐上小车离去,廖海峰笑了笑,耸了耸肩膀,转身就进了老屋。就在转身的时候,他感觉到远处有一双眼睛在盯着他。

第四章　林中有双眼睛

1

廖海峰知道，主动权在自己手上的事情，可以好好规划，其他事情先缓一缓。

他把兰苑和苗圃的事情托付给住在附近的工人，带着老丈人回城了。没想到临近新年外出乡民陆续返乡，主动要求参观兰苑、购买兰花的人络绎不绝，车队一直排到了村部。工人们忙不过来，廖海峰只好带着温泉水又回到了兰苑。

庭院的每一盆兰花都有标注品名和价格，所以只要看上的都可以购买带走，这个工作量不大。但是天井里的兰花，尤其是正厅天井里的兰花，只有品名，没有价格，有些甚至是孤品，这些工人们就拿不定主意了。

庭院的兰花，廖海峰根据品种不同，配上不一样的花盆，按照三十元、六十元、一百元三种价格定价，一时间都成了抢手货。到大年三十上午，原本六千盆兰花，竟然卖出去四千多盆，营业额超过二十五万元。而天井的兰花大多是名贵品种，价格在三百元至三千元，部分品种不对外销售，原本四千二百盆，卖出了一千五百盆，大多客人要求换上精致大气的花盆，作为高端礼品送年礼。小小的兰苑，在几天时间里营业额竟然超过了一百万元。

想不到，随着"大唐盛世"获奖，兰苑的名气早已传遍了周边县城和乡镇。外出乡亲回家过年，都想一睹"大唐盛世"的芳容。廖海峰请人制作了路牌、大型广告牌，加急选购了大量花盆。他还请镇政府带来十多名志愿者，帮助引导采购者选购兰花。原本双向通行的乡村公路，一度被堵得水泄不通，乡镇派出所的民警也赶过来帮着疏导交通。

大年三十下午，廖海峰挂出"致歉说明"：春节期间，放假三天。他请乡镇的便民公众号发出通知，正月初四重新开放。

大年三十晚上，吃完年夜饭，廖海峰请温泉水拿出记账本，三年投资大约六十万元，想不到一周的收入就达一百二十五万元，扣除加急购买、制作的各项开支，竟然第一次有了盈余，而且是大额度盈余，这在两年前是连想都不敢想的事情。

县乡村振兴办和镇政府分别发来贺信，廖海峰也请李镇长转达对派出所民警和广大志愿者的感谢。

由于年前的井喷式销售，给廖海峰带来了新的问题：如何扩大兰花种植规模？廖海峰和温泉水在过年休息的这三天，每天都在讨论一个问题：林下兰花。林下养兰可行吗？如何林下养兰？会遇到哪些问题？该如何克服这些问题？他们甚至把廖兴平拉回办公室，搜罗了一大沓资料，还一次次跟廖兴平争得面红耳赤。

廖兴平说，兰从山中来，兰花自古以来都是大山的主人，它们在山上生长、繁衍，甚至进化，从这个角度来说，林下养兰是可行的。但这毕竟是没有尝试过的事情，我看可以先小规模试验，一来积累经验，二来防范风险。坐在家里想得再多，都不如付诸实践，哪怕走出一小步也是一个创举。

廖海峰想要万无一失，得把所有的因素都考虑在内。什么品种啊、温度湿度啊、病虫害啊、土壤结构啊……但是翻阅了所有国内外养兰的资料，都没有现成的教材。既然没有教材，那就自己来编写教材。廖海峰这么想着，也就仿照室内养兰的技术要领，总结林下养兰的注意事项。还别说，真的被他写出了一本小册子，命名为《林下养兰指南》。

大年初三下午，廖海峰带着温泉水，还请了几个帮工，把庭院和天井里的兰花重新摆放好，买来红色绸带和中国结，给新年期间来选购兰花的客人送去新春祝福。

初四开始，兰苑正常开放，由于天气晴好，来参观兰苑的人还真不少，但购买的人没有像年前那样抢着要，而是细心地观赏选购，廖海峰也得闲跟客人泡茶聊天。

李镇长带着镇村干部过来拜年，副镇长钟海华、村支书廖龙辉、村主任阙汉民都在。廖海峰看两个村干部眼神很不自然，装作什么都没发生，热情地倒茶递烟，大家互致新春祝福。

这天下午，廖兴平也回来了。廖海峰拿出《林下养兰指南》请廖兴平提提意见。廖兴平随手翻了翻，还给他说，我不喜欢纸上谈兵，咱们要理论联系实际。过年这几天我也思考了很多，我看你家后山的树林光照适度，土壤结构也好，水源方便，这样的环境条件应该很适合种植我们当地的乡土兰花，而且不需要搭大棚，可大幅度降低投资成本。现在国家鼓励发展林下经济，我们可以小面积先试种，成功后再规模化发展，千万不能急功近利。

经廖兴平这么一说，廖海峰想到了温泉水送给他的戒尺，首先就是要不贪心，看起来还是得这么来，不能贪功冒进。

坐在一旁的温泉水跟廖兴平一样，没有细看，而是盯着"林下养兰"四个字看了很久。随后，他拿出自己绘制的一张简易图，让廖兴平看看。原来，温泉水这几天想的问题跟他们差不多，但是他没有去研究理论，而是面对实际。简易图标注的就是下一步的行动计划：三步走。

第一步，大棚移栽。先把苗圃的树苗全都移栽到山上，把整个后龙山打造成原生态林地。再把苗圃搭建成大棚，把庭院里的兰花大部分移植到大棚里，庭院只做名贵品种的精细化养殖和培育。

第二步，林下精养。经过大棚种植的兰花，离大自然仿生态种植更近了一步，这时候就采用透光控制、良种壮苗、原土拌肥、小盆疏植等技术，在树林里选择一块地做实验，从大棚里的兰花选择一部分生长态势好的移栽到林地里，像庭院养殖一样进行精细化管理，总结出一套行之有效的经验。

第三步，天女散花。根据总结出的经验，在整个林地里全部种植兰花，进行仿生态管理。这种粗放型种植，可以大大降低成本，对于提高兰花的抵抗力、培育新的兰花品种、提升产品的市场竞争力都会有很强的优势。

他还用箭头和各种图示，把每一步用不同颜色标注出来，一目了然。这三步都绕开了一个问题：土地。既然各方都在角逐，我就种好自己的田地林地，至于合作社，下一步再说吧。

廖兴平说，我看温老先生这个思路比较对我的胃口。这样，上班后我跟局里申请，直接挂钩咱们这里，我们一起把这个产业做起来，希望可以造福一方。

廖兴平说的，当然也是廖海峰求之不得的。

2

年后这几天，兰花销量也达到了三十多万元，大多数是以高端礼品的兰花为主。这样，兰苑的兰花就只剩下一千多盆平民兰花和两千多盆名贵兰花了。

可以说，年前年后这一波兰花销售给很多人打了一支强心剂。廖海峰和温泉水有了下一步计划，镇里面肯定了兰花产业，村里也在计划成立合作社的事情。许多花农也准备把养兰花作为新一年的主要发展方向。

上班第一天下午，李镇长组织刘长水、钟海华，林业、农业、国土、团委、妇联、乡村振兴办的相关负责人，廖海峰、温泉水，还有村"两委"全体成员，在兰田村会议室召开了专题会议，专门研究讨论兰花产业的发展问题。

会上，李镇长对廖海峰去年兰花获奖、年前年后兰花销售火爆情况进行了点评。他说，廖海峰先生宁可放弃百万年薪，回到生他养他的兰田村，回来养兰花，韬光养晦，久久为功，如今可以说旗开得胜，这也仅仅是开始。因为一个产业的兴起，不是随随便便就可以实现的，必须靠一群人、一代人甚至几代人的努力。我们恰逢其时，如果错过了大好时机就太可惜了。

镇上上午开大会，通过了新一年的产业规划，其中第一项就是兰花产业的规划。镇上计划以兰田村为基地，以廖海峰的兰花基地为核心，打造百亿元兰花产业。这个是远景规划，不可能一下子就实现的，那么今年要做的事就是先搭好兰花产业的四梁八柱。

李镇长说，我的建议是成立一家公司、组建一支队伍、划出一块用地、做好规划设计，争取三个月内开工，年内实现产出，三年实现收支平衡。我很少跟企业家打交道，但是廖海峰的精神令我折服，他的探索精神、创新精神、忘我精神和大局观念，都是我们最值得学习借鉴的。我们已经成了无话不谈的好朋友。这样吧，大家发表一下意见，海华同志把大家的意见收集汇总起来，我们回去再研究。

会上，大家七嘴八舌，总的意见是：请廖海峰牵头成立一家公司，组建一支队伍，请林业、农业、国土相关部门，会同村"两委"划出一块用地，请专业公司根据战略布局做好规划设计。

刘长水提出成立专业合作社的问题，会上基本同意，由廖海峰担任理事长，首批会员以兰田村的花农为主，团结大多数一线花农参与进来。在这个过程中，村"两委"不是股东，不参与管理，而是做好服务。

团委的意思是尽量吸引更多的年轻人返乡创业。妇联的建议是发挥农村妇女的积极性，成立巾帼志愿者服务队，成为兰花产业发展的有力助手。

李镇长请廖海峰谈谈意见。廖海峰站起来先向与会者鞠一个躬，拜一个晚年。他说，我并没有多么远大的志向，或许正好遇到了风口，连猪都可以飞起来。他这句话一说出来，把大家都逗乐了。

廖海峰接着说，我和我老丈人已经有了思路，就是耕好自己家的一亩三分地，不破坏耕地、林地，不占用乡亲们的一寸土地。有一首歌叫作《伤不起》，我放弃外面的大千世界，回到美丽的家乡，就是想要远离钩心斗角，远离复杂的社会。要我用大量的时间、金钱甚至身体健康作为代价，换取未知的伤害，说实话，我是伤不起啊！谢谢领导的关心和厚爱，我看还是另请高明吧！

温泉水看了廖海峰一眼，心里知道他这是以退为进。但是年前那次酒局，还真是令人伤心、令人气愤的事情。

李镇长说，廖海峰先生这是给我们敲响了警钟啊！如果做一个产业，大家尔虞我诈、钩心斗角，不断"内卷"，最后只会一败涂地。如果大家心胸宽一点儿、格局大一点儿、私心少一点儿，将来蛋糕做大了，全民都是受益者。我看今天就讨论到这里，会议精神我们带回去研究，最后请书记根据大家的意思做出决定。请钟海华副镇长、兰田村的廖龙辉、阙汉民、廖贵发、温梅香，还有温泉水老先生、廖海峰先生留下再开一个短会，其他同志散会。

其他人员散会，李镇长表情严肃。他面对着温梅香说，那份合同给我看一下。温梅香脸色都变了，她看了廖龙辉一眼，廖龙辉眨了眨眼睛，不置可否。温梅香拿出那份酒局上的合同，双手递给李镇长。李镇长认真看一遍，在场的村干部连大气都不敢出。

廖龙辉，你过来一下。李镇长板着脸叫道。

廖龙辉站起身，深吸一口气，战战兢兢地走了过去，李镇长指着上面的签字，字很草，不细看的话还不大容易辨认，细细地看，竟然是"廖龙辉"三个字！他倒吸了一口凉气，鬓角上冷汗涔涔。他回过头来看了廖海峰一眼，廖海峰把眼睛看向一边，不想跟他对视。

好你个廖龙辉，设了个鸿门宴，挖了个大坑，最后是自己跳了进去。你这个支部书记当得好卑鄙、好窝囊啊！钟副镇长，麻烦你把这份合同收起来，作为干部考核的依据。

李镇长挥挥手，温梅香和廖龙辉重新回到座位上。

停了一会儿，李镇长说，这件事情就到此为止，消息不得传出去。你们几个在场的村干部被口头警告一次，下不为例，否则旧账新账一起算！廖龙辉，你为此次事件负主要责任，本来想给你停职反省，还是书记宽宏大量，让你将功赎罪。我看这样吧，给你三个月的考察期，考察不合格的话，支部书记不要当了，谁来求情都没用！你表个态吧！

廖龙辉站起身，双手按住桌面不断地颤抖。他心里在骂娘，好你个廖海峰，背后戳我一刀。今天我先把这口气咽下，改天再跟你算账……他看了李镇长一眼，吞吞吐吐地说，是我太自私了，竟然打起了小算盘，还用这么卑鄙的手段，现在回想起来真是惭愧呀！廖海峰……先生，我在这里跟您道歉了，希望您宽宏大量，原谅我这一次。我保证，下不为例，以后一定顾全大局，在工作上不带任何私心杂念。下一阶段，将不折不扣完成镇上安排的工作，带领村"两委"班子，为兰花产业的发展做好后勤服务！请组织考验我吧！谢谢李镇长，谢谢钟副镇长，谢谢大家！

李镇长说，廖海峰先生留下，其他人散会。他让廖海峰面对面坐着，微笑着说，村干部的素质你都看到了，甚至还有品德问题，所以把重大事情交给他们，我不放心啊！这个担子，还得请你挑起来啊！

廖海峰搓了搓双手，呼一口气说，既然李镇长给我主持公道，我也不能执拗着再钻牛角尖，反倒显得我小家子气。我跟我老丈人商量好了，原本就在我自己的苗圃和自留山上开展"三步走"试验：第一步，从庭院移栽到大棚；第二步，从大棚移栽到山上，做小范围精细化试验；第三步，在第二步成功的基础上天女散花，扩大种植规模。其实这个计划，也适用于更大规模的规划。目前我最大的担心，就是有些农户会狮子大开口，不肯拿出自己家的田地和山场。所以，我也有了股份制合作的想法，就是拿出一定的比例供农户入股，入股包括田地入股、山场入股、技术入股和资金入股，也可以综合几项入股。这个计划还得进一步细化。

李镇长站起身，紧紧握住廖海峰的手说，我就知道你能行！还是那句话，有什么需要随时打电话给我，我的手机为你二十四小时开通。

3

廖兴平果然来了，带来了一位年轻的姑娘，还带来了床上用品和其他日用品。他在刘长水的带领下，带着工作函，来到了兰苑。

廖兴平的工作函是县上开给白石镇的，意思是这样：根据县主要领导指示，请廖兴平同志蹲点白石镇，为做大做强兰花产业深入调查研究，提供技术支撑。请白石镇人民政府予以接洽。刘长水说，是廖教授自己提出一定要到兰苑蹲点，我们镇上提供生活补助。

至于那位年轻的姑娘，二十一岁，是省农林大学大三的学生，她的工作函也是开到白石镇的，说是开展社会调查，请镇上予以支持。廖兴平说，这姑娘名叫董文娟，是隔壁乡我的一个远房亲戚，委托我带她半年时间，完成学校安排的社会实践。我刚好申请下来蹲点，就带着她来了，生活费我来出。

廖海峰激动地说，不要说姑娘的生活费，您的生活费我们出也没问题呀！你们是来帮助我的，也是来帮助白石镇的父老乡亲的，我首先表个态，欢迎廖兴平教授，欢迎董文娟同学！

刘长水看廖海峰这高兴劲儿就放心了，他说你安排一个欢迎晚宴，十个人左右，就在兰苑举行，费用我来出。廖海峰说，安排没问题，费用绝对是我来出，廖教授可是我兰苑的恩人啊！您敬我一尺，我敬您一丈，这样吧，刘委员，参加人员你来安排，我负责安排酒菜。

廖海峰给廖兴平和董文娟安排住宿，按照他们自己的意愿，就选在下厅的左右房间，卧室、卫生间、空调、热水器，一切都是现成的。卧室外面还有一张工作台，两个人共用。他们都很满意，立即铺好床铺，挂好衣服，整理好工作台，很快进入状态。

董文娟换上一身牛仔衣,扎一对马尾辫,一个青春可人的少女调皮地出现在大家面前。她自告奋勇,要下厨房做帮手。

温泉水出去杀鸡了,厨房里就剩下廖海峰和董文娟,廖海峰看了董文娟一眼笑了一下,董文娟也笑一下,露出一对浅浅的酒窝儿,脸上飞着两朵红霞,两只大眼睛扑闪扑闪的像是会说话。过了一会儿,董文娟说,他们都叫您廖海峰先生,我该怎么称呼您呀?

我看你就叫我廖海峰吧,以后朝夕相处,也用不着客气!

那可不行,我师父肯定得批评我了。董文娟口中的师父,就是廖兴平教授,这个称呼也是他们在路上才定下来的。

你二十一岁,我四十二岁,我的年龄刚好是你的两倍,要不你叫我叔?

不行不行,您可不能比我大一辈。要不我叫您廖海峰哥哥?

廖海峰哥哥?也行,我也乐意有你这个妹妹。

谁叫谁哥哥呀?廖兴平从外面进来,故意拉长腔调。

师父,我叫廖海峰先生哥哥好不好?

差辈了差辈了,你叫我师父,你又叫他哥哥,我叫他兄弟,说不通啊,你还是叫叔叔吧!

董文娟央求道,师父,您看廖海峰先生这么年轻,我跟他出去办事叫他叔叔,不是把他叫老了?您叫您的,我叫我的,谁也不碍谁呀,是不是?

廖兴平没办法,只能耸耸肩,指着董文娟的鼻子说,那就好好跟哥哥学,学不好给你个不合格,看你怎么毕业!

我才不会呢!董文娟开心地切起菜来。其实,董文娟并没有一直叫廖海峰哥哥,后来不知不觉就改叫他廖总了。其中原因，恐怕只有董文娟自己知道。

参加晚宴的有镇政府的四个人，刘长水、钟海华、乡村振兴办干部、包片干部，还有廖海峰、温泉水、廖兴平、董文娟，村支书廖龙辉，村主任阙汉民。

刘长水做了个简短的致辞：我今天代表镇党委、政府，欢迎廖兴平教授返乡蹲点。廖教授是高级人才，有情怀有温度，自己申请回到家乡，开展农业产业和生态扶贫工作。他是知名的养兰专家，研究成果丰硕，著作等身，为兰花事业做出了积极贡献。同时，我们也欢迎省农林大学的董文娟同学来我镇参加社会实践，并作为廖兴平教授的助理义务支援我们乡村振兴事业。大家一会儿多敬一下廖教授，但是喝酒随意，尽兴就好！我们先举杯，欢迎廖教授，欢迎董同学！

席间，刘长水对廖龙辉说，尽快入户摸底，有技术、有基础的兰农有几户？这些人中，有意愿参加专业合作社的有几户？对于有抵触情绪的人，我们先缓一缓，不要急着把他们拉进来。下一阶段我们还要划出兰花基地的范围，镇上按照相关政策对土地统一流转，这里面涉及荒地、林地的农户也要先摸底，争取工作百分之百做通，农户百分之百支持。

今天喝酒比较文明，大家和风细雨，点到为止。廖龙辉专门走到廖海峰身边，举杯致歉。廖海峰也笑着说，希望老同学多多支持。没有人再提起年前那场酒会，大家都希望尽快成立合作社，尽快启动兰花产业项目。董文娟也喝了几杯红酒，热情地敬各位前辈、领导以及老师。

廖海峰知道，自己以退为进的计划已经达到目的了，但是他知道每个人心里都有自己的小九九，还是要听其言观其行，对于镇村干部，还是提高警惕为好。

客人散场后，董文娟提出要打扫残羹剩饭，不让长辈们插手。这下廖海峰有点儿不适应了,平时这些都是他要干的活儿。

温泉水泡好了茶,三个人边喝茶边聊天。廖兴平以前也来过几次,但是这一次是正式下村蹲点,所以也是充满了期待。他说,我是被你们两个人的精神感动了。尤其是海峰,对技术的渴望和追求,可以用执着来形容。现在好了,我们天天在一起,一起面对问题,一起解决问题。我只懂技术,人际关系和开拓市场我都不会插手,这个也是我的弱项。

温泉水高兴地说,廖教授来了,我们的心就踏实了。说实话,以往我们爷儿俩遇到一些问题,心里就像被猫挠了一样着急,恨不得马上得到廖教授的指点。

董文娟洗好碗筷出来,坐在一边听他们聊天。廖兴平让她介绍一下自己的经历,还有这次前来的目的,好请各位前辈多多指教。

原来,董文娟的老家在三都镇。三都镇在白石镇的南边,两个乡镇距离也就二十多公里,连方言都差不多。董文娟的父亲原来是镇卫生院的院长,后来调进县中医院,医术精湛,社会口碑很好。董文娟的小学和初中都是在乡镇上的,后来考取了县一中的高中,又顺利考到了省农林大学。父母亲现在住在城里的一个高端小区,他们一开始不同意女儿跟农作物打交道,后来看她自己确实有这个兴趣爱好,说不定还真能学到一技之长,回到家乡做点贡献,也就同意了。

董文娟喜欢养花,也种了一些观赏花,像兰花、格桑花、非洲菊、郁金香,但都是照着书本知识种植,没什么实践经验。

廖海峰说,那正好,我们都没什么经验,一起好好向廖教授学习!廖兴平拍了一下他的肩膀说,少来,我们一起干!

离元宵节还有几天,朦胧的月光透过薄薄的云层洒下来,一阵微风吹过，兰苑的花香四处缭绕，沁人心脾。

董文娟说，每天生活在兰花的世界里，是多么惬意呀！

4

上半年多是雨季，廖海峰未雨绸缪，请来泥水匠和木匠师傅，把老屋修缮加固。与此同时，他贴出通告，高价收购兰花。因为他的兰花在春节期间卖出去一大半，得赶紧补充一部分。

可是，年后收购兰花，前来送兰花的农户寥寥无几。原来，花农们看到廖海峰的兰苑在春节期间销售的火爆场面，知道廖海峰一定发了大财。心想你廖海峰的兰花值钱，我自家兰花也不能贱卖。另外，私下里也有人吹出口风，兰田村要成立兰花合作社了，谁家有兰花都可以入股。于是，花农们憋着一股劲，要用自己的兰花估价入股。

收购兰花遇到了阻力，廖海峰决定走出兰田村，到别处去看看。董文娟自告奋勇要跟着一起去，廖海峰笑着说，跟我去是出苦力没工资，你还是在家待着吧。董文娟不干了，廖海峰哥哥，我是来学习的，你不带着我，我怎么学习呀？廖兴平也说，带着她，让她也涨涨见识。就这样，廖海峰开着皮卡车，带着董文娟到各个村收购兰花了。

其他村的兰花储量比起兰田村来说真是少得多，但收集起来数量却是相当可观，而且他们收了些兰花新品种，也算是意外的收获。那些种兰花的农民，基本上都没什么技术，兰花种植也没什么规模，听说廖海峰来了，都围过来，咨询养兰花的技术和市场前景。他们看廖海峰一家家估价，只要花农肯出手，一把把现金就进了腰包，也都有些心动了。他们想，这兰花在我们家是草，到了廖海峰家就是宝，留在家里作践了，还是卖了吧。不过也有人有点儿小心思，认为这些都是平时山上挖回来的，得闲了再进山挖一些回来，下次廖海峰来了又可以卖钱，何乐而不为呢？

几天下来，廖海峰基本上把卖出去的兰花数量都补回来了。

一天傍晚，廖海峰开着皮卡车，回来天就要黑了。他和董文娟忙着把收回来的兰花往屋里搬，搬完回家洗手。董文娟边洗边说，廖海峰哥哥，刚才我看到树林里有人。廖海峰问她哪个树林里？董文娟说就咱们兰苑后面呀，后龙山的树林里。廖海峰疑惑地问，那么远你看到了？董文娟说千真万确，手机屏幕的亮光在那里一闪一闪的，肯定有人。

廖海峰打了把手电筒来到后龙山，果然看到有人从山上下来，也许是看到了他，立即从另一条路一瘸一拐地往村中跑去。廖海峰没看清是谁，也不打算追上去了，他想，看身影应该是个老头，别追着追着摔一跤，谁摔倒都不值当。

第二天，廖兴平和温泉水在家里种兰花，廖海峰和董文娟在苗圃修剪花木。廖海峰准备实施今年计划的第一步，把苗圃清空，搭建一座大棚，再把庭院里的兰花移栽出来。

哎哟一声，董文娟蹲在了地上，廖海峰连忙过去查看，原来她不小心眼睛里进了灰尘。廖海峰让董文娟坐在田埂上，自己洗干净手，蹲在她身前，帮她翻看眼睛，用力吹一吹，董文娟眨眨眼睛，感觉好些了。她说我回去洗一洗就没事了。就在董文娟转身的一刹那，廖海峰看到一个身影在不远处的丛林里闪过。那是兰溪的溪畔，长着茂密的杂木修竹。廖海峰跑过去，又是一个身影在前面一瘸一拐地跑着。这会儿是白天，距离又不远，廖海峰一个冲刺就赶了过去。

第四章　林中有双眼睛

是廖必贤。廖海峰站在廖必贤身前,看他正在慌乱地把手机塞进兜里,蹲下身子装作抓痒的样子。

你躲在树林里干什么?廖海峰问。

没什么,这树林又不是你家的,我想砍几根竹子回去围篱笆,不算犯法吧?

你带刀了吗?就凭赤手空拳,你能砍得了竹子?

我先来看看,不可以呀?

昨天晚上是不是你?

昨天晚上?不是我!

我想问昨天晚上什么事,我问都没问,你就说不是你?

管你问什么,反正不是我!

那行,我现在就报警,请派出所的人来处理。你一而再再而三地躲在树林里偷窥,到底安的是什么心?

廖海峰掏出手机,准备打电话,廖必贤连忙低声说,别打电话!派出所的警察去年已经警告过我一次了,说我家庭暴力。

那你自己说清楚,说清楚了一切好商量。

行,你给我一支烟。廖必贤颤抖着手接过廖海峰递过来的香烟,点着了,狠狠地吸了两口。

廖贵发,那个王八蛋!廖必贤说,是他让我跟踪你的,还给了我一部新手机,教我如何用来拍照。说完,把手机掏出来。廖海峰接过手机,看了下相册,里面有几十张照片都是他和董文娟在一起的,有一起扛木头的,有一起搬兰花的,刚刚自己蹲在董文娟身边吹灰尘的那张,看起来像是亲密接触,想要亲嘴或是拥抱的动作,总之很容易让人产生联想。还有几张黑乎乎的看不清照片,那应该就是昨天晚上拍的。

你都跟踪多久了?还有其他照片吗?

照片就这些,我每天拍到了都传给他,他都说不满意,让我继续努力。就是那个姑娘来的那天晚上，廖贵发找到我，给了我两瓶白酒，还给了我这部手机。他说你带了小情人，伤风败俗，让我跟踪你，拍下你跟小情人亲密的照片，把你名声搞臭，你就不会在兰田村兴风作浪了。他还说如果拍到有价值的照片，这部手机就送给我了。

廖海峰说，按辈分你是我长辈，你怎么能做这种偷偷摸摸的事情呢？我今天不会举报你，但你给我敲了一记警钟，让我要洁身自好。这样，你到我家喝杯茶，我送一包烟给你。以后别再干这样丢人现眼的事情了，跟着我种兰花，好不好？

廖必贤一听，激动得差点儿哭出声。他说，我每次祸害你，你每次却都宽宏大量，看来只有跟着你才能走正道。好，我听你的，喝茶！

廖海峰扶着廖必贤的肩膀往兰苑走去。

董文娟从兰苑出来，看廖海峰身边有一个老人，连忙打招呼，老爷爷好！

廖海峰笑着介绍，这姑娘是个大学生，来我这里社会实践，就是学习种兰花。这位老爷爷叫廖必贤，也想跟我种兰花。

董文娟和廖必贤笑着致意。董文娟的笑自然而纯净，廖必贤的笑尴尬而勉强，真有点儿哭笑不得的样子。

到了屋里，廖海峰给廖必贤倒了一大杯茶。然后拿出一张白纸，他问一句，廖必贤答一句。最后，廖海峰拿给廖必贤看，问他是不是事实。廖必贤点了点头说，是事实。廖海峰把笔递给他，让他签上名字。

廖海峰又加了廖必贤的微信，把照片一一传过来，再把相册里面关于自己的照片都删了。他说，照片我给你删除了，廖贵发问起来你就如实说，遇到了我，也认识了这个姑娘。这姑娘就是个大学生，过来社会实践的，要说不清楚就说是过来学种兰花的。然后你把手机还给他。想要手机你跟我说,我可以给你买一部。

廖海峰请温泉水把这张纸收起来,又拿出一包灰狼香烟给廖必贤,再把他送到门口。看着廖必贤一瘸一拐远去的身影,廖海峰心里满是酸楚。

第五章　好大一个洞

1

热热闹闹的元宵节在村民们的欢声笑语中落下了帷幕。

过完元宵节,村民几乎都外出打工去了。村里剩下的大多是老人和孩子,仅有少数家庭的青壮年留了下来,那是因为家里老人有生病的、有残疾的,孩子们可能还嗷嗷待哺。他们会种一些经济作物维持生活。

廖龙辉整理了一份兰田村现有种植兰花五十盆以上的家庭户主名单。这份名单里一共有五十三户,最少的栽种五十盆,最多的有三百六十盆,总数六千八百多盆,规模都不大,还比较分散。

廖海峰说,还得再摸一下底儿,这些家庭哪些有意向加入合作社?他们具备什么条件?比如劳动力、技术或者资金。

就在廖龙辉他们挨家挨户征求意见的时候,镇上的规划图纸出来了。他们采用卫星地图和航拍技术相结合,最后觉得还是田螺坑的地理位置最合适。因为田螺坑狭长,十三条山谷分布在兰溪两岸,陡峭裸露的土地面积不大。最主要的是田螺坑没有基本农田,林地也以村集体土地为主,涉及的农户不多,涉及田地十八户、林地二十三户,这里还包括既有田地又有林地的八户。根据初步测量,田螺坑兰花基地总规划用地面积三千六百亩，便于集中管理，非常有利于兰花产业的打造。

钟海华拿着图纸，跟廖海峰、廖兴平等几个人共同探讨：如何开路？哪里做管理用房？哪里做育苗基地？哪里做销售基地？如何分片规划？预留旅游用地多少？

看着斑斑驳驳的几个小斑块，廖海峰心里感到很不是滋味。那是还裸露着红土的地方，随时可能发生塌方或者泥石流灾害。这个对种兰花极为不利，应该首先治理。

钟海华说，镇上认为，公司名称建议为田螺坑农林开发股份有限公司，由廖海峰当法人。廖海峰拿出三年前注册的田螺坑农林开发有限公司法人证书问，那我这公司怎么办？股份制的百分比有没有一个初步方案？钟海华说，具体方案还要等下次党政联席会上讨论，你这边也思考一下，用什么方式合作最为妥当？我们的目的就是使公司能够得到快速发展，并带动更多的农户参与进来。

钟海华走后，温泉水拿着图纸仔细端详。他说，对于兰田村的现状，在田螺坑搞开发是最好不过了。三千六百亩，可以分三期：一期基建，修好公路，做好管理用房、育苗大棚和销售大棚；二期试验，在半山腰以下的荒地、林地养兰，荒地改造可以先种果树、景观林，林下套种兰花；三期全面开花，在三千六百亩的田螺坑全部林下养兰，这是兰花基地建设。基地建设的过程中，要考虑到后期的文旅融合布局，在合适的位置预留几十亩，街区、木屋、花园、水体、教学场所都可以慢慢布局，公共用房用地也先预留好……

温泉水毕竟是学校总务主任出身，对基础设施建设有自己独到的见解。

廖兴平看着规划图，皱着眉不知在思考什么。过了好一会儿,他踱着步子说,田螺坑的山场海拔不高,但是根据等高线,有些地方的山势过于陡峭,那些裸露的土壤偏偏又处于这些陡峭的山坡上,要不我们下午实地考察一下?

廖海峰和温泉水都点头同意。董文娟听说要出去野外考察,兴奋得不得了。她说,到大自然去看看真好。廖兴平吩咐董文娟,做好拍照和记录,回来还要做好下一阶段的规划设计。

关于股份制问题,廖兴平说他不感兴趣,带着董文娟出去了。温泉水说,主要是考虑政府控股还是我们自己控股的问题。职责上,政府负责立项、土地流转、基础设施建设、政策支持和争取上级项目资金;我们负责基地苗木种植、农林科技研发、日常管理和销售,后期还要管理好专业合作社。

吃过午饭,大家换好工作服,带着锄头、镰刀、皮尺,董文娟背着个双肩包,里面装着照相机和笔记本,向着田螺坑出发。

田螺坑在兰苑的右侧,狭长的山谷有三千多米深。逆着兰溪一直往上游走,兰溪的发源地就在田螺坑的一个山谷内,先后汇聚了十三个山谷的十三条小溪。以前,这里是个富庶的林场,原始森林遮天蔽日,森林资源储备十分丰富。从20世纪60年代开始,连续三十年的乱砍滥伐,喊着"支援国家经济建设"的口号,数百人轮番作业,却把一个长发少女剃成了削发尼姑。这些过程,廖兴平和廖海峰都还有记忆。

回想起20世纪90年代的全村人大逃离,廖海峰心里还在隐隐作痛。靠山无法吃山,家庭收入年年赤字,旱灾、洪灾轮番上演,作物收成越来越少,经济一下子陷入了崩溃。

幸好,经过二十多年的封山育林和水土流失治理,如今的田螺坑又披上了绿装,土地裸露的面积逐年减少。

如果没有目睹过曾经的满眼繁花,你就不会有所期待;如果没有经历过曾经的战火硝烟,你就不会有刻骨的伤痛;如果没有体验过"绿"梦成真,你就不会在心里充满欢欣鼓舞!

这时候的廖兴平和廖海峰,就是见证过田螺坑的兴衰,所以走在山路上,心里五味杂陈,入眼都是满满的回忆,同时也为自己能够为田螺坑做些什么感到欣慰。

2

这条路,三年前温泉水和廖海峰为了寻找兰花已走过许多遍。如今三年过去了,山更青了、草更绿了,潺潺的溪水一路欢歌,欢快的鸟儿忽飞忽落。

走上山路,许多树木明显长大了许多,原本有路的地方也被野草覆盖了,他们只好一边前行,一边开辟新的路径。

约莫走了一个小时,大家走到田螺坑的最高处,在一个平展的高地上,四周都垒放着条石、木桩。廖兴平说,这里是香炉坪,当年上山砍柴,都得在这儿歇歇脚,然后再翻过田螺坑背后的绵绵大山,沿着不同的山岭,向山谷走。大家砍完柴火,从山谷把一担担柴火挑上来,累得汗流浃背了,就在这儿歇息。

从香炉坪往四周眺望,十三座山梁一览无遗。廖兴平说,这些山梁原本都有名字的,但是时间太久,我们都忘记了。董文娟,你今天的记录从最高的这座山梁开始,这座为一号山,顺时针过来,二号山、三号山……

经过统计,土壤部分裸露的山梁有七座,有三座山梁存在明显的崩塌隐患,而且面积很大,山势陡峭,人工作业难度很大。另外,有五个大的山谷,是天然的避风区,一年四季温暖舒适,适合建育苗基地。下游溪流汇集的地方,河床较宽,四面还有大片荒地，适合建管理房、销售大棚和停车场。公路从村里面修过来，到了停车场的位置，约莫一公里的路程，两边是宽阔的抛荒地可以充分利用。廖兴平和廖海峰一边说一边补充，董文娟一边做笔记一边拍照。温泉水举目四望，偶尔插一两句以拓展思路。

一行人各自找了一块条石坐下来。这个山顶大坪足足有一亩地那么大，想当年，该有多少伐木工人在这里歇脚，他们看着自己的劳动成果，该有多么喜悦。

廖海峰突然说，育秧大棚可以从村里一直搭建到停车场，平地和山谷是最好利用的，而且也最容易吸引游客参观。为了提高兰花林下种植的采光需求，我认为以五个平整的大山谷为主，密植毛竹，可以达到一举多得的效果。几处严重的崩塌岗，可以采用降坡、拉网、种草、种树等循序渐进的方法，最终消灭裸露的土壤。

董文娟扑闪着那双大眼睛，听完廖海峰的话插上一句，我认为崩塌岗的下游可以建一个围挡，既可以挡住泥石流，又可以留住泥土。这个是我们学校安排实习的时候，我在闽南的一处茶场看到的。

廖海峰说，洪水一来势不可当，围挡能起到多大作用还要打个问号，不过也可以尝试一下。另外，从今年开始我们可以先播撒草籽，这种草必须是根系发达、耐水耐旱的。我记得我们本地有一种草叫作鹧鸪草，草长起来了、茂盛了，一切问题都好办了。

廖兴平接着说，鹧鸪草很好，我看这几处崩塌岗就采用降坡、拉网、种草和建围挡的方法，但是需要当机立断。

大家开始往回走，走到刚才从高处看下来的各处规划地，实地做了初步测量，再把四周环境也做好标注。果然，下游兰溪两岸土地相对平整，一大片抛荒地草木葱茏，正如廖海峰所说，这两边建成连片大棚，在溪上架几座桥梁，种上行道树，是一个非常理想的旅游观光景区。另外，靠山的一大片空地，可以建木屋，也可以预留研学营地……

再从出发地向田螺坑望去，神秘莫测的山岭已经在每个人的脑海里变成了一个个大棚，一座座楼房，一处处景观，山上的林间藏着无数兰花，就像藏着无数的宝藏。

回到兰苑就快要天黑了。董文娟烧火做饭，廖海峰他们围着大板桌一边喝茶一边感叹。田螺坑真是个广阔的战场，在这里可以纵马驰骋，可以挥洒汗水、书写人生精彩的华章。

这些装在各位脑海里的规划越来越细，越来越完整。但是毕竟还是规划，需要大量的财力支撑，需要共同发挥许多人的聪明才智，需要经过长时间的精心打造。

看着天井里的"武夷素"以及各种名贵兰花，廖海峰想，连绵春雨就要来了，该好好打理打理它们了。刚刚收购回来的兰花虽然都栽好了，但是各项指标还要测试。惊蛰前后，苗圃的树苗要完成全面移植，大棚的搭建要请专业的师傅先过来测量一下，建好了就可以拉回来组装……还有，有些盆花要分株了，营养土也该好好准备了……

正想着呢，开饭了。廖兴平说，我们将要向田螺坑进军了，大家喝两杯吧！

3

天气说变就变，绵绵春雨淅淅沥沥地下起来了。

幸好廖海峰做事果断，大家用三四天时间把庭院和天井里的兰花打理好了。廖海峰还让邻居廖杰年出面，请了几个工人在后龙山挖好了几百个大穴，准备天气转晴了再下足基肥，进行苗木的移栽。

廖杰年的家就在廖海峰家左手边不远处，一栋两层的砖混小楼房。廖杰年五十多岁，中等个子，偏瘦，一笑起来脸上的皱纹就会打结。他有个儿子在外地打工，老婆帮儿子带娃，所以平时就他一个人在家。这个人平时不声不响，难得跟人聊上两三句话，所以在廖海峰的眼里就是个老实本分的农民。前几天，廖海峰邀请他到家里来喝茶，带着他四处转了一圈，聊了聊家常。

喝茶的时候，廖杰年眼睛盯着天井里的兰花说，这些兰花真是漂亮，我一辈子没见过这么好看的兰花。廖海峰说，这些都是好的品种，有些还是我这几年新培育的，比较珍贵。廖杰年问，这些花很贵吧？廖海峰笑了笑说，这得有人识货，不识货的人就是觉得好看，不会掏钱。识货的人，你开价一两千，他眉头都不皱一下。就我这个天井的兰花，放在过年，那能值好几十万元。廖杰年惊得目瞪口呆，喝着茶，许久没有说话。

临走的时候，廖杰年问廖海峰，有没有可以做的事情？廖海峰说零工倒是经常有的，就是工钱不高。他说没关系，有零工做的时候叫他一声，一个人闲着也是闲着。就这样，廖海峰时而让廖杰年出面，帮忙找人来干些零活儿。

这天下雨，没什么事情做。廖海峰联系过李镇长，邀上廖兴平、董文娟到镇政府走访一下。

走进镇长办公室，李镇长迎出来握手，大家落座，刘长水进来给大家泡茶。寒暄一会儿，李镇长对廖海峰说，看看，专家教授来了，大学生也来了，这阵势越来越强大呀！

廖海峰笑着说，让镇长费心了，想不到我一个小小的兰花基地，得到了这么多人的关注，真是荣幸之至。

李镇长问廖兴平、董文娟,村里的生活适应吗?要是不适应,你们就搬到镇上来,吃饭住宿我来安排。廖兴平说,我是土生土长的兰田村人,自然熟,就是不知道小董是否习惯了?

董文娟说,师父,我还能不适应吗?要是到这镇里来我估计真会不适应,闻不到兰花香,那我会六神无主的。

她这句话把大家逗乐了。

话题转到股份公司上来。李镇长说,股份公司的目的就是整合各方资源,发挥大家的积极性,我想听听你们的意见。

大家面面相觑,最后都看着廖海峰。廖海峰说,我的意思是让镇上来控股,我本人也是以公司的名义来入股,明确责任,各司其职。具体事情,我还是听镇上的。

李镇长笑着说,你这是表明了态度,这样就好办了。我跟书记商量好了,为了调动你们的积极性,还是以你们控股,你以公司的名义参股,占股百分之五十一,镇上也有一家公司,叫作白石镇乡村振兴服务有限公司,公司的法人就是这位刘长水委员,我们以这家公司的名义参股,占股百分之四十九。这样的建议框架通过了,我们就来谈细则。

廖海峰看了看温泉水,温泉水点了点头。廖海峰说,我们还担心这个担子太重,怕承担不起,既然李镇长这么说,我们就竭尽全力,把好事办好!幸好有镇上的大力支持,又有廖教授的鼎力帮助。说实话,前几天我们到了实地,对整个田螺坑做了详细调查,也有了初步思路。怎么干,请李镇长明示。

好!李镇长说,下一步就先成立公司。我看注册资本就初步定在一千万元,按照比例如实注册资产,你方出资五百一十万元,我方出资四百九十万元。法人就是你了,董事会成员五人,你方三人,我方两人,你来当董事长兼总经理。刘委员当董事兼副总经理,另一位董事由钟海华副镇长担任。

职责上，政府负责立项、土地流转、争取上级政策支持和项目资金。成立后的公司由你代表董事会统一管理，负责基础设施建设、基地苗木种植、日常管理、产品的开发和销售，另外还要管理好专业合作社，扩大公司经营范围等，这个要做长远规划。

刘长水拿出一份公司章程（草案）递给廖海峰，内容比较多，廖海峰说拿回去好好学习一下。

下班了，廖海峰起身要告辞，李镇长邀请大家到政府食堂吃饭。热气腾腾的政府食堂，几十号镇政府干部正坐在桌前吃午饭。廖海峰粗粗估算了一下，干部职工有五十多人，其中四十岁以下年轻人占了一半多。他想，这样的机关应该是充满活力的。

午饭是李镇长特意安排的，五菜两汤。河田鸡、烧大块、干蒸肉、红菇氽小母鸡，这几道是白石镇的招牌菜。

吃过午饭，李镇长送大家到门口，握着廖海峰的手说，公司马上要办理注册了，镇上会安排一位干部与你对接。请你拿出一个公司正常运转的时间表来，需要村里以及镇上出面解决的问题标注清楚，这样有利于提高办事效率。

回来的路上，董文娟问廖海峰，投资好大啊，廖海峰哥哥，你有那么多钱吗？

廖海峰说，注册资本筹一下，应该没问题。实际投资要比注册资本大得多。所以我们要尽早让资金运转起来，实现以兰养兰，这就要考验我们的智慧了。

4

接下来几天都是阴雨绵绵。

注册公司前期都是董文娟和镇干部小罗在跑，一个月不到,一切手续都办好了。廖海峰这方,征求各方意见,邀请廖兴平、温泉水担任董事,三个董事另外签订协议,明确各方权利义务。其间,廖海峰征求廖云岱的意见,要不要回来一起干?廖云岱说,他在同学的公司挺好的,关键还能学到技术,过两年再说吧。

惊蛰前后,廖海峰请工人把苗圃的苗木都挖出来了,原本挖好的穴都下足基肥,以复合肥和有机肥相结合,铺上稻草,把挖好的苗木移栽过来。这样,后龙山的荒地都种上了苗木,加上之前种下的毛竹、果树,以及修好的步栈道、凉亭,连接起来就是一个小小的公园。

开董事会这天,五个董事都到齐了,董文娟列席并做会议记录。廖海峰在会上提出了迫切需要解决的问题:项目立项、详细规划和土地流转。刘长水表态,项目立项已经提交县发改委了,近期投资一个亿,远景投资三个亿,打造百亿兰花生产基地。详细规划马上联系设计团队,按照廖海峰他们那天现场考察的意见先行设计,后续聘请专家对设计稿进行论证、修改完善。土地流转由镇村组建团队,一个月内完成全部征地工作,争取提前完成任务。具体工作分工:刘长水负责立项,廖海峰负责项目规划,钟海华负责征地,温泉水负责资金管理兼任公司出纳,镇财政所副所长廖元辉兼任公司会计。另外,为便于管理,提前收获营销成果,廖兴平提议,请专业公司对兰苑、苗圃大棚进行评估作价,并入公司统一管理。兰苑的房产按照一定的租金租赁使用。

董事会后,刘长水向李镇长汇报董事会决议,李镇长指示,请村"两委"协助土地流转事宜,降低土地流转成本,做通老百姓工作,务必在一个月内完成土地征迁工作。刘长水、钟海华来到村部,召开会议传达镇主要领导指示,一个月内完成征地工作，签好合同，付清租金，靠前指挥，争取提前完成各项前期工作。

廖龙辉代表村"两委"接受任务，签订工作责任书。

董事会成员按部就班、有条不紊地开展工作。廖海峰和温泉水回到城里，在设计公司现场办公，规划图纸，一条一条细化。通过完善规划，整个田螺坑划分成管理销售区、育苗区、大棚培育区、林下经济区和文旅融合区五个板块，思路一步步清晰了。

一天夜里，乌云密布，雷电交加，大雨倾盆。廖海峰在城里隐隐担心，老屋是否能够承受得住这狂风暴雨？好在大雨只下了半个小时就转为中雨，但其间夹杂着雷电一下接一下的轰鸣闪烁，整个天空显得神秘而诡异。到下半夜，雨渐渐变小，天亮前就停了。

廖海峰一晚上感觉很不踏实，到天亮才迷迷糊糊睡着了。这时候，他被手机铃声吵醒，是董文娟打来的，她在那头带着哭腔说，廖海峰哥哥，出事了，兰苑的兰花被偷了，墙上有一个好大的洞！廖海峰一激灵，顿时没了睡意，他坐起来说，你别急，把事情慢慢跟我说清楚。董文娟说，是这样，昨晚下大雨，天亮了我和师父出来查看一下，他去苗圃和后龙山了，我刚推开正厅大门就看见屋内一片狼藉，就是厨房门口这个天井，兰花一盆都不剩了，我沿着走廊往外走，看到砖墙被挖了一个大洞，盗贼应该是从这里进来的。我往外一看，外边就是兰溪，左边一条小路通往苗圃……

廖海峰说，好的，我就来。你跟你师父说一下，让他打个电话给我。

廖海峰给温泉水打个电话，说半小时后我过来接你。说完穿好衣服，洗漱完毕。这时候廖兴平的电话进来了，他说情况就是董文娟说的那样，正厅的兰花全部被盗窃一空，其他地方的兰花完好无损。廖海峰说，你打电话到派出所报警，我过一会儿就来。他跟温素兰打个招呼，两个孩子还在被窝里熟睡。

来到温泉水楼下，老爷子已经在小吃店吃早饭了。廖海峰走过去，要了一碗氽大肠、一碗拌面，边吃边说，兰苑出了点儿事，咱们一会儿去。温泉水问，发大水了？冲坏什么没有？廖海峰说，大水倒没造成什么损失，咱们家进贼了。

什么？竟有这事儿？温泉水站了起来。廖海峰示意他坐下，压低声音说，路上跟您说！

吃完早饭他们就出发了。廖海峰说，就是正厅天井里的兰花，全部被一扫而光。温泉水很吃惊，他们是怎么进去的？廖海峰说，沿兰溪河坎上的围墙被打了好大一个洞，进去就直通正厅。

温泉水眯着眼睛，在皮卡车的轰鸣声中思索片刻，睁开眼睛说，你的邻居廖杰年有重大嫌疑，你想想他有什么地方可以存放兰花？廖海峰想了想说，他原本是做机砖的，废弃的机砖厂有一个旧厂房。

温泉水说，跟派出所说一下，让他们到机砖厂去抓个现行。

廖海峰把车停在路边，熄火，跟廖兴平打电话。廖兴平说，我正在跟朱所长汇报呢。廖海峰说你请朱所长接个电话。朱所长接了，廖海峰说，我们怀疑是廖杰年干的，麻烦您到废旧的机砖厂找一下兰花。另外廖杰年应该在家里睡觉，他的湿衣服找一下，对得上就可以抓人了。朱所长说，行，我们马上行动。

廖海峰车刚开到兰苑门口，董文娟就迎了出来，笑着说，廖海峰哥哥料事如神啊！我师父说您是诸葛亮再世。廖海峰笑着看了温泉水一眼，说您呢！温泉水憨厚地笑了一下问，他们人呢？董文娟努努嘴，在里面呢。

来到正厅,廖海峰看到朱所长带着两名警察在现场取证。廖杰年正在配合警察,用手指着作案现场。廖杰年看见廖海峰进来,浑身一哆嗦,本能地躲在警察的身后。他这动作,铁定了是他作的案。警察给他铐上手铐,问他还有谁一起作案?他说廖贵发。就是村文书廖贵发?他点了点头。

警察把廖杰年铐在柱子上,立即出发,不到半小时,廖贵发也被捉拿归案了。廖贵发当时看到警察带走了廖杰年,正准备带上衣物逃走,没想到警察来得那么快,在门口就把他堵上了。

第六章　乡村兰花展

1

经过审讯，原来廖贵发才是真正的主谋。

这时候，温泉水拿出那天廖必贤偷拍的口供，交给朱所长。朱所长看完，一拍桌子怒吼道，好你个廖贵发，身为村干部，竟然干出这些猥琐的事情来！跟踪、偷拍、偷盗名贵兰花，越做越离谱，越陷越深！说，作案动机是什么？

廖贵发进来的时候一副死猪不怕开水烫的样子，现在被朱所长这一声怒斥，整个人一下子萎靡下来。他结结巴巴地说，我知道我无脸见人，作为村文书，干出这违法乱纪的事情，我甘愿受罚。朱所长说，该承担什么责任，到法院去说。我现在问你，你怎么会走上这一步的？冰冻三尺，非一日之寒，你的骨子里早已背离了党性原则，你做出的违法事件绝对不是浮出水面的这两三个案件。你还是坦白说出来得好，否则，等我们获取了证据，你就没有赎罪的机会了。

廖贵发痛哭流涕，他举起袖子擦拭泪水，戴着手铐的双手叮当作响。好一会儿，他平静下来，伸出手要了一支烟。一支烟被他一阵猛吸，很快就抽完了。他说，早就知道会有这么一天，都是赌博害死人啊！

廖贵发说，自己多年迷恋赌博，六合彩、押金花、牌九、打标分，越玩越大，越欠越多。但是因为担任了村文书，拉不下面子做苦力活，所以经常拆东墙补西墙。廖海峰返乡那阵子，他也曾想过养兰花，哪怕做工都能够增加点儿收入，可是吃了东家吃西家，村文书的架子端在那儿，越来越鼓不起勇气拿起锄头，总是幻想着一夜致富。春节期间，看到廖海峰家里生意如此火爆，他数了一下，来来往往的小汽车有上千辆。私下里算了一笔，纯收入不会少于五六十万。于是，就打起了廖海峰的主意。

机会来了，那天他远远看见廖海峰家来了个漂亮的女人，就怀疑廖海峰在作风上有问题。男人有钱就变坏，廖海峰肯定变坏了。于是，他找到廖必贤，给了他一部拍照手机，还教他如何抓住机会拍照，如何使用微信。

可没想到廖必贤被廖海峰逮住了，他害怕了好几天，心想，这个廖海峰，廖龙辉都不是他的对手，我廖贵发这下要倒霉了。没想到后来廖海峰根本就没来找他，也没有把他的事情说出去。他对廖海峰也心存感激，因为那次酒会，廖海峰没有追究他；这次跟踪偷拍，廖海峰还是没有追究他。他想，这个廖海峰一定是做大事的人。

直到有一天，他看见廖杰年从廖海峰家里出来，觉得机会又来了。于是，这天晚上他拎了两瓶酒来到廖杰年家里。廖贵发的到来，让廖杰年受宠若惊，他想文书那么器重我，我得好酒好肉招待他。他抓了一只兔子准备杀了做黄焖兔，但被廖贵发阻止了。廖贵发说，现成的菜炒两个，咱哥儿俩喝两杯。于是廖杰年炒了一盘腊肉、一盘豌豆，两个人就喝上了。

从廖杰年的口中，廖贵发知道，廖海峰正厅天井里的那些兰花值好几十万。他说改天你去踩一下点，如何才能把这些兰花弄到手。廖杰年说，偷啊？我不干，廖海峰叫我打零工，我就觉得人家照顾我了，这违法的事情我不干。

廖贵发说，过年嫂子怎么说你来着？这正说中了廖杰年的痛处。原来，他老婆过年回来，他到朋友家喝酒喝醉了，他老婆在他朋友家破口大骂，好你个廖杰年，其他本事一点儿都没有，喝酒长本事了。我一年到头省吃俭用给你寄钱，供你这把老骨头买油买盐，有本事过完年给我赚钱回来，不要吃我的喝我的！当时话骂得很难听，他朋友也生气了，到处宣传，说不跟廖杰年来往了。

廖贵发趁热打铁说，好几十万元，就算三十万元，我们哥儿俩一平分，你我都得拿十五万元，从此可以扬眉吐气做人。再说了，你不说我不说，这件事就烂在咱哥儿俩肚子里了。

廖杰年心动了。昨晚开始下大雨，廖贵发冒雨跑过来说，机会来了，就在今晚。他问廖杰年兰花放在哪里最安全？廖杰年说机砖厂吧，那里好几年都没人光顾了。他们准备了钢钎、锄头和一辆板车，穿好雨衣，带着手电筒。这时候廖杰年犹豫了，他说我不能这么干，廖海峰对我很好，我不能对不起他。廖贵发说，兄弟，我们神不知鬼不觉，你难道一辈子不想挺起胸膛做人？走吧，再不走就来不及了。于是，他们冒雨干下了这件偷鸡摸狗的事情。

来来回回，板车一共拉了六趟，下半夜四五点钟才把所有兰花藏好。没想到廖杰年刚睡着不久，警察就上门了。廖贵发心里有事，睡不踏实，到门口看到警察把廖杰年带到廖海峰家里，连忙回家带好衣服，准备到镇上搭车。可一摸身上不到五十元钱，于是找老婆要钱，老婆没理会他，他就打了老婆一顿，逼着老婆给了他五百元，这时候警察就上门了。

说话间，董文娟带了一个女人进来，说这个女人要找警察。原来这就是廖贵发的老婆，她一把鼻涕一把泪地跟警察说，把这个死鬼抓去枪毙了，枪毙了我就解脱了。

廖贵发吼道，你个疯婆子，滚回家去，别在这里胡说八道！朱所长说，把他们两个带到派出所，做好笔录。

朱所长留下来听廖贵发的老婆哭诉。他想，估计事情没这么简单。

根据廖贵发老婆控诉，廖贵发这五年打了她二百五十六次，其中骨折十三次，脑震荡十六次。抢走或是偷走她做苦工和孩子们给的零用钱共计两万两千多元。她还揭发了廖贵发偷走春花婆婆家的大黄牛一头、小黄牛一头，逼得春花婆婆喝农药自杀一事。还有一次，廖贵发蒙面打劫了来村里收香菇的商贩老涂，抢了他五千多元钱，在抢劫过程中对老涂殴打，导致老涂重伤昏迷……

朱所长一边记录，一边安慰她。廖贵发老婆说的一个个案件正是镇上几年来一直没有破获的陈年旧案。朱所长心里一动说，你说要枪毙他？枪毙可是对死刑犯才用的，光这些还不能判他死刑。

廖贵发的老婆突然失控了，她死命抓住自己的头发，大声痛哭。董文娟跑过去抱住她，等她渐渐平复下来。

2

廖贵发的老婆抬起脖子，脖子上有一道一字形伤口。她又抬起手腕，左手和右手的手腕上都有刀伤。她说，我自杀了六次，两次跳潭被人救起，四次割脉是被这个死鬼救起来的。他曾经跪在我的面前，请求我的原谅，并且威胁我，什么时候我把事情说出去，什么时候就是家破人亡的日子。

现在我不怕了,我要说出来,哪怕说出来就让我死,我也要说!

朱所长说,现在是法治社会,我们公安部门会保护你,国家法律会保护你,你说吧。

廖贵发老婆哭着说,十五年前端午节的前一天,我提着香烛、供品到神树下上香。我们村水口边的神树是一棵千年红豆杉,全村人都把它当作神树,一年四季香火不断。那一天,天阴沉沉的,非常安静。远远地,我看见他把泥土往神树的树根部覆盖,再抱了一些枯枝烂叶将新土盖住。他看见我了,把一个玻璃瓶子捡起来装进一个黑色塑料袋里,拎起锄头往回走。经过我身边时咬着牙说,你什么都没见到,不然我要了你的老命!我顿时感到一阵冷气从脚跟传到头顶,浑身哆嗦了一下。我给神树上香的过程中,隐隐闻到一阵刺鼻的味道,这味道从那堆新土中散发出来的,闻起来酸酸的令人作呕。回家的路上,我在村外的垃圾堆看到了那个黑色塑料袋,打开一看,那个玻璃瓶子竟然是一个装浓硫酸的瓶子,里面已经空了。

回到家里,廖贵发正一个人自斟自饮,他向我招了招手,我心怀忐忑地走过去。他得意扬扬地说,老婆子,那棵树有人开价十五万元,我们家马上要发财了。我说,那是神树,你别打那棵树的主意。他说,我已经动手了,刚才你不是看见了?我把树根斩断,再灌了一瓶浓硫酸,这棵树很快就会枯死,到时候砍一棵死树,十五万元就到手了。我害怕极了,哭着对他说,快快住手,你这样做会遭天谴的!他冷冷地说,还是刚才那句话,你什么都没见到,你要是断了我的财路,我要了你的老命……

鬼节(中元节)前,那棵神树果然枯黄了。廖贵发到林业站申请砍树,林业站工作人员下来检查,说这是名木古树,死了也不能砍，否则要坐牢的。他非常懊恼，整天酗酒，冲着我乱发脾气。几天后，我去县城给儿子送衣服，顺便到我姐姐家住了两天，没想到却发生了一件天塌下来的大事。我弟弟是聋哑人，大家叫他哑佬，平时只会干些体力活，给别人打小工度日，我父母亲去世的时候唯独不放心的就是弟弟了，让我们姐妹俩要好好照顾。那一年我弟弟三十二岁。没想到死鬼看我不在家动起了我弟弟的主意，他把哑佬骗来，让哑佬砍树，等神树倒下来的时候，他把我的哑巴弟弟死命往树下推，可怜的弟弟被砍下来的神树压下来，当场就死了。死鬼到派出所报警，还串通了几个村里人做假证，说哑佬偷砍神树，被倒下来的神树压死了……派出所下来录了笔录，可因为死无对证，不了了之……可怜我那哑巴弟弟，就这样身负重罪，不明不白地死了！

廖贵发的老婆说出来的话很凄凉，像是从地狱传出来的声音。她接着说，我当时要跟他拼命，他掐着我的脖子恶狠狠地说，再动，再动你也得死！我屈服了，屈服于这个魔鬼。我和姐姐把弟弟埋了，埋在他生前最喜欢的那棵羊角花树下。我天天都去陪他说话，我感觉他没有离开我，他永远三十二岁，整天都在我身边忙忙碌碌……

朱所长抓起帽子戴在头上说，这是大案，我得赶回去。你们好好安抚她，千万别让她再做傻事。

这天下午，钟海华打电话过来说，白石镇"地震"了。廖海峰有点儿摸不着头脑，钟海华接着说，上午廖贵发、廖杰年被火速送到县公安局。下午，县委组织部、政法委领导到镇上宣布，镇党委书记、组织委员、兰田村支部书记、村主任全部停职，配合有关部门调查。李镇长代理镇党委书记，主持开展镇上各项工作。

一天之间，发生的这一切事情使人猝不及防。廖海峰让董文娟好好陪着廖贵发的老婆，董文娟说她好像很平静，廖海峰说越是平静越要注意防范，这个女人太不容易了。董文娟答应了，她把廖贵发的老婆安排在自己房间里，抱紧她，陪她说话。

廖海峰请来泥水匠，把那个大洞补上了。他和廖兴平、温泉水坐在正厅泡茶，心里面百感交集。

忽然，像是想起什么事，廖海峰问温泉水，您怎么知道会是廖杰年？您可真是料事如神啊！

温泉水说，你那天把廖杰年叫到家里来，笑着说这花值好几十万元，我看他听了后眼神就不一样了，死死地盯着这些兰花出神。后面请他带工人来挖穴，我两次碰到他从后面溪坎的小路上走过，当时心里就充满疑虑。再后来听你说是这堵墙被挖了一个大洞，我就在回忆廖杰年这几天的反常表现。应验了吧？

廖海峰和廖兴平都竖起了大拇指，啧啧称赞，说温泉水是当代福尔摩斯。

廖海峰说，想不到拔出萝卜带出泥，挖出了这一系列陈年旧案。这个廖贵发藏得够深，竟然还混到干部队伍里来了。要我说，廖贵发还真是披着羊皮的狼，看他长得人高马大，说话文绉绉的，笔杆子还挺利索，经常帮助乡亲们写公文。却没想到是一只豺狼。我一次两次放过他，他反而越来越疯狂，这就应了那句老话：出来混，迟早是要还的。

正说着，董文娟进来了。她说，阿姨一直说没事，心里舒坦多了，说想回家煮点儿稀饭吃，好好休息一下。她一定要回去，我看她状态也确实很正常了，就让她回去了。

温泉水说，如果这个坎能过去，那是她的造化；过不去，那也是她的宿命，我们也帮不了她。

吃完晚饭，钟海华风尘仆仆地来了。他喘着气说，村里的两大干部都被停职了，文书又被刑拘了，镇上安排我代理支部书记。一是尽快消除廖贵发案带来的负面影响；二是做好土地流转工作。我已经通知其他村干部过来开个会，说实话，到村部我都感觉瘆得慌。

不一会儿，村支委、村居委另外三个干部都到了。钟海华让其中一个支委打电话，通知廖贵发在外打工的儿子马上回来，必须照顾好自己的母亲，并叮嘱妇女主任温梅香，待会儿到她家去看看，安慰她一下，看看需要什么帮助。他接着传达了镇上的文件精神，正式履行村支部书记的职责。

钟海华说，明天开始你们三个干部划片分工一下，入户宣传政府的决定，一户都不能遗漏。就说犯罪分子一定会得到应有的下场，欢迎举报。另外告诉大家，我兼任村支部书记，这几天有事情就到这里来找我。这是当务之急。另一件事就是田螺坑的土地流转事宜，这个前期已经做好了摸排，温梅香负责把统计数据拿出来，后天晚上八点，我们还是在这里开会。

钟海华也在兰苑住了下来，住在厢房的客房里。

第二天一大早，大家不愿意看到的事情还是发生了。温梅香打电话来说，廖贵发的老婆死了，就在屋后那棵羊角花树下面，喝农药死的。她的旁边，整整齐齐地叠着她弟弟一年四季的衣服。

钟海华赶过去，打电话请派出所和卫生院的人进来做个鉴定，并再次通知廖贵发在外打工的儿子赶快回来，招呼邻居和近亲，帮忙料理后事。直到这个时候，许多人都不相信廖贵发会做出这么伤天害理的事情，也为他老婆的去世感到惋惜。

3

一连串的变故，兰田村上空阴霾笼罩，整个村庄一片死寂。

想不到土地流转出奇的顺利，原本计划一个月搞定的事情，半个月时间合同就签完了。三十年土地流转合同，镇上的统一模板、统一租金，没有遇到任何阻力。

钟海华从土地流转这项工作得到启发，他想，村里的工作很多并不是村里有多少刁民造成的，工作阻力往往其实就来自村"两委"的内部。

廖海峰到镇上找李镇长汇报下一步的打算。李镇长现在代理党委书记，几乎全部时间都扑在了工作上。他说，土地流转非常顺利，我看三个月开工的任务可以提前。但是我认为现在要先鼓舞一下士气，士气太低了，不利于工作的推进。

李镇长建议廖海峰搞一个兰花展，一来普及一下兰花知识，二来也做个战前动员，希望更多的人加入养兰的队伍中来。

廖海峰思考了一下说，兰花展要一周的时间做准备，初步定在下个圩天（集市开市的日子）启动，也就是下周六在镇农民公园举行兰花展仪式。李镇长点头同意，并安排乡村振兴办的三名工作人员全力配合。

廖海峰接着说，有几件事情需要紧急处理。防范塌方泥石流问题，可采用降坡、拉网、种草的方法；通水问题，就近安装管道；通电问题，从村里拉三相电到管理房，再变压使用；再就是修路问题，因为施工周期比较长，暂时开通一条双向两车道的沙石路到停车场。

李镇长说，钱要用在刀刃上，我看这几年都很平稳，没有发生塌方、泥石流等重大灾害，先撒一些草籽就行了，降坡、拉网可以放在下一步解决。廖海峰想要再争取，李镇长抬起手阻止他。李镇长强调，先动起来再说，动起来了才能发现问题，解决问题。

乡村兰花展在白石镇农民公园如期举行。从圩天开始，跨越到下一个圩天。连续六天的兰花展，展出了普通的"素心兰"，名贵的"武夷素"，还有许多廖海峰自己培育的新品种，像"瑞华万代福""杂交红美人""小凤素""墨兰企黑""建兰天地之华""铁骨素"等，当然还有荣获大奖的春兰"大唐盛世"。

这个兰花展通过各种新媒体短视频快速传播，吸引了数万人参观。除了本镇各村的，还有周边乡镇、周边县市甚至闽南漳州慕名而来的兰农参观。所谓外行看热闹，内行看门道，许多内行的专家大开眼界，都留了廖海峰的电话，希望彼此之间加强交流。

县里也组织了参观团，参观团是来自全县各地的茶农、果农、花农、烟农，虽说来自不同行业，但现代生态农业的路子是相通的。廖海峰在解说的时候说，我们都受益于水土流失治理的巨大成果，受益于广大乡亲生活质量的提高。大家的眼界宽了，要求也就高了，所以我们要不断创新，只有研发出更多更好的品种，才能满足广大客户的需求。我认为养兰花是这样，从事其他种养也是相类似的。下一步我们要走公司化运营的道路，吐故纳新、推陈出新……

有人提出要到廖海峰的基地看看，廖海峰笑着说，我把全部家当都搬出来了，现在也没有什么可以给大家看的了。这样吧，我们相约三年，三年后我们打造一个千亩基地，供大家参观指导。

有人赞赏，有人期待，也有人怀疑观望。

但有个客人明显要比别人入心，他每一盆兰花都要细细研究，又是拍照又是做笔记，有时候站在一盆兰花前要反反复复观察老半天。他对"武夷素"和"大唐盛世"尤为关注。这个季节，春兰"大唐盛世"不是花季，但是他对照了图片，觉得这个品种应该是非常稀奇的，所以揣摩了许久。

廖海峰观察了他两天，过去攀谈，原来这人来自漳州，是个兰花商人，专门从事兰花的批发，生意做到了港澳台和东南亚地区。这位叫杨东山的商人，中等身高，精瘦精瘦的，四十来岁的年纪，张口就是闽南腔，但是他的知识阅历让人感觉特别老成持重，不轻易表态也不轻易评价，对事情却看得很精准。他下单订了一千盆"武夷素"，价值五十多万元，分两期交货，说这品种东南亚客人比较青睐。听说兰花基地正在扩建，他表示一定要再次来拜访。廖海峰特地设宴请他喝了两杯，两个人都有种相见恨晚的感觉。

另一个非常用心的客人，也引起了廖海峰的关注。那是一个四十岁左右的中年妇女，穿着十分朴素，齐耳短发，沉默寡言。她一连三天来参观兰花展，也是看得非常仔细，有时候蹲在一盆兰花前，眼珠子一动不动，好像要跟兰花对话似的。廖海峰主动上前搭话，自我介绍。那女人眼光闪动了一下说，我也想种兰花。经过谈话，廖海峰了解到，这个女人叫朱兰英，隔壁村的单亲妈妈。前几年老公外出打工意外身亡，自己拉扯两个孩子长大。由于生活实在困难，村里给她家评了贫困户。但是她认为贫困户不是荣誉，这个帽子必须摘掉。

朱兰英有两个女儿，一个上初中，一个读小学，都寄宿在学校里，所以她说她有大把的时间，不能只是为了一日三餐起早摸黑。听说廖海峰养兰赚了钱，所以就心动了。但是她说对兰花知之甚少，不知道该从何处着手。

廖海峰心想，难怪镇上一直强调，要把兰花做成一个产业，带领更多的人脱贫致富。现在算是认识到了其中的要义。有些人有想法没项目,有些人有力气没资金,也有的人只顾着干一些低成本低收入的体力劳动,收入与付出不成正比。

廖海峰想了想说,我基地现在缺人手,你先过来帮忙,按月开工资给你。同时你也可以好好学习一下养兰花的技术,只要用心,其实并不难。等你学会了,可以自己单独干,如果有需要,我来帮你销售,你看好不好?朱兰英立即点头答应了。

4

经过市农科所的专家对兰苑的兰花进行清算,作价二百八十多万,全部并入公司管理。老屋的租金按照每年三万,象征性地补贴一点儿,算是日常维修经费。这样,公司的日常管理正式开始了公司化运营,公司也规范了财务制度,会计出纳每个月要做一次账,向股东大会报告,并提出资金收支的建议意见。

由于田螺坑的项目马上要开始了,人手不够。廖海峰跟温泉水商量,能不能请岳母大人帮忙照看一下孩子,让温素兰也过来帮忙?岳母同意后,温素兰从五月份开始正式来到兰苑,帮廖海峰管理这个马上有收成的老基地。另外,从村里请了一个叫廖茂林的工人,做一些搬运的体力活。廖茂林四十七八岁,中年丧妻,女儿嫁人了,儿子在外打工。由于没有合适的对象再婚,房子又破破烂烂的,就怕刮大风下大雨,每每遇到,急得他寝食难安。

廖海峰对新来的朱兰英和廖茂林比较满意,虽然两个人都没有基础,但是听话、用心,于是手把手教他们,从配制营养土、选苗、栽种、施肥、浇水、温度、湿度、病虫害防治,等等,对他们进行了系统培训。温素兰也参加了培训,进步很大。廖海峰特地教他们对名贵兰花的鉴别、养护,并且强调,今年内所有名贵兰花都集中到兰苑的天井里集中管理。其他兰花逐步移栽到大棚和后龙山,这是试验田,也是以兰养兰的可靠保障。

作为过渡,廖海峰首先在田螺坑建管理房的位置,搭建了一栋两层的活动板房,廖海峰、廖兴平、温泉水、董文娟先行搬到活动板房办公。这样,兰苑就剩下温素兰、廖茂林、朱兰英、钟海华临时借住,廖海峰是镇政府和兰苑两头跑。

温素兰很有亲和力,她对工人就像自己的兄弟姐妹一样,所以温素兰、廖茂林和朱兰英很快就熟识了,就像一家人。

朱兰英和廖茂林可以说是同病相怜,一个丧夫,一个丧妻,都有两个孩子,年龄相差也不大。所以在干活的时候,他们都会商量着做,互相帮衬、互相照顾。

都说用心的女人心细如发,这话不假。温素兰对兰花的照顾,那可真是无微不至啊!她的脑子里有一本账,哪株兰花有什么特点,哪株兰花需要浇水了,哪株兰花像是要生病了,都记得一清二楚。两个工人跟着她,也都受了影响。比如他们会给特殊的兰花取一个名字,什么春花、夏荷、秋菊、冬梅,都是他们自己才知道谁是谁,并且很快就可以找到。

三个人之间也是彼此越来越了解,谁爱吃什么菜,谁吃饭要软一点儿还是硬一点儿,谁一天喝多少水,甚至谁洗澡的水温,彼此都心知肚明。为什么呀?因为他们心里都装着对方啊!比如,朱兰英腰有问题,干不了重活,廖茂林总是在她需要的时候出现在身边,挑水、搬运肥料和其他重物,甚至提洗澡水,廖茂林都会主动伸出援手。

温素兰看在眼里,明在心里。她心想,这一对苦命人如果能够生活在一起，对双方来说都是莫大的喜事呀！

一天，月明如洗，三个人端着板凳在大坪里乘凉，有一句没一句地闲聊。聊着聊着就聊到了各自的家庭、孩子，温素兰话题一转说，你们是不是也应该为自己的事情考虑一下？她这一句话，两个人立即卡壳了，好像一层窗户纸就在那边，朦朦胧胧的，但又都心知肚明。现在温素兰要捅破这层窗户纸，他们都有点儿不知所措。

温素兰笑着说，人生苦短，你们彼此都要有个照应，过好人生的下半场。要我说呀，你们好好合计合计，有什么困难可以跟我说。说完，她端着板凳转身进了屋里。

平时干活的时候，他们都大大方方的，现在单独在一起，两个人一下子都紧张起来。过了好一会儿，廖茂林吞吞吐吐地说，兰英，要我看……我们先盖一栋房子，给孩子们一个温暖的家。朱兰英双手捏着衣角，看了他一眼说，你尽想着孩子们的事情，自己的事情也不想一想。廖茂林心里一暖说，我知道你对我好，就是想着不能让你跟我吃苦，以后我赚的钱，还有孩子们给我的钱我都存起来，先盖一栋属于我们自己的房子，搬房子那一天，我就把你娶回家，我们热热闹闹地办一场婚礼，你说好不好？朱兰英心脏怦怦直跳，她想，这么暖心的男人，值得托付。她抿着嘴，用力点了点头。

朱兰英对廖茂林动了真情，廖茂林也对朱兰英付出真心。所以他们每天都彼此照应，干起活儿来一点儿不觉得累，人也感觉年轻了许多。原本一个人做的事情，另一方先完成就过来搭把手，事情做得又快又好。温素兰看了也满心欢喜。

这天傍晚，廖茂林回家处理了点儿事情。朱兰英跟温素兰说，你对我们这么好，我也跟你交心了，这个男人我喜欢。他跟我说要攒钱盖房子，搬新房子那天就娶我回家，我相信他，也支持他。她把一张存折放在温素兰手上说，真要盖房子了我也出一份力，我这里是这么多年存起来的，虽然只有五六万元，从今往后存折里的钱就是两个人的钱。等到开始盖房子那天，你帮我交到他手上。

温素兰说，傻大姐，你自己给他不是更好吗？

朱兰英笑着说，我存折拿出来，交到你手上放心。有你帮我转交，也让他知道我的一份心意，让你为我们的感情做个见证。没有其他意思，这辈子遇到他是我的福分。说到这里，朱兰英的脸上飞过两朵红云。原本也才四十岁，心情一好，脸上也有了光泽。

这个周末，廖海峰他们几个人也到兰苑来。滴酒不沾的廖茂林破天荒敬了廖海峰两杯酒。吃完饭，他把廖海峰拉到僻静处，流着泪说，你们夫妻对我那么照顾，往后给你们当牛做马也甘心。素兰给我和兰英牵线，我们也是真心实意想要在一起。兰英不嫌弃我，我不能让她跟我受苦。我们商量好了，准备盖一座房子，搬进新房子那一天，我们就热热闹闹地办一场结婚酒……他把存折交给廖海峰，请他帮忙保管。廖海峰看到里面已经有八万多块了，笑着鼓励他说，你盖房子我一定支持！

廖茂林接着说，往后的工资，您就帮我打到存折上，有机会您帮我选一块地，或者我把老房子拆了，我看明年就可以动工！万一……万一我有个三长两短，你就把存折交给兰英，就当是我认识她一场的回报。

廖海峰说，存折我帮你保管。你壮得像牛牯一样，不会有事的。我还等着喝你的搬屋酒和结婚酒呢。廖茂林憨憨地笑着说，海峰兄弟，你对我们是真的好啊！

第七章　可怕的泥石流

1

廖海峰他们的主要精力都放在田螺坑。

为了加快大棚的搭建速度、实现以兰养兰的目的，廖海峰首先从村部开始，开了一条双向两车道的公路到管理用房前面的停车场。随后，把兰溪两岸的荒地整平，首先搭建了二十亩育苗大棚。

廖海峰心里想，二十亩兰花苗，供应一百亩培育大棚，到年前再建一座销售中心，第一年实现六百万元的销售业绩，基本上可以达到收支平衡，明年就可以建一栋管理房，把育苗大棚扩大到一百亩，进一步扩大种植规模。下一步就可以根据兰苑的培植经验，让兰花向林地进军，实现"兰从山中来，回到山中去"的目标。

这天，漳州的杨东山打来一个电话，询问廖海峰项目的进展情况。廖海峰如实跟他说了当前的进度和下一步打算，并询问今年的市场行情。杨东山说，市场行情很好，但是老百姓倾向于平民价格，销量最多的还是二十至五十元一盆的普通素心兰。所以，保障一部分名优产品优势，是为了打响品牌，但是真正要赢得市场，还是要走平民路线。杨东山说，你尽管把兰花种出来，素心兰越多越好，年底我会提前过来考察，如果合适，我们双方就可以开展战略合作。

挂断电话，廖海峰陷入了沉思。原本想要走高端路线，或者中高端路线，看来是行不通的。漳州的经济比我们好太多，都要靠走平民路线支撑市场，素心兰上马更快、繁殖更快、形成规模也更快，看来我们可以走得快一点儿。

经过几个月的摸索，廖海峰发现大棚养兰是行之有效的，尤其是温控大棚，可以不怕季节更替，兰花长势很好，而且分株繁殖得也快。这种方法对培育普通的素心兰，具有短平快的高效率。于是，他在兰溪两岸首期搭建的二十亩大棚全都培育普通的素心兰，命名为"汀柳素"。他又在溪上架了两座拱桥，便于两岸往来。从村部往山谷推进，就像是建一座大厦，先挖地基，一步一步建起框架来，每天都有新成就，每天都充满期待。

夏季是多雨的季节，而且雷阵雨频繁，偶尔也会有台风雨水，这样就会影响工程进度。每当下雨的时候，溪水混浊，洪水滔滔，廖海峰心里有一种担忧。因为他没有掌握往年的水文数据，再说如果遇到极端天气，很多意外的事情容易发生。他还是担心崩塌岗，担心泥石流，担心突如其来的洪水。田螺坑将近五千亩的集雨面积，水流最终都要流到兰溪，包括新建的大棚基地，都在洪水的流经范围。

整个七月上旬，气温一天天升高，廖海峰经常坐在大树底下，跟工人一起听蝉鸣，一起看渐渐成型的大棚，心里充满喜悦。但是再看看深山幽谷，越发觉得田螺坑神秘莫测。廖海峰心想，这田螺坑啊，虽然从小就看着它，看着它谷深林密，看着它成为经济主战场，看着它成为濯濯童山，又看着它重新披绿。可是我还不知道它的脾气秉性啊！田螺坑啊田螺坑，我在绿化你、美化你，你可要好好回报乡亲们啊！

那天，李镇长推翻了降坡、拉网等治理方法，原因就是太花钱，钱要用在刀刃上。通过考察，那几座依然裸露着山梁的山坡是必须治理的，今年不治理那就明年来，总之不能让它成为一把悬在头上的利剑。

廖兴平说，按照大概率，我走访了村里的乡亲，这几年都没有特别大的洪水，顶多冲毁几丘田地，不会有多大损失。但是我们要做好预案，一是兰苑的兰花尽量要保护好，那是我们今年经济的主要来源，也是我们扩大规模的本钱。二是保住新搭建的大棚。活动板房我不是很担心，那处平地刚好在一座小山坡上，不会有太大的气流。我就担心刚好处在洪峰下游的新建大棚。要是按照往年的雨量，我们把水沟疏通，排水顺畅，应该没有问题。

说干就干，廖海峰请来挖掘机，从村部开始，逆着兰溪一路清理，把两岸的荆棘藤蔓清除干净，保证流水通畅。他还叫来石匠，修补堤岸。有人在背地里笑他，这个书呆子，做事也太谨慎了吧？老天要下雨，年年都下，下了几百几千年，担心得了那么多吗？廖海峰听到后笑了笑，心想，我这个董事长，担子重啊！如果平平安安、万无一失，苦点儿累点儿又何妨？十多年来，我走南闯北，经历了太多，所以有所顾虑，眼光也必须看得长远一些。

那天晚上回到兰苑，吃完晚饭，廖海峰让大家坐过来开个短会。廖海峰请温素兰说说兰苑的情况。温素兰说，兰苑一切都好，无论是天井里的兰花、庭院里的兰花，还是大棚里的兰花，长势都很好。就是山上林地，刚刚试验那一部分，长得比较慢，还出现了部分黄叶、烂根问题。廖海峰说，这个明天请廖教授现场看看，让他教教大家。有问题必须马上解决。廖茂林说，那部分"武夷素"，还有那些名贵的兰花，天井里放不下了，我移栽了一部分到大棚，长势很好，我看，到八九月份又可以分株了。放心，我每天都看着它们。温素兰笑着说，茂林很负责，这些兰花就是他的宝贝，比对自己的孩子还要亲呢！说得廖茂林不好意思起来。朱兰英说，庭院里的兰花挺好，就是太挤了，如果山上的兰花种好了，也可以多移栽一部分过去，这样才能保证庭院兰花的通风。

廖兴平笑着说，才三四个月，你们就把过年卖出去的兰花数量补回来了，还有不少富余，功劳不小啊！我看可以把庭院的兰花先移栽到大棚，把大棚先种满。我们新建的大棚，立秋过后就可以投入使用了，大家不用太担心。

董文娟一边给大家倒茶一边说，按照这个发展速度，今年建三个兰苑都不止啊！

廖海峰说，广阔天地，大有作为！田螺坑，何止三个兰苑？三百个都不止啊！我看不出几年工夫，田螺坑就要变成兰花谷啦！

廖兴平点了点头说，廖总是做大事的人！

2

兰苑门口，池塘里的荷花开了。

这天晚上，温素兰他们在大坪里乘凉，李镇长和钟海华他们来了。廖茂林连忙端凳子、倒茶水。

李镇长鼻子用力吸了两下说，这晚风，不光有兰花香，还有荷花香、稻花香啊！温素兰笑着说，李镇长果然是老百姓的官，有句话叫闻香识女人，我看今天可以改为"闻香识官员"。一个领导，不光要知道花香、果香，还要知道烟火气，甚至有机肥的味道，那么他的心离咱老百姓就近了。

李镇长指着温素兰说，我只知道廖海峰幕后有高人，廖太太果然是高人啊！博闻广记，妙语连珠，句句大实话！

打趣了一阵，李镇长问，廖海峰他们在吗？温素兰说，他们在工地呢，要不要让他们出来？李镇长笑着说，请他们过来，今天我有好消息要公布。我让饭店里炒了几个菜，端一张桌子出来，今晚大家就在这露天大坪一起喝两杯。

温素兰打电话给廖海峰，李镇长接过来说，海峰啊，你们大家过来一下吧，今晚有好事呀！我们就在你的兰苑喝两杯，兰花、荷花配酒，怎么样？廖海峰说，我们马上就到！

廖茂林和朱兰英很快搬出来一张杉木八仙桌，摆好椅子，分好碗筷，还端出来腊肉、熏豆腐、炸花生、炒黄豆。钟海华让司机把打包的菜拿出来装盘，四菜一汤，分别是干蒸河田鸡、盐水鸭、椒盐小河鱼、卤牛肉、小肠香草汤。一会儿工夫，桌子上满满当当都是精致的下酒菜。

菜摆好了，廖海峰他们也就到了。他跟李镇长他们握手，回头跟温素兰说，拿两瓶飞天茅台出来，今天有好事，就得喝好酒。

李镇长说，我这菜也就两百元，你看一下，我是微信转账的，纯属私人消费。你拿两瓶飞天茅台，那可是大放血。我这算不算抛砖引玉啊？

廖海峰一边开酒一边说，李镇长送来的福利，那是远远超过飞天茅台的，那应该是非常利好的，不然不会连夜微服私访！

钟海华一边招呼大家坐下一边说，要说利好消息，那是一个接一个啊，机会都是给有准备的人的。下面就请李镇长给我们分享一下！

李镇长轻咳了两下，双手扶住八仙桌说，这第一个消息嘛，绝对是好消息，我们的兰花扶贫项目列进了省乡村振兴重点项目，后续会有资金扶持和各项配套服务。这个在我们县仅此一项，全市也才五个。第二个好消息，我们公司打造科技龙头企业，获得了六百万元贴息贷款，这个可以解决不少问题啊！另外还有几个好消息，因为还在申报中，暂时保密。大家说，这两个消息值不值这瓶飞天茅台啊？

廖兴平作为高级技术人员，第一次遇到这么好的政策，他大声说，绝对值啊！大家举杯，祝贺李镇长，感谢李镇长！

李镇长说，应该祝贺我们在场的每一个人，也谢谢大家！

钟海华说，列入省重点项目，这个在我们白石镇可是大姑娘上轿——头一回。让我们庆祝白石镇的明天更美好，干杯！

温泉水乐呵呵地举杯。一开始他就支持廖海峰创业，鼓励他养兰花。想不到一步一步做下来，竟然成了一个大项目，还得到了政府的扶持。他也为自己退休后还能够参与到乡村振兴建设上来感到自豪。他频频举杯，心里乐开了花。

席间，廖茂林四处转悠，看看有没有人趁着夜黑风高，潜入兰苑搞破坏。这是温素兰交给他的一项任务，随时提高警惕，保护兰苑的安全。他看大家尽情地喝酒庆祝，心里也感到十分高兴。朱兰英也跟着过来，两个人手牵着手，情不自禁地靠在了一起。

夜已深了，两瓶酒喝完，廖海峰说，李镇长，今天只能算是预热，祝贺我们旗开得胜，还不能算是庆功酒。您帮我留意一下最近的天气，我担心闹洪水……不说了，今天到这儿吧。他指了指天上的月亮说，月亮代表我的心！

李镇长说，月亮代表我的心！

大家都说，月亮代表我的心！

客人回去了。廖茂林和朱兰英忙着收拾碗碟，他们一边收拾一边看着对方说，月亮代表我的心……

兰田村安静下来了。一个普普通通的山区小村落，在这微风轻拂的月夜，刚刚结束完一个小小的联欢，这就像是一枚石子，滚落到大时代的深潭，激起了一阵水花。

廖海峰想，立项、规划、基建，正按部就班地推进。原本存在的那些阻力，也渐渐转化。如今，住在兰苑的这些人，心往一处想，劲往一处使，拧成了一股绳。就算是实习的董文娟、临时工廖茂林、朱兰英，都把这里当成自己的家了。

廖海峰原本非常执着于"我的庄园"的想法也在悄悄转变。我的庄园，变成了我们的庄园；我的梦想，变成了我们的梦想。他的心里已经不再是小我，而是大我，是我们大家。他想起了许多人，甚至廖龙辉他们，想起了自己回到兰田村的日日夜夜。他也有过孤独，也有过无奈，也有过迷茫，甚至也想过放弃。他又想起了杨东山，想起了许许多多爱兰花的人、执着于兰花事业的人。

廖海峰在凌晨三点发了一条朋友圈：月夜，兰田村，兰苑，记录下我们创业的点点滴滴！配图是一张兰苑的夜景图，朦朦胧胧，如梦如幻。

3

就像是上天跟廖海峰他们开玩笑似的。但是这个玩笑开得实在是太大了。

李镇长月夜报喜后的第三天，也就是七月二十一日开始，9号台风"西施"登陆。天气预报先后发布洪灾黄色预警、橙色预警、红色预警，原本以为会快速减弱的台风，并没有减弱成热带风暴,而是进一步变成超强台风,气流在上空不断回旋,狂风暴雨直逼白石镇。

省、市防汛指挥部连夜派出专家来到汀柳县,坐镇县防汛指挥部。廖海峰接到通知,全体人员立即返回到兰苑,做好各项加固和防范工作,迎接"西施"的到来。

七月二十二日早晨,下了一天一夜的大雨并没有停歇。早饭过后,大家按照分工四处巡查,忽然天空乌云密布,整个大地都似乎被黑暗笼罩着。廖海峰心里有了不祥的预感,他带着廖茂林穿上雨衣,出去观察洪水的变化。

兰溪水流湍急,上游的洪水犹如千军万马,奔腾汹涌。苗圃大棚边上,洪水已经漫过了堤岸,廖茂林大声说我下去看看,说完就蹚着水向苗圃方向走过去。廖海峰说小心点儿,但是风太大了,他感到自己刚张口,要说的话就被吹得无影无踪。

雨越下越大,天空渐渐有了些许亮光。天上电闪雷鸣,好像要把天空撕裂一般。廖海峰往兰溪的上游看去,洪水挟带着大量沙石滚滚而来。不好,泥石流!他刚想到泥石流,眼前已是泥流翻滚,在他的眼前犹如山崩地裂一般,无数沙石,甚至大如磨盘的石头浩浩荡荡,迎面扑来。大雨向着脸面泼过来,无论怎么擦拭,都看不清眼前的景象。

河水突然暴涨,苗圃的大棚原本就没有特别加固,在洪水中轻轻地漂了起来。廖海峰看到一个浪头把廖茂林抛向空中,廖茂林就势抱住大棚的柱子,随着风浪摇摆。廖海峰大声疾呼,茂林小心!茂林……还没等他喊叫出第二句,廖茂林连同那根被拔起的柱子在洪水中翻滚着,消失在激流中。转眼间,连片的大棚全都被洪水冲走,眼前一片汪洋……

廖海峰眼睁睁地看着廖茂林被洪水冲走,他声嘶力竭,沿着堤岸奔跑,可是到处险象环生,他脚下一滑,身子飞了出去,正好挂在了一棵原本生长在岸边的大樟树上。他手忙脚乱地爬上树干，四周一片汪洋，哪里还有廖茂林的影子？

听到凄厉的叫声，兰苑里的人全都出来了。洪水已经淹没了池塘，就要漫到大坪了。他们看到眼前的滔滔洪水，惊呆了。廖茂林不见了，廖海峰站在水中间的大樟树上，向四处呼喊。

朱兰英大喊，茂林……茂林……就要往出冲，被温素兰、董文娟死死地抱住了。朱兰英挣扎着，望着眼前的一片汪洋，绝望地跪在地上不断地捶打着地面，溅起一阵阵水花。

廖兴平连忙打电话到派出所报警。

天空渐渐放晴，雨越下越小，终于停止了。洪水渐渐消退，池塘和苗圃全都是泥浆。原本生机勃勃的荷花、兰花，都被厚厚的沙石掩埋，连一片叶子都看不到了。

朱所长带着一干民警风风火火地赶来，一个民警腰里系着救生绳，把廖海峰拉了回来。廖海峰浑身的泥浆，像是要虚脱了。他跟朱所长说，快救人，廖茂林被大水冲走了！说完顿时泪流满面，整个人瘫倒在地。廖兴平连忙跑过来，和民警一起把他扶到家里，灌了一碗蜂蜜水。温素兰打好洗澡水，帮他洗了个热水澡，换上干净的衣服。

董文娟在温泉水的帮助下，把瘫倒在地的朱兰英扶进家里，喂她喝蜂蜜水。可是她伤心欲绝，连连摇头。董文娟抱着她，不断地安慰她。

洪水消退后，救援队在下游一公里外的稻田里找到了廖茂林的尸体。他脸色铁青，手上还死死地抱着那根柱子。谁也不知道，他临死前想到了什么……

朱兰英听到消息，跌跌撞撞地来到那片稻田，抱着廖茂林的尸体，放声痛哭，泪如雨下。围观的群众听到她撕心裂肺的哭喊，无不感到同情。渐渐地，她的哭声越发凄凉，给人带来一种深入骨髓的悲痛。朱兰英感觉天都要塌下来了,她的眼前一片模糊,脑海里一片空白。她在心里一遍又一遍地嘶喊:茂林,你就这样抛下我走了……茂林,你不要我了……茂林,没有你我该怎么办啊?

有人在窃窃私语,这个女人是廖茂林的什么人?

另一个人说,听说是工友,两个正考虑组建家庭的事情。

旁边听到的人无不唏嘘,这个女人,用情至深,廖茂林泉下有知,该知足了!

廖海峰夫妇心疼地把朱兰英带回家,嘱咐董文娟好好陪伴她。

这个苦命的女人三天三夜未进一粒米,没说一句话。

4

一场史无前例的洪水,卷走了苗圃的全部兰花,冲走了苗圃刚建起来不久的大棚。

后来,据气象部门报道,这场兰田村田螺坑的大雨,第一天的降雨量是二百三十五毫米,第二天短时降雨量超过了三百二十毫米,是百年一遇的特大暴雨。

田螺坑的苗圃、道路等受到了严重损失,苗圃的位置正好是兰溪转弯处,降雨量太大,直接就冲进了苗圃,而下游排水来不及,很快就淹没了大棚,导致大棚被洪水冲走。如此强的降水,就算按照廖海峰原有的思路,给崩塌岗降坡、拉网、建拦水坝,短期内也是无济于事。不过庆幸的是新建的二十亩大棚竟然完好无损。

省、市、县防汛指挥部相关负责人第一时间来到现场,慰问廖海峰和公司员工。因为朱兰英不属于死者家属,所以慰问金交给代理支部书记钟海华,由他转交给死者家属。

省指挥部的领导在现场指挥,要求做好洪灾后的清淤,道路、农田的维修,以及灾后疫情防控工作,把灾难损失降到最低。并要求镇、村两级尽快统计房屋倒塌和人员、财产损失情况,并及时上报。

基础工作完成后,各级指挥人员赶往下一处受灾点,李镇长留下来现场指挥。他抓住廖海峰冰凉的手说,灾难无情人有情,我们一定要坚强起来,克服灾后的一切困难。廖海峰说,这场灾难是我第一次亲历的巨大洪灾,差点儿让我怀疑人生。可怜廖茂林,多好的一个人,竟然就在我眼前被洪水卷走,就像卷走一片树叶,那样突如其来,又那样悄无声息。

李镇长说,人死不能复生,你要好好劝劝朱兰英,想办法帮帮她。另外,建议公司拿出三万元慰问一下家属。至于我们的基地,我争取申报救灾款,不至于损失太大。

电视台赶来采访灾情,严重的灾情一经报道,各地捐赠的财物和慰问品纷纷送到了受灾群众身边。办公室统计灾难损失,大棚、兰花、荷花、兰溪河堤岸、简易公路、崩塌岗等全都上报。廖海峰原本估算经济损失在三百六十万元左右,镇上上报了一千二百万元。这样,最终获批省民政厅救灾专项资金六百万元。

廖海峰拿到这笔款项,心里有点儿忐忑,打电话给李镇长,请他明示该如何使用这笔救灾款。李镇长说,你列个预算出来,开个董事会,越快越好。于是,廖海峰请来两支工程队分别报价,所有水毁部分修复加固、崩塌岗治理、苗圃恢复及大棚搭建、村部到停车场的公路拓宽硬化,一笔笔费用列的清清楚楚。两家公司报价的时候,廖海峰一直强调要把钱用在刀刃上。

董事会前一天，李镇长打电话让廖海峰到他办公室坐一下。廖海峰带上两份报价单，和董文娟一起来到了李镇长办公室。

李镇长看了报价，思考了一下说，这个救灾专项资金今年要用完的，年底要审计。你这满打满算也就四百二十万元，我看这样，县里有一支专业队伍，可以请他们来做，追加预算，把钱用好。比如，扩建大棚，兰溪河多架几座桥梁，活动板房改建。你理解我的意思吗？

廖海峰心想，这样好吗？没有损失也按照损失来建，到时候查起来会不会有麻烦？不过倒过来想，这笔款如果年内不用完说不定会被收回去，李镇长的想法应该是对的。想到这儿他说，李镇长，还是您想得周到，就按您说的办。

李镇长马上拨通了一个电话，大声跟对方聊天，他说，蓝总啊，好久不见，最近在哪儿发财？我们镇不是刚刚遭受了洪灾吗？要重建，想请您帮帮忙，具体情况我们公司的廖总跟您联系，拜托了拜托了！

廖海峰听李镇长打电话，心想，镇长跟这个蓝总挺熟悉的，既然都定下来了，原本报价的两家公司只好辞掉了。

李镇长挂了电话说，材料他们会做好，估计预算在六百万元。你代表公司先签订一下合同，工程分成几块，就做邀标吧。会计账我会安排财政所做好，你跟老温说一下，特殊时期，来参观的人会越来越多，争取近几天就开工吧！

回去的路上，董文娟忍不住问，廖总，这么大的工程，就这么定下来了？您是法人，到时候会不会有风险？廖海峰说，李镇长说的不是没道理，钱要花完，又要花好，我们对工程不熟，李镇长有熟人，何不做个顺水人情？回去后我们不多说话，让我再好好捋一捋思路。

回到兰苑,朱兰英说请假几天。廖海峰拿出廖茂林的存折,另外他个人再拿了三万元现金交到她手上。之前廖海峰也听说了,廖茂林的慰问金、救灾补助共计十多万元,被他儿子领走了。温素兰还叮嘱他,让他用这笔钱把房子盖好。廖茂林存折的事情他儿子不知道,是廖茂林本人拜托廖海峰转交给朱兰英的,也算是口头遗嘱了。廖海峰到司法所做了个公证,把存折交给了朱兰英。

朱兰英拿着存折和现金,几度哽咽。她说,人都不在了,我要钱来干什么?我不要什么房子,只要人好好的,比什么都强。说真的,好几次我都想到下面去陪陪他……

廖海峰说,兰英,这你就想错了。既然你对茂林入情入心,就该好好地活着,完成他盖房子的心愿。这样,茂林就会含笑九泉,也许将来到了下面,你们就真的做了夫妻。

第八章　艰难的董事会

1

从上一年年底开始,廖海峰在半年多时间里,经历的起起落落,真的像是坐过山车一样,一会儿巅峰,一会儿低谷。

关于灾后重建,廖海峰没有想到更好的法子,他把李镇长的意思跟温泉水说了。温泉水沉吟了一下说,李镇长帮了不少的忙,他这建议也是为了公司的利益。既然对公司有好处,不会有什么损失,我们就按照李镇长说的意思办吧!廖兴平也说同意。这样董事会通过了李镇长的提议。

李镇长介绍的蓝总很快过来与廖海峰对接,工程分成水毁工程、桥梁工程、公路工程、崩塌岗修复工程、大棚工程和宿舍楼工程,一共六百二十二万元。因为每一项工程的造价都不高,采用邀标、询价的方式,蓝总把各项资料都做得很完备。

预付款出去,各个项目很快上马。不到三个月时间,工程全部通过验收,交付使用。

竣工验收这天,李镇长带着镇领导班子进来。钟海华跟廖海峰说,今天李镇长高升啦!上午县委组织部下来宣布,正式任命李镇长担任我们镇的党委书记了。廖海峰过去跟他握手说,李书记,恭喜恭喜,双喜临门啊!李书记靠过来低声说,我是双喜,公司也是双喜。除了那么多项目竣工,还有一喜，想不想听？

廖海峰说，只要是好消息，多多益善啊！李书记笑着说，一会儿再揭晓。

竣工仪式安排在新建的宿舍楼前举行。县里来了一位人大常委会副主任，据说是分管乡村振兴的。蓝总跑前跑后，跟副主任挺热络的，后来他才知道副主任姓蓝，蓝总是蓝副主任的亲侄子。

礼炮响起，揭牌。领导参观了各个项目，电视台跟拍新闻。

午饭的时候，李书记让廖海峰坐在自己身边。他悄悄地说，公司的大棚补助款到了，另外，乡村振兴的基建款也快要下来了，你看看，那几条进山的路年前是不是也修一下？

廖海峰听了有点蒙。基建款好理解，这大棚不是救灾款建好了吗？怎么还有补助啊？蒙归蒙，有钱来终归是件好事。

送完蓝副主任上车，李书记倒回来把廖海峰拉到一旁说，这些都是蓝副主任帮的忙，我们得好好答谢人家。廖海峰问，怎么答谢？李书记说，以后跟你说。记住，世上没有免费的午餐。

廖海峰送李书记上车，脑子里不断地在回味着李书记那句话：世上没有免费的午餐。

离过年只剩下两个月的时间了，被洪水耽搁的时间能不能抢回来？这是对廖海峰以兰养兰计划能不能实现的大考验。

原本建好了二十亩大棚，苗圃救灾恢复十亩大棚，加上救灾资金加建的三十亩大棚，一共六十亩大棚。廖海峰想，每亩大棚养兰三千盆，六十亩得要十八万盆。这么大的数量，两个月时间肯定无法完成。

廖海峰求教杨东山。杨东山说，我说两点意见供你参考：一是能种多少就种多少，季节已经过去，不要抢种；二是多种平民兰,我建议你家后龙山的兰花全部先搬进大棚,不但可以长得快、长得好,还可以免遭寒流的侵害。

另外,杨东山建议,把离宿舍楼最近的几座大棚,建成温控大棚,留作繁育花苗基地。兰花苗繁育好了,明年的前景就非常可观,很快就可以把今年耽搁的时间抢回来。

廖海峰问,为什么不是苗圃大棚,而是宿舍楼前的大棚?杨东山说,宿舍楼前的大棚离员工近,便于管理。另外,苗圃大棚太空旷,容易遭受寒流,而宿舍楼后面是高山,相对避风。再说了,那场洪灾已经给你带来了阴影,如果条件成熟,你在兰苑天井里的那些宝贝也迁移到大棚里,春节卖一部分,明年分株,产值绝对要高得多。

廖海峰跟廖兴平商谈,如何抓住年前这一波,把兰花养好。廖兴平的建议跟杨东山说的大体一样。但是他对兰苑天井里的兰花却建议搬一半,留一半。他说这样可以进退自如,避免承担风险,也可以做对比实验,毕竟,兰苑的天井养兰是取得了成功的。

三十万元大棚补助款到了,李书记的电话也到了。他说,你过来拿一份材料。廖海峰来到李书记办公室,李书记拿出一个大信封说,这里面是一套出账材料,后面建的三十亩大棚,十八万元造价,你按照里面的账号打十八万元过去。

廖海峰说,大棚已经在救灾专项资金出账了,您不是让我专项资金专门做一套材料备查吗?李书记说,我上次说什么来着?世上没有免费的午餐,要领导照顾,不可能一毛不拔。这套材料就做在乡村振兴专账上,你只负责出账,会计账我会安排人做好。

廖海峰说,李书记,这可是套取专项资金啊!

李书记突然勃然大怒,他用力敲打着办公桌,大声吼道,好你个廖海峰，我指挥不动你了，是不是？告诉你，我把一切都安排好了，你听不懂人话还是怎么着？这个关系搞定了，明年的项目经费就好办了。好了，回去想好了给我打电话。

廖海峰的脑子嗡嗡作响。他忘记了是怎么从李书记办公室出来的，忘记了是怎么开车回到兰苑的。

廖海峰生病了，打摆子，冷一阵热一阵，还闹肚子。不过，他的心里似乎病得还要更重。

2

温泉水凝望着窗外，许久许久。

他转过身来，坐在廖海峰的病床前说，人在屋檐下，不得不低头，前面是廖龙辉，他们蛇鼠一窝被你端了，现在是李书记。这个李书记不比廖龙辉，他可是有通天本事的。我看这样，他们做了一套假账，到时候肯定会倒打一耙，说假账是我们做的，那就吃不了兜着走了。所以我们不要急于转账，先开一个董事会，在转账之前做好取证，这样保留证据也是保护我们自己。

廖海峰说，老爷子，这个事情您去处理，我现在满脑子都是兰花，我不想被李书记牵着鼻子走。

廖海峰病好了，马上召开董事会，五个董事都参加了会议。廖海峰提前请人在会议室的角落里安装了一个针眼摄像头，做好全程录像。董文娟做会议记录。

董事会有三个议题：第一个议题是关于大棚养兰，廖海峰统计了兰苑的兰花和后龙山的林下兰花数量及种类，部分可以分株及部分收购统计在一起，可以在半个月内完成名贵兰一万盆，普通素心兰三万盆，预计春节前后大部分可以上市；第二个议题是元旦春节期间的氛围营造,沿公路种植景观树,制作指示牌、文化广告牌,横跨兰溪的三座桥制作彩虹桥;第三个议题是经费开支,关于日常管理开支大家都一致通过。但是关于乡村振兴补助的大棚经费,温泉水和廖兴平都提出了不同意见。刘长水一板一眼地说,关于经费问题,以往都是你们说了算,镇上从来没有反对。但是这一笔不同,李书记已经做了承诺,上级为了争取我们的救灾资金和项目资金四处奔走,已经花在了差旅费方面,我们不能让领导辛苦了还帮我们垫付经费,一直以来都没有这个道理。温泉水说,我是做财务的,明确知道这笔开支是属于重复列支,查出来问题很严重的。廖兴平说,因为我们公司有政府入股,每一笔收支都要经过审计,我们还是慎重一点,看看还有没有其他更好的方法。钟海华说,照说你们说的都对,但是李书记说出去的话就要兑现,不然以后路子会堵住,我们将寸步难行。廖董事长,希望您以大局为重啊!最后一句话他说的很重。

僵持了好一会儿,温泉水说,要不这样,这笔款我们按照李书记的意思先转出去,大家帮忙想想办法,如果有更好的法子我们再补救,不能让领导为我们担责啊!

刘长水拍拍温泉水的手背说,温老先生这个态度我看就很好,你们两位也表表态?廖海峰说,作为董事长,我不能违背良心,但是领导交代的事情我们又不能不办,我弃权。廖兴平说,我反对,保留个人意见,希望各位慎重慎重再慎重!

钟海华说,这么看三票赞同,一票弃权,一票反对,少数服从多数,通过支付决议。温老先生,麻烦您交代下去,执行董事会决议。

廖海峰说,刘委员,您跟李书记汇报一下吧!刘长水说行。他打通李书记的电话,跟李书记汇报了那笔款董事会通过了,会后就根据指示办理。李书记中气十足,他在电话那头说,不是按我的指示,是站在公司发展的角度,按照董事会决议办理。好,替我跟各位董事问好!

董文娟做好会议记录,请各位董事过目、签字。

散会后,廖海峰呆呆地坐在位子上。这是他主持董事会最艰难的一次,他怕自己被绑架了,做越来越多违背良心的事情。后来想想,这不是为了公司发展吗?受点委屈算什么?他吩咐董文娟把视频下载保存起来。

温素兰请来好几十个村里的闲散劳动力,简单培训一下,就开始在大棚种兰花。廖兴平带着董文娟到各处收购兰花,范围越来越大,距离越来越远,但总算超额完成了任务。半个月时间,四个大棚栽种名贵兰,十个大棚栽种普通素心兰。按照走平民兰路线,廖海峰给普通素心兰命名为"汀柳素"和"白石素",并且注册了商标,准备把地地道道的本地平民兰推向市场。

廖海峰把停车场入口处的六个大棚装扮一番,准备春节前作为销售中心,透明玻璃墙面、拱形屋顶、钢架结构大棚里,一层层兰花架整齐排列,四周贴着公司简介、兰花知识普及和各种兰花的图片介绍。

同时,他又改造了十个温控大棚,专门用作花苗繁育,请廖兴平负责管理。

十月小阳春,廖海峰请来园林公司在道路沿线规划种植樱花、杜鹃和紫薇,裸露的地方种上马尼拉草,做好防寒措施。

这天,李书记陪同市人大常委会代表来基地调研,带队的正是县人大常委会的蓝副主任。廖海峰想起那笔资金,原本对他的敬重荡然无存,强挤出笑脸陪同。蓝副主任提出,我们除了走平民路线,我看还可以走政府路线。想想看,政府到了年底都要到上级部门和本地有关部门走访，如果能带上自己种的兰花，比起红菇、茶油之类的，那要雅致多了。

李书记眼前一亮，拍了拍廖海峰的肩膀说，我看蓝副主任的想法就是金点子，老值钱了！

来到拉着大网的崩塌岗前，蓝副主任说，这个办法我用过，对治理水土有效，但是对合理利用水资源，短时间内起不到理想的效果。你想想，等它长出草来，还得种树，没个三年五载，很难见到成片的绿色。都说十年树木百年树人，就是说要把树种好，最少也得十年。

李书记向蓝副主任请教，您说说有什么高招？

蓝副主任说，治理还得治理，但是在这下游，管理房上来五六百米的地方，刚好是个峡谷口，你们看看建一座水库怎么样？

好办法！好办法！李书记恍然大悟地说。这里建一座水库，库容肯定不会小，看看，周边集雨面积够大了。这个峡谷口地处田螺坑上游，建水库意义非常重大呀！既可以调节用水资源，又可以抵抗洪涝灾害。高峡出平湖，到时候崩塌岗、泥石流统统消失。这个属于民生工程，蓝副主任，还有各位人大常委会代表，我代表白石镇恳请大家帮忙呼吁啊！

蓝副主任手一挥，那个小玲，记下来，回去形成一个调研报告，提交县委、县政府和市委、市政府。

3

兰花进了温控大棚，可以自然调节温度、湿度，果然长势良好。

廖兴平根据兰花生长的需要，配制了营养液和叶面肥，给兰花补充营养。根据以往经验，春节前后大约有一半的兰花可以如期开放，大多是本地素心兰，也有一些名贵兰花。他又根据氛围的营造，选购了一大批蝴蝶兰、大花蕙兰、文心兰、石斛兰、君子兰和各种墨兰，根据各自特点加以培育。这些兰花大都会在春节前后开得热烈奔放，很受市场欢迎。

这个冬天天气挺好的，只有半个多月是霜冻期，雨水很少，更没有下雪。廖兴平带着董文娟，天天待在大棚里，观察兰花在新环境下的生长情况和变异情况。

廖海峰的主要精力用在工地上。苗圃的大棚基本建成恢复了，后龙山的林下兰花试验基本成功，兰花被移栽后，对空穴重新疏松，准备来年再种回去。另外，沿路的绿化、桥梁的景观设计也在有条不紊地进行着。冬天是枯水的季节，廖海峰还请了工人，对兰溪的水毁部分进行补缺补漏。从村部到田螺坑的三岔路口，设计制作了文化景观长廊；从村部到田螺坑停车场，大约一公里的道路竖起了太阳能路灯。

因为工人不多，而且大都回家居住，所以新建的宿舍楼一楼空出来做办公室，制度上墙、文化上墙、规划上墙，这些都是廖海峰多年积累的经验。

温泉水因为担心老伴一个人带两个孩子太累，也就两头跑。

朱兰英回来了，协助温素兰打理兰苑。兰苑的兰花还剩一半，使用了廖兴平配制的营养液和叶面肥，叶子油光发亮，好些兰花抽穗长出了小花苞。

朱兰英还没有从失去廖茂林的痛苦中走出来，她每天郁郁寡欢，有时候还会走神。特别是晚饭后，她会站在门口，呆呆地看着苗圃，想象着廖茂林在水中挣扎的样子，泪水就会忍不住流出来。

一天傍晚，温素兰拉着朱兰英到村里散步。村道上人很少，她们走着走着就来到了廖茂林家里，老房子拆了，他的儿子廖信元正在盖新房，两层半的小楼，框架已经好了，正在粉刷。温素兰问廖信元，年前可以搬进去住吗？廖信元说日子选好了，就在小年那天搬进新房子，至于装修的收尾工作，还有一些家具电器的采购，如果来不及就年后再来。他认识朱兰英，他说兰英阿姨，有空就过来坐，我们都把您当作自己人。

朱兰英笑了笑，但是笑得凄婉。原本应该是他和廖茂林约定盖房子的，现在他的儿子用他的慰问金、保险金盖了房子。廖茂林留下的那笔钱她没动，她也想过是否给他儿子，但是廖茂林特地交代，这钱是要给她的，所以她的心里还在想着一起建房子的事情。

返回的时候朱兰英说，我不想离开兰田村了，过年我就把孩子接到兰苑来，不知您和廖总同意吗？

温素兰说，同意，太同意了！这事我就能做主，想搬过来你随时搬过来，也别让两个孩子受苦了。

朱兰英说，我还想盖房子，这不是我一个人的房子，是我和茂林的。廖总说的对，我要好好地活着，完成茂林的遗愿。你们能帮我选一个地方吗？离兰苑不要太远就行。

温素兰说，这事儿好办，我跟海峰商量一下，大家一起来选。

第二天晚上，廖海峰回来了，他说基建的事情忙得差不多了，明天周六，我们上城休息几天，陪一陪孩子们。

温素兰说了朱兰英的心愿，廖海峰说好事啊，那就先搬过来，地点我们来想办法。吃过晚饭，他们夫妇在门口散步，看到兰苑与廖杰年的房子中间还有一块荒地，这块荒地原本是兰苑的附房，就是碓寮磨石房，后来倒塌了，因为现在用不上了，就没有再盖。廖海峰说，这块地挺好啊，你让她来看看，好的话就这块地了。朱兰英看了说，这块地太好了，我还想着就在山坡上随便给我一块地就行的。廖海峰说,我爷爷的信条是能帮人尽量多帮人,要想帮人还得心诚。我父亲也说,要多做积功德的事情。如果你同意了,就先设计一下,要多大地方你就划多大地方,年前落好地基,明年春汛过后就可以开建了。朱兰英问,这块地得多少钱让给我啊?廖海峰跟温素兰对视一眼,笑着说,不要钱,廖茂林是我兄弟,若是缘分够了,你就是我嫂子,就这情分我一分钱都不收。不过倒是可以写张转让契约,你的子孙后代世世代代就可以继承下去。若是盖房子的时候钱不够,我们还可以一起帮忙想想办法!

朱兰英掩面而泣,她说,我们何德何能,遇到了您这个大贵人!

廖海峰说,你和茂林兄弟也是我的贵人啊!我们以后做了邻居,还可以互相帮衬,千万不能见外!

温素兰过去抱紧朱兰英的身子,安慰她说,兰英姐,一切都会好起来的!

4

在城里待了几天,廖海峰买了辆白色的国产越野车。

因为工地大了,那辆皮卡车经常留作工具车,没个交通工具还真不行。再说,老是开个皮卡车跟人家聊业务,有时候自己看了都觉得别扭。买车的时候,车行老板跟廖海峰说,一步到位,买个奔驰宝马之类的算了。廖海峰说,不是钱的问题,在乡下做事还是低调一点儿好,别让乡亲们和我疏远了。

廖海峰说的一点儿都没错,如果和乡亲们疏远了,做事情没有亲和力,容易引起乡亲们的误会,有时候难免会多走弯路。

这天，钟海华带着白石镇新任组织委员罗金贵进来了。他说廖贵发案件已经宣判了，廖贵发的几个案件都是铁案，影响极其恶劣，二审维持原判，决定判处死刑，已上报最高人民法院核准了。廖龙辉不但收了廖贵发的好处，还有其他违法违纪问题，有关线索已经移交司法机关了。阙汉民查到了几笔不合理开支，责令其如数退赔，行政警告处分，没有其他严重的刑事、民事问题，复职支委和村主任。镇党委书记、镇组织委员用人不察，已经调离原单位、降职使用。在罗金贵的主持下，村"两委"召集村民代表开会，宣布了镇党委的有关决定。

罗金贵把镇党委决定的文件递给廖海峰看，上面写着：免去廖龙辉村党支部书记职务，涉嫌违法违纪移送司法机关依法处理；任命廖金华为支部书记，试用期一年；阙汉民复职支部委员、村民委员会主任；任命村民委员会委员曹汝海担任村文书，试用期一年。兰田村党支部择时召开支部大会，增选一名支部委员，报镇党委批复。

廖海峰把文件还给罗金贵说，我们拥护镇党委的决定。对那些害群之马是要及时清除，基层工作不好做，基层的老百姓更不容易。

钟海华长吁一口气，我这个代理支部书记终于可以交接了，真是如履薄冰啊！

这样，闹得沸沸扬扬的兰田村"两委"案件终于平息下来。

廖海峰说到做到，根据朱兰英划出的用地范围，写好土地使用权转让书，把土地证附在后面，到镇司法所和国土资源所登记备案，正式把材料交到朱兰英手上。朱兰英重新申请用地，镇政府批准了两层建房的申请。

朱兰英要求不高，她只要了廖海峰那块空地的一小部分，根据现场测量，也就是八十平方米，前面还有个小坪。她说，够住就好,人家廖总那么大方,得晓得分寸。这样,年前就请来石匠师傅,落好了建房地基。

杨东山根据约定,年前来到兰苑和田螺坑参观。他对兰田村的自然环境十分看好,山好、水好、空气好、光照好。他特别喜欢兰苑,说这座大宅院的神韵跟兰花很配。

廖海峰陪了他一天,每个大棚都转一圈,还跑到田螺坑的最高处香炉坪,俯瞰整个田螺坑。他们看到了兰花基地的初步雏形。从村部往里一千多米,一直打造到了停车场,几十座大棚颇为壮观。廖海峰指给杨东山看,那里正在规划一座水库,那里延伸过来将建育苗大棚……最后,他用手一圈说,到时候,这漫山遍野都是兰花,足足三千六百亩。

杨东山说,廖兄大手笔啊!只要你的兰花品质好、数量足,我们可以长期合作。

这天晚上,廖海峰设宴款待杨东山,廖兴平几个人作陪。杨东山喝得十分兴奋,他说,我一年大几千万的兰花销量,将来要以我们廖兄的基地为主了。说实话,做兰花生意二十多年,还是第一次有供应商请我喝飞天茅台,这份情,我记下了。廖海峰说,以兰会友,要领情你还是领兰花的情吧!一句话把宴会推上了高潮。

第二天,杨东山并不急于离开。他说,廖兄,我就到你的田螺坑四处转悠,你也不要担心我的吃喝,我自己会安排。到了宝山,我可是不想空手离开的。

廖海峰拍着杨东山的肩膀说,看中什么,你老兄尽管拿走。都是爱兰之人,我不心疼。

杨东山喜欢野外活动,他开一辆四驱的越野车,带上饮用水和干粮,穿着牛仔衣裤,带上医用物品,准备出发。他打开后备箱,指着里面的物件对廖海峰说,看看,液化气罐、气灶,睡袋、帐篷,我这包里还有一整套应急用品,出去三五天没问题。凭着我这套装备,至少发现了二十几个珍稀兰花品种。你就等着我凯旋吧!

杨东山跟廖海峰拥抱,发动汽车出发了。廖海峰看着他往田螺坑深处开去,心想,这老哥该有多么热爱兰花,多么热爱大自然!

其实廖海峰有所不知,杨东山曾经经历了一段黑暗的日子。那段时间,他的海上养殖生意破产了,整天心灰意冷。有一天,他开着小车离开家里,越走越远,最后小车没油了,车上也没有生活的必需品,身上只有一个打火机和一包香烟。他一个人潜入深山,渴了喝山泉水,饿了摘野果子。其中,连野蜂、毒蛇都成了他的美餐。他在山洞里挖到一株兰花,跟兰花对话,向兰花倾诉。他夜宿山洞,看着远处的万家灯火,看着头顶上离自己近在咫尺的星辰,思如泉涌。

后来,家人报了警,警方找到他的汽车,一周后才找到了他。没想到他活得好好的,一点儿事没有,手上还握着一株兰花。经过这次野外求生,杨东山的思维发生了巨大转变,他在想,我堂堂男子汉,难道还不如一株兰花草吗?他变得乐观、豁达、包容了,他也不再在乎别人说他的家长里短。

这次田螺坑之行,他是有备而来的。他想,这么美的兰花长在这万顷大山之中,一定还有未被发现的稀世珍品。

第一天,直到天黑也没见杨东山回来,廖海峰心里紧张极了,连忙打一个电话给他。谁知杨东山在那头兴奋地说,廖兄,我可能还要过两天才回来,果然有宝贝啊!我太喜欢这里啦!

廖海峰听到他电话那头激动的声音,悬着的心也就放下了。

三天后,日落时分,杨东山回来了。

第九章　兰花专业合作社

1

杨东山从车上跳下来，一下抱住廖海峰原地转了三圈。他大声喊道，廖兄，我太开心了，这田螺坑就是一座宝山啊！

原来这几天，杨东山走遍了十三道山梁，甚至走遍了翻越田螺坑的那些绵绵群山。他翻遍了岩石，在岩洞里、树洞里、小溪边、草丛中发现了几十丛兰花，其中有六个品种都是新发现。

说完，他从车上拿出一个编织袋，取出来一大堆兰花。他把用红绳子绑好的兰花挑了出来。有三个品种廖海峰认得，是寒兰和蕙兰的品种，另外三个完全不认识。杨东山说，这两款也不稀奇，就是四季素兰，但是野生的比较少见。最最稀罕的是这一株，大家看看，能不能认出来？

廖兴平拿起那株兰花仔细端详，他说，太熟了，我在论文里写过它！杨东山笑着说，熟吧？可是今天才第一次见到真品吧？

廖兴平看着杨东山，用力一拳打过去，一跳三尺高。杨东山拍拍胸脯说，就冲着这株兰花，这几天的辛苦值了！

廖海峰看着他们那么高兴，也拿过来认真辨识，可是在他大脑的资料库里没有任何记录。

杨东山和廖兴平互相抱住对方的肩膀，竖起大拇指，同时说——千梅易得，一荷难求！说完哈哈大笑起来。

原来，杨东山发现的竟然是兰花中的稀有品种——野生"素荷"，难怪他喜出望外。

看杨东山和廖兴平那高兴劲儿，廖海峰也挺开心，他大声说，晚上喝酒，走起！

杨东山小心地把兰花装起来，拾起用红绳子绑好的那几株，亲手交到廖海峰手上说，廖兄，赶快拿去培育，明年就成"接天莲叶无穷碧"了，南方的兰花市场就该有你廖兄的一席之地喽！

廖海峰连忙推却，他说，这是你几天的心血，我怎么能据为己有？

杨东山一把揽住廖海峰的肩膀说，这你就不懂了吧？我在你家拿的东西，如果就这样带走了，那不成盗贼了？再说了，这个品种就要在原产地培育，离开了这田螺坑，一定培育不出相同的品种。

廖海峰收下兰花，交给董文娟，搂着杨东山的肩膀大声招呼上酒上菜。他心想，都说无商不奸，要我说这杨东山一点儿都不奸，而且还非常坦荡，是君子，人中君子，真君子！

廖兴平也对杨东山的为人肃然起敬。他心说，一个只有一面之缘的人，竟可以做到这么坦诚。他是识货之人，也是识大体之人，佩服佩服！

席间，几个人开怀畅饮，杨东山不光性格豁达，酒量也很好。乘着酒兴，他谈了自己与兰花结缘的机遇。他说，那一次野外生存考验，夜里住洞穴，意外发现了一株兰花草，透过斑斑驳驳的缝隙，外面的阳光雨露滋润着，这株兰花草竟然长得生机勃勃，自此他对兰花有了特别的感情，既倾慕又感动。从此，他一改以往的怨天尤人、自暴自弃。有一年，他到南禅寺闭关，师父跟他单独聊了两次，发现他谈吐不凡，有心传授心经。师父爱兰，他一边听师父传道，一边陪着师父养兰，没想到他的心境非常适合养兰花，师父对兰花的呵护，他看在眼里记在心里。闭关结束后，他没有领悟心经的要义，却从此对养兰花情有独钟。

后来，他开了一家兰花苗圃，因为他对兰花的理解比较透彻，也就慢慢结交了一群志同道合的兰友。兰友们说，杨兄，你何不把兰花引入千家万户？也算是对兰花的一种珍爱。于是他开始奔走在南方各省市，与兰为友，结交像兰花一样的真君子，同时也收购兰花、销售兰花，寻找各种各样的兰花。

杨东山说，渐渐地，我爱上了兰花，认识了兰花的秉性。兰花，那飘逸俊芳、绰约多姿的叶片，高洁淡雅、神韵兼备的花朵，纯正幽远、沁人肺腑的香味，无不撞击着我的心扉。所以，我也开始养兰、赏兰、绘兰、写兰、赞美兰花、讴歌兰花，借此陶冶情操、修身养性。不怕你们笑话，我吃饭的时候，只要看着兰花，可以不要任何菜肴就能下饭。我老婆说我痴，我女儿说我傻，只有我自己享受到了其中的乐趣。上次白石镇兰花展，我为什么久久不愿离去？因为我从兰花看出了它的主人胸襟坦荡、桀骜不凡，我也从兰花看到了主人的困惑和迷茫。于是这次我又来了！

廖海峰真的被杨东山感动了，他激动地说，杨兄，我今年经历了一场劫难，一度心灰意冷，但是自今天开始，我眼前的阴霾一扫而光了。我虽说也是淡泊名利、不争不抢，但是抗打击能力却还远远不够。兰花常在峭壁上生长，无论是遇到了狂风还是暴雨、风霜还是雨雪，它都能顽强地活下去，生命力很顽强，有着不服输的精神。今天听你一番话，我认为自己经历的苦难，真算不了什么。跟杨兄在一起就是好啊！兰花的高贵气节、内敛风华，正是杨兄所具备的，也是我所缺少的呀！

2

第二天，廖海峰和杨东山一起种兰花。他们一起研究、一起探讨营养土的配料、花盆的选择以及栽种的方法。一个上午的时间，他们足足栽下了三十多盆兰花。这些都是杨东山前一天从田螺坑带回来的，他们把这些兰花养在正厅的天井里，其中杨东山挑拣出来的六株，摆放在最高处。杨东山说，好好养，一定要培育出第二代、第三代，这么好的品种，应该会令所有爱兰的人惊艳的。那株"素荷"，廖兴平爱不释手，他说我养兰、写兰、研究兰花几十年，这株兰花可真是风华绝代啊！杨东山笑着说，快快，记下来，它的名字就叫"风华绝代"吧，廖海峰拿出标签，写下名字，插在这株兰花的花盆里。

自从上次白石兰花展之后，杨东山对"武夷素"非常看好。这次又订购了五千盆"汀柳素""白石素"，一千五百盆"武夷素"，其他的品种也都搭配了一些，一个订单价值就超过了一百万元。

杨东山笑着说，我写了一个标题，你让记者写个通讯稿，保证今年春节赚个盆满钵满。他拿出一张便签，上面写着"漳州客商百万订单为兰花，田螺坑走出深山人已识"，然后拉着廖海峰，让他端着那盆"素荷"拍了一张合影。

廖兴平笑着说，杨兄，这与你一贯的低调作风不相符啊！

杨东山拍拍手，乐呵呵地说，为了田螺坑，为了兰花，我高调一点儿也是应该的。行了,这则报道绝对是一举多得。告辞了,我年后再来!

刚上车,杨东山又想起什么,探出头来说,廖海峰,你应该发动更多的人来种兰花,月亮带星星啊!

看着杨东山的车转过山口,廖海峰和廖兴平大笑,是个真汉子!

从杨东山"月亮带星星"这句话,他们同时想到了兰花合作社的事情。是啊,自从廖贵发、廖龙辉出事,合作社的事情一直耽搁在那里。现在正值年底,刚好议一议这事,年后就可以正式运作了。

廖海峰打电话给支部书记廖金华,请他和阙汉民到兰苑来,商谈兰花专业合作社的事情。在等他们的过程中,他跟李书记打了个电话,汇报两件事:一件是漳州客商百万订单的事情,请他找媒体宣传一下;另一件就是组建养兰合作社的事情。李书记在那头很高兴,说廖海峰你干得好啊!我们镇上今年春节要大放异彩了,中心就是田螺坑了!我看可以搞一个"兰花节",大家过春节,我们送一个节——兰花节!哈哈哈,好,就叫兰花节,我先想想,先让媒体预热一下,过两天我们就来筹划这个兰花节。

廖金华、阙汉民一前一后到了。廖海峰把跟李书记的通话说了,他们连声恭喜。

廖海峰说,合作社的事情讲了有些日子了,我看可以先开个村民代表大会,征求一下大家的意见。现在公司已经走上正轨,正是发展合作社的好时机啊!

廖金华三十多岁,也是外出务工返乡的,上了职业院校,是有文化的村支书。他说,我曾经外出参加培训,其中就了解了一些农业合作社办得很好。像涂坊的槟榔芋合作社、小米椒合作社，他们做得红红火火，带动了一方致富。

廖海峰说，专业合作社可谓是多方参与、多方共赢的生产方式。既可以分散又可以集中，最终的结果是农户致富了，公司发展了，村里的财富也增加了。要怎么组建，框架先要搭起来，人员、资金到位，再就是运作和管理的问题了。

廖金华说，这方面我们都没有经验，你先提议一下，我们再开个会，具体讨论一下。我认为趁着春节、大家返乡这个时机，可以好好宣传，争取年后就组建起来。

廖兴平说，我看这样，用两条腿走路。一是成立理事会，统筹管理合作社。理事会筹集资金，投资家庭农场或生产基地，负责指导和销售。二是发动农户，承包家庭农场或生产基地，也可以到基地务工。农户可以投资，也可以不投资，只要参与进来，都可以在合作社受益。村居委可以在理事会占股，派代表参加理事会管理，股东有分成，村里自然就有了收入。

廖金华说，公司也可以在理事会占股，合作社跟公司既互相合作，又分开管理。是不是这个道理？

廖海峰竖起大拇指说，很快就抓住了要点！我建议，合作社采取"合作社＋基地＋农户"的发展模式，依托兰花专业合作社和家庭农场生产基地，辐射带动周边闲散农户发展兰花经济，通过面对面、手把手、传帮带的"月亮带星星"模式，让农户有机融入合作社。

月亮带星星，好啊！廖金华和阙汉民大声喝彩。

廖海峰说，合作社可以走平民路线，大家都来种平民兰。花苗可以由合作社免费提供种苗供乡亲们种养，后期还负责包销。这样，大一点儿规模的农户可以建家庭农场或者兰花种植基地，小一点儿规模的农户自己在家里就可以种养。只要大家动起来，兰田村就可以实现养兰成风，那些游手好闲的人就坐不住了。

廖兴平说，我们要让参与进来的农户不承担任何风险，这一点一定要明确。

3

思路有了，方向明确了，事情就好办了。

阙汉民说，理事会还是应该由廖海峰牵头，大家都说你没有私心，有公信力。村里面我看曹汝海可以，他善于精打细算，执行力也没问题，做廖海峰的助手。有了这两大村干部，其他人慢慢补充进去。

廖海峰想要推辞，廖兴平说，你先承担起来，主要事情让曹汝海来做。我看现在就可以让曹汝海到县上了解一下成立合作社的流程，年后就把手续办下来。

廖金华打电话，让曹汝海过来。曹汝海也是三十多岁，剃了个小平头，给人很精干的感觉。廖金华说明成立合作社意义，让他代表村"两委"参与管理。曹汝海快人快语，行，我听书记主任的，也听理事长的。廖海峰笑着说，不是听我的，我们是商量着做。

另外，大家认为，合作社启动资金的规模初定一百万元，办公地点跟公司一起，先设在田螺坑。

第二天，阙汉民组织召开村民代表大会，一致同意成立专业合作社。阙汉民让各位村民代表宣传到每一户农户家里，春节期间，还要印制宣传单，宣传到每一位返乡的农民工，让大家了解政策，积极参与，把好事办好。

这天下午，钟海华来了，他召集村干部和廖海峰到村部开会，讨论举办兰花节的事情。

钟海华说，李书记指示，这场兰花节要举全镇之力，办出水平、办出特色，到时候要邀请市、县有关领导现场指导，还要邀请兄弟单位现场观摩。初步定位为五个一：一场兰花展销会；一条美食文化主题街；一场特色农产品交易会；一个乡村振兴项目招商会；一台以乡村振兴为主题的文艺演出。每项子活动由一名镇领导负责，两名镇干部具体实施。

兰花节的主会场就设在田螺坑停车场，划分成若干区域。总活动由县里一家文化传媒公司承办，全镇各村按照每个子活动组织实施。比如兰花展销会由公司统一负责实施，根据兰花品种划分若干展区；美食文化街，每个村提供三道以上的美食，现场制作销售；农产品交易会，每个村提供五种以上特色农产品现场展示交易；项目招商会由镇乡村振兴办负责宣传落实……文艺演出由镇文化站负责，全镇十四个村，每个村一个节目，中小学各一个节目，先分开排练，再统一彩排，兰花节这天，为观众朋友呈现一场精彩的演出。

廖海峰领受的任务就是兰花展销会，包括兰花展示、销售和科普宣传工作。他把工作分工下去，全力负责筹备，廖兴平和董文娟负责布展和科普宣传。

廖海峰在思考，如何能真正做到唯美宣传、一鸣惊人？董文娟建议，每天拍一条短视频，在知名社交软件上高频推送。

廖海峰采纳了董文娟的提议，配合传媒公司每天做一条短视频，以兰苑、田螺坑基地为背景，由清纯可人的董文娟做主播，普及兰花知识和栽培兰花的注意事项，配上那首和画面一样唯美的《我和兰花在一起》。这个短视频系列主题为"小娟教你养兰花"，一经开播就得到了数十万人的关注，而且点击关注人数逐日上升。最后三天，再连续推出"兰花节"活动预告，把精彩纷呈的节日氛围酝酿得十分浓厚。

兰花节这天正是小年，很多外出务工的乡亲已经返乡了，加上城里过来的、周边乡镇慕名而来的游客，总人数竟然超过了万人，这对于常住人口不到千人的小小兰田村，是史无前例的热闹。新开辟的三个停车场都满了，还有许多车辆停放在路边，交警、派出所民警、青年志愿者在不同路段维持着秩序。

从白石镇集镇开始，一直到田螺坑，道路两边彩旗招展，崭新的广告牌宣传各项政策。到了村部，门口的大坪里搭建了一个舞台，这里是主会场。上午九时许，分管乡村振兴的副市长发表讲话，宣布汀柳县首届兰花节开幕。接着县长、镇长分别讲话。演出开始了，从各村及中小学校选送上来的节目轮番上演，有十番音乐、长锣鼓、九连环、踩船灯、古事、玻璃子灯、山歌对唱等传统节目，也有酷炫的现代歌舞、广场舞、中小学生表演的小品等，虽然节目质量参差不齐，但充满乡土气息，各级领导和各地来宾都纷纷称赞。

节目演出后进入项目招商环节，六个千万元以上项目上台签约，许多乡村振兴项目在舞台四周同步推介。

招商会后就进入了今天的真正主题——兰花展销，从村部步行到田螺坑，入口是一个巨大的彩虹门，横框上"兰花谷"三个大字非常醒目。彩虹门是用钢材搭建成的，四周布满了兰花。两边是春兰、寒兰和墨兰，绿白相间，披上蝴蝶兰、大花蕙兰、石斛兰，看上去鲜艳夺目、光彩照人。

沿路两边都是彩旗和兰花大棚，每隔一段都会有一个兰花装扮的造型，仔细看的话是十二生肖，惟妙惟肖。

到了停车场，美食一条街、农产品交易会、兰花展销会分布四周，就像是一个大型集市。

4

  热闹非凡的兰花节吸引来一万多人参加,这在兰田村是第一次,在田螺坑更是第一次。通过各大媒体的宣传,藏在深山中的田螺坑渐渐到了世人面前。

  这一天,现场的美食、农产品一扫而光,兰花销售也十分火爆,政府作为礼品赠送一千多盆,现场销售六千多盆,但大多购买的是平民兰,三十元或五十元一盆,部分外地客商购买了一些稀有品种。这天,兰花的销售额达到了五十多万元,大大超出了原计划三十万元的目标。很多来逛兰花节的青年男女都说是看到"小娟教你养兰花"的短视频赶过来的,董文娟在现场帮客人挑选兰花,许多粉丝要求跟她合影留念,忙得不可开交。十几个青年志愿者在现场穿梭忙碌,给兰花节增添了一道亮丽的风景。

  首届兰花节,在夜幕降临时落下帷幕。大家整理完现场已经是晚上八点了。温素兰在兰苑准备了一桌好菜,犒劳忙碌了一天的廖海峰他们。温泉水直呼老咯,有钱都赚不到咯!董文娟躺在沙发上不想动了。廖兴平一回来就洗了个热水澡,大呼轻松,他说好久没这么忙碌了。廖海峰打开社交软件,连续播放"小娟教你养兰花",总算把大家疲惫的身子激活了,大家落座,开始享受迟来的晚餐。

  由于兰花节的成功举办,今年的兰花年货购销提前了,每天都会有不少外地游客,或参观游玩,或直奔主题选购兰花,到大年三十下午,原本十多个大棚的兰花,仅剩下两个大棚的平民兰和两个大棚的珍稀兰。廖海峰第一年以兰养兰的目标基本实现了。

春节过后，廖兴平完成了技术扶持工作，回到了原来的岗位；董文娟回到了大学，准备毕业论文答辩。廖海峰给了他们很高的评语，每人送了一份纪念品，并希望他们常回来看看。由于廖兴平还是公司董事会成员，于是廖海峰聘请廖兴平担任公司的技术总监和高级顾问，随时提供技术支持，并领取一定的报酬。

廖海峰和温泉水又开始谋划新一年的工作了。新一年的工作主要是两部分：一是在田螺坑腹地加建五个育苗大棚，扩大兰花种植规模，加大兰花新品种的培育力度；二是建一栋管理用房，改善办公条件。

由于技术人员缺乏，廖海峰在人才市场招聘了三位农业技术人才，李鑫源、吴佳贵、涂思荣。这三位都是本县的大学毕业生，想实现心中的生态农业梦想。廖海峰把他们安排在田螺坑住下来，请廖兴平抽空为他们提供半个月养兰专业技术培训。

正月下旬，朱兰英找到廖海峰，说想把房子的框架建起来。廖海峰带着朱兰英，找到廖金华，表达了她加入兰田村的愿望。廖金华代表村"两委"表示欢迎，他说你朱兰英重情重义，这两年也基本上生活在兰田村，只要你愿意，房子盖好后户口就迁过来，孩子们的户口也可以一并迁过来。

随后，廖海峰给朱兰英介绍了基建班子和几户建材商，都要求他们保证在不亏本的情况下给予照顾。

农历二月初，朱兰英的房子动工兴建了。朱兰英手上的存款，加上廖茂林留下的存折，总共有十七八万元，框架很快就盖起来了，还做了简单装修。到五六月，廖海峰看过后提了一些建议：屋顶加盖隔热层，家具电器最好一步到位，院子砌上围墙、装上大门。资金不够，廖海峰提前给她预支了两年工资，这样，到七八月，朱兰英的新房子彻底建好了。

朱兰英在二楼给廖茂林布置了一间房，里面摆放着一排兰花，墙上挂着他的照片。她说，廖茂林是这房子的主人，他应该与兰花相伴。

村里帮助朱兰英一家三口迁了户口，一家子挑选了一个好日子，搬进了新居。这一天，廖海峰带着公司的同事们来了，镇村领导来了，亲戚朋友来了，兰田村的左邻右舍也来了，共同庆祝朱兰英乔迁新居，也热烈欢迎朱兰英加入兰田村大家庭。

在宾客盈门的好日子，朱兰英越发思念廖茂林，她悄悄躲进房间里，抱着镶嵌廖茂林照片的相框，与廖茂林对话。她说，你好狠心啊，说好了一起盖一座属于我们的房子，你要在搬家这一天热热闹闹地把我娶进家门……你一句话不说就走了……今天，我们的房子盖起来了，我不用你娶，自己就把自己嫁给你了……往后，你要好好保佑我们母子三人，好好保佑这个家……你说话呀！说你不会抛弃我们……

朱兰英一边流泪一边抽噎。在她的心里，那段刻骨铭心的感情，使她重新鼓起了对生活的信心，是廖茂林让她看到了生活的希望。所以，廖茂林的离去，是她永远无法弥合的伤痛。

楼下，宾客们频频举杯，猜拳行令的声音此起彼伏。他们祝福朱兰英，祝福她的新生活！

还是温素兰心细，她上楼来，看到哭成泪人的朱兰英，轻轻搂住她，体贴地说，想哭就哭吧！茂林今天应该是很高兴的，你不光完成了你们共同的心愿，还替他挺起了脊梁骨！他会好好地护佑你们的，你们要好好过日子啊！

朱兰英擦干眼泪，抿着嘴点了点头。好好过日子！她说。

第十章　无叶美冠兰

1

这半年里,合作社在廖海峰的带领下,步入了正轨。

出门打工的青壮年回来了二十六人,成为合作社的中坚力量。他们成立了十二个家庭农场,在自己家的门前屋后、自留山上养兰花,每户均达到了三千盆的规模。同时,公司的大棚也面向合作社社员开放,低价租赁给有意向发展兰花产业的农户,低价提供兰花种苗,让他们直接进入产销模式。

廖海峰根据公司发展的需要,在田螺坑纵深山场搭建了十几座育苗大棚,一面扩大公司的生产规模,一面提供给合作社社员做种苗,富余的部分还向社会销售。在廖海峰的带动下,兰田村邻近的村庄也纷纷盖起了大棚,兰花产业规模一步步扩大。

很快,管理大楼也盖起来了,占地一千平方米,共三层。楼顶上一排发光大字:田螺坑农林科技发展股份有限公司,"科技"两个字是今年新加的。据说如果办成了农业科技龙头企业,发展前景不可限量,这也是李书记的要求,他说,以科技支撑的企业才富有生命力,再说了,农林科技,多么高大上啊!

这一天,廖海峰把李鑫源、吴佳贵、涂思荣召集起来开会。廖海峰说,今年我们公司发展的势头很好,合作社也办得红红火火，还带动了周边村镇的不少农户加入兰花种植产业中。我们原来的规模，自产自销没问题，大不了再举办一场兰花节。可如今不同了，规模越来越大，供需矛盾就会产生，靠原来的客户，无法带动这么大的市场。所以我想听听你们的意见。

其实，他们三个在平时就探讨过这个问题。吴佳贵说，我在大学读的是信息技术专业，我看可以采取线上和线下相结合的方式，扩大兰花的销售。尤其要依靠几个大的销售平台，抓住重要的时间节点。他分析说，国内现在有几个很大的农副产品销售平台，很有市场影响力。我们在初期可以依托他们现有的客户资源和流量，把我们的兰花销售到千家万户。

廖海峰问，这是初期计划，那么长远计划呢？

吴佳贵笑着说，长远来看，我们自己建一个专门销售兰花的平台，建成在业界最具影响力的网上兰花超市，不光可以自己赚钱，还能够服务更多花农，同时也能获取平台服务费。

李鑫源主张要有自己的拳头产品，销售上采取线上线下同步进行的方式，可以形成综合影响力。

涂思荣另有想法。他建议，一是注册自己的商标，打响自己的品牌；二是加大培育研发力度，保持在兰花界的引领导向；三是建立自己的网上平台。他说，这三个方向可以同步进行，渐渐地打造良好的市场声誉，大大提升产品的价格，从而达到量价齐升的效果。

廖海峰一边听一边想，还是年轻人思路活，如果没有自己的品牌，没有新产品研发，公司是很难得到规模化发展的。至于线上和线下相结合，也是大势所趋。他说，这样，你们三位分工一下，吴佳贵负责开发线上市场；李鑫源负责新品种研发；涂思荣负责商标注册、产品包装。每个人做一套详细的方案出来，拿到董事会研究通过。他强调，三个人既分工又合作，形成团队的力量。另外，多物色相关领域的人才，扩大公司的人才队伍。

廖海峰把三位大学生的思路向李书记做了汇报。李书记在电话那头沉吟了片刻说，理论上讲都没错，我建议先派一个代表团外出考察一下，再拿个考察报告出来。李书记补充说，咱们公司现在是镇上的金字招牌，这个招牌必须越来越响亮。

温泉水有段时间没去公司了。这个周末，廖海峰回到城里，约了廖兴平、温泉水几个人小酌两杯。

廖海峰说，公司在各位元老的鼎力帮助下，总算走上了正轨。我做了统计，今年公司大棚兰花存量达到了历史性的新高，估计有三十六万盆。合作社大约达到十五万盆。其他村镇加起来也有二十万盆上下。那么总的储备就达到七十多万盆了。按照往年的经验，年销售二十万盆顶天了。所以我们必须未雨绸缪。

廖兴平对培育研发新产品感兴趣，认为兰花的品质是公司发展的基础。温泉水虽说已年近七十，但对做大做强公司还是有自己的想法，他说要跳出兰田村，甚至跳出汀柳县，不要坐井观天，要多了解外面的世界。所以，他们都同意出去参观考察。

廖海峰联系了杨东山，请他安排几处做得好的大型兰花基地，准备带队出去考察。杨东山听说廖海峰要过来看他，非常高兴，他大声说，你们来吧，我有好消息要跟你们分享。他果然联系了三家在闽南种植兰花最好、最大型的基地，并安排好了接待事宜。

八月上旬，廖海峰、刘长水带队，董事会五个人，加上李鑫源、吴佳贵、涂思荣三个人，一行八人，租了一辆面包车，前往漳州市考察兰花市场。

杨东山开车到高速出口迎接，老朋友见面格外亲切。

杨东山自己有两处兰花基地，但是规模都不大。他说自己更多是在选购销售来自各地的好兰花。他这两处基地是为了便于培育一些新品种或者珍稀兰花，好多兰花因为实在难得，舍不得出售，就自己留了下来，这样，好的品种就越来越多。他说，别看我这里规模不大，市值好几千万呢！

2

在杨东山的兰花基地，他带着廖海峰几个人走进一个小型温控棚，里面开了空调，光线柔和，感觉不到季节的变化。

七拐八拐，杨东山带着他们来到温控棚的一个角落里，指着一株兰花笑着说，你们看看这是什么品种？

他们仔细端详，只见一株无叶的兰花，花序直立，长达十几厘米，开着美丽的褐黄色花朵，香气很特别，既有兰花的馨香，又散发出一股瓜果的香味，闻起来很舒心。廖海峰和温泉水都摇了摇头，表示不认识。廖兴平看了又看，一会儿点头，一会儿又摇头，再凑上前闻了闻，露出惊讶的神色。

"无叶美冠兰"！廖兴平激动地说。

杨东山大笑着一拳打在廖兴平的胸脯上，骄傲地说，对，就是它！"无叶美冠兰"跟"素荷"一样，属于兰花的稀有品种，有人赞誉它是兰花界的大熊猫，想不到竟然被我得到了！

他详细地介绍了"无叶美冠兰"的特点，并说，这个兰花品种，在野外几乎找不到它的踪迹。你们知道我这株花是从哪儿得到的吗？

他这样一直卖关子，廖海峰急得不行，他说，杨兄，该不会是花大价钱从国外买来的吧？

杨东山大笑，他说，我这株兰花正是田螺坑的野外品种，而且是没花一分钱得来的。

原来，杨东山从田螺坑回来，选出一部分野生兰花在温控棚里培育。上个月，他竟在花丛中意外发现了它，一开始长出直直的一支花序，粉红色的，只长秆儿不长叶，他以为是其他杂草，想把它拔掉。忽然，他看见花序中间竟然长出了一层层密密麻麻的小花苞，连忙拍照询问各地兰花界的朋友，回复竟然真是野生的"无叶美冠兰"。前几天听廖海峰说要过来，他更是激动得不得了。他说，你们看看，我们这缘分真是不浅啊！他抱住廖海峰的双肩，大声问，你说说我这株兰花，是不是没花一分钱？

廖海峰听了直说神奇，太神奇！

爱兰的人都知道，这种花在大自然中非常珍稀。杨东山还想在那一大片"武夷素"中再找出一株来，可是无论再怎么翻找，就是没有再找出第二株。

这天晚上，大家都非常激动，一是老朋友久别重逢，二是因为那一株离奇经历得来的无叶美冠兰。杨东山拿出陈年好酒，大家一边喝一边聊，他们聊的共同话题都是兰花，聊兰花的神奇故事，聊兰花给大家带来的无限乐趣。

席间，杨东山和廖海峰紧紧抱在一起，发誓一定要攻克难关，培育出更多优良品种来，在兰花界闯出一片新天地。

这一天，他们在美酒的刺激下，为兰花哭，也为兰花笑！

第二天开始，杨东山带着考察团一行人参观了三家"百万兰花"基地。这个百万不是价值一百万，而是规模都超过了一百万盆，几百亩的基地，大棚连绵不绝，市值都已经接近或超过亿元。

这期间，对廖海峰他们触动最大的就是兰花电商中心。每一个基地都有一家电商中心，一个大厅里，十几个年轻人在电脑前噼里啪啦敲打着键盘，他们正在做售前、售中、售后服务；另一片大棚里，几十个工人在忙着选苗、装盆、装箱、贴单，然后搬上物流车。基地主人说，通过电子商务平台，他们一天最少销售一万盆兰花，要是遇上重大节假日，或者搞促销活动的时候，一天可以达到三至五万盆的销量。基地主人笑着说，给我们公司送花盆的供应商，他们的货车都排成长队了呢！

他这是一句玩笑话，但反映出了他们的兰花销售非常火爆！

另外，给廖海峰很大触动的是高效管理。从配置营养土开始，一直到兰花销售，都有一个个高效率团队在运作。有些环节，他们还使用无人机、机器人提高工作效率，比如检验病虫害、除虫喷药、施叶面肥，通过机器人还能够避免由于工人的往返穿梭对兰花造成的伤害。

打开公司数据库，实时数据在一个表格里体现：库存原材料、储备兰花、可上市兰花种类数量、实时订单、物流数据等，一目了然。当然，每天新增加和出库的兰花数量也在实时更新。

听了各基地负责人的介绍，廖海峰触动很大。要不怎么说要出来学习呢？再不学习，很快就要被淘汰了。

廖海峰跟弟弟廖云岱取得联系，原来廖云岱工作的基地也在不远的地方。廖云岱开车过来，把廖海峰他们接过去。那是一处名叫"神仙屿"的半岛，半岛占地五百多亩，原本只有怪石和沙滩，因为这个半岛具有避风的特点，廖云岱的同学杨峥嵘就找到村里，把这个荒凉的半岛租赁了下来，租期三十年。

杨峥嵘采用填土、固土作业的方式，把一处处怪石打造成养兰的理想场地，然后仿生态养兰，上面搭建一层薄薄的尼龙网，遮盖住一部分阳光，使得光线不至于太强烈，又能够让雨水均匀地洒下来，避免填上去的泥土被水冲走。这样一年又一年，五六年后竟然真的成了一个大型兰花基地。而且，在石缝里生长出来的兰花没有那么娇弱，适应能力和抗病虫害的能力都很强，很受市场的青睐。

廖云岱就是在基地刚刚建成那会儿过来的。杨峥嵘给了他两成股份，投工不投钱。廖云岱到这儿打拼也将近五年了，如今基地还套种了一些名贵中草药，兰花和中草药互相补充、相得益彰，生长态势很好。公司命名为"神仙屿兰花药材发展有限公司"，市值目前达到了三千多万元。

廖云岱说，这里最大的遗憾就是离城镇远，只有一所完全小学，孩子读初中是一个问题。所以他想回到汀柳县，或者是白石镇，安个家，再建一个兰花基地，一家人好好地过日子。

杨峥嵘说，海峰哥哥，如果廖云岱要回去我也尊重他，客家人虽说四海为家，但也是最恋故土的。他要是相信我，他那一部分我帮他打理，或者变现也行。同学一场，他也为这个基地立下了汗马功劳！

廖海峰说，杨东山那么重情重义，你也那么重情重义，你们这样的朋友，值得深交。

杨东山和杨峥嵘彼此都认识，但没有深入交往。通过这次考察调研，杨东山与杨峥嵘也成了好朋友，在接下去的兰花产业发展中，建立了良好的合作关系。

考察调研了一周，廖海峰他们带着满满的收获回到了兰田村。与此同时，廖兴平受县产业发展办公室委托，重新回到了田螺坑。

3

　　一份厚厚的考察报告放在了李书记的案头。

　　李书记颇为感慨，他说，漳州地处闽南金三角，市场原本主要面对厦漳泉，但是通过互联网，如今已辐射到了海内外。看来我们还是存在不小的差距呀！

　　对于公司下一步发展，李书记说，公司要加强团队建设，立即组建互联网营销团队。在兰花培育方面也要下苦功夫，我们接下去还是要推广林下养兰，这个仿生态养兰将来要成为我们的独特优势。

　　廖海峰仔细听李书记的分析，觉得考察的目的是发扬优势、补齐短板。他同意李书记的观点，林下养兰是我们的优势。所以，涂思荣说的，注册商标、打造品牌成了发扬优势的有力杠杆。

　　李书记说，你把公司管理得很好，我也没有闲着，有两个好消息要跟你分享啊！一是田螺坑水库立项了，总投资三千六百万元；二是今年要提前举办第二届兰花展，这是一个宣传我们公司的机遇，去年那个"小娟教你养兰花"短视频系列做得很好，今年还要好好策划一下。另外，办公大楼的启用也作为兰花节的一个议程，文化氛围好好营造一下。具体方案出来后，我们再讨论怎么实施。

　　廖海峰心里盘算，今年的兰花节，要把合作社社员的积极性好好调动起来。他想起了杨东山的那些珍稀兰花，想着原本那些普通大棚不大合适养珍稀品种，就请人好好整理了一下，把那些珍贵的兰花集中到离宿舍楼最近的两个温控大棚里。

　　根据杨东山的提议，廖海峰将"素荷"和"无叶美冠兰"申报了省科技创新大奖。为什么"无叶美冠兰"也由他申请了？

因为杨东山说了，等他培育出一株新的"无叶美冠兰"，那棵"母株"他要送回田螺坑来，而且他声明，这株兰花的原产地永远是田螺坑，申报各类奖项也应该由廖海峰公司这边申报。他的个人品质，在廖海峰眼里就是兰花的品质，高贵，不求名利！

合作社里面，有一对年轻夫妇，廖承应和杜雪梅，他们是职业技术学院农林专业的毕业生，以往都在省城一家农业科技公司上班，去年春节回家，看到了合作社的宣传，毅然返乡创业。他们说，终于可以有一份属于自己的产业了！他们承租了公司的两个大棚，第一年就养了五千盆兰花，而且长势喜人，估计赚个二十来万元没问题。

廖海峰打电话请廖承应夫妇到公司来，探讨类似"小娟教你养兰花"的短视频该如何运作。杜雪梅说，要我说"小娟教你养兰花"太局限，应该办一个能够一直延续下去的栏目，要唯美一点，而且要独具特色。廖承应说"小娟教你养兰花"这个思路好，主播的名字叫起来给人亲切感。廖海峰问，你们夫妻，谁来做主播好？还是两个人一起来？廖承应笑着说，我们家雪梅在大学就是个主播，我是她主播栏目的主创人。现在还是回到从前，我来设计策划，她来当主播，可好？廖海峰说，你们有经验，可真是太好了！杜雪梅也爽快地应承了下来。

栏目的名字要唯美，还要契合主播的名字。三个人讨论了老半天，最后把栏目命名为"雪梅说兰香溢远"，栏目设计三个方面的内容：养兰、识兰、咏兰。养兰，就是兰花栽培技术；识兰，就是普及关于兰花的小知识；咏兰，就是古往今来文人雅士赞美兰花、歌颂兰花的诗词歌赋。这样下来，整个栏目不至于太枯燥，运作起来也会轻松许多。

在廖海峰他们探讨加强短视频宣传的同时，李鑫源、吴佳贵、涂思荣的策划方案也交上来了。通过外出考察，他们的思路开阔了很多，提交的方案也更具操作性了。

廖海峰把三份方案提交到董事会通过了。这样，公司就开始了一项重大改革：成立网络营销部、研发培育部和品牌服务部，每个部门由二至五名专业大学毕业生组成。其中，网络营销部负责建立网络营销平台，成立线上线下立体销售网络，由三名网络推手和两名销售客服组成，原先的销售人员配合完成订单销售；研发培育部负责研发和培育新的兰花品种，并把大棚兰花向林下兰花推广，由廖兴平指导，廖海峰亲自带队，三名专业大学生开展试验、组织实施；品牌服务部负责申报商标，参加各项展出和评比，做大做强品牌，初期由研发培育部两名工作人员兼职。

董事会还讨论了第二届兰花节的工作方案。准备成立活动筹备组，负责氛围营造和兰花展销广场的布置。宣传推广由廖承应和杜雪梅负责，对接知名社交平台，开展短视频推送，以"雪梅说兰香溢远"为主题栏目，坚持推送一百天。

廖海峰提议，在原有兰花彩虹门的基础上要有新的创意。他建议沿着彩虹门到销售广场一千米大道上做文章，把靠近大棚一侧的水渠打造成兰花文化长廊，水渠上面铺上玻璃栈道，游人步行在栈道上，左边赏兰，右边参观兰花图片展和科普宣传，也是一种快乐的享受。

廖兴平说，你这个提议非常好，我们可以搞一个文艺采风活动，收集文学、摄影、美术、书法等关于兰花的文艺作品，用于文化长廊的展陈，这样整个基地的文化将会得到很大提升。董事会通过了建设文化长廊、玻璃栈道和举办文艺采风活动的提议。

白石镇党委向县文联提出邀请，文艺采风活动定在中秋节过后的国庆假期举行。县作家协会、美术家协会、书法家协会、摄影家协会、诗词协会等相关协会将组织由五六十名文学艺术家组成的文艺采风团，深入田螺坑，开展为期一天的文艺采风创作活动。

4

中秋节前一天夜里，朱兰英急匆匆地来汇报，她发现两个鬼鬼祟祟的外地人，总是在兰花大棚外面转悠。

廖海峰调了监控，果然发现两个陌生男子，背着双肩包，手拿小铁锹，在大棚周边转来转去。他们关注的范围正是原来培育珍稀兰花的那两个大棚。

廖海峰吩咐工人，一定要注意陌生人，防范有人搞破坏，并安排人员二十四小时在监控室值班。朱兰英建议养一只狼狗，廖海峰怕养狗伤人，没有答应。

第二天深夜，兰花基地的各处警报拉响，前一天被关注的大棚附近突然燃起了火。廖海峰听到警报，穿着裤衩就冲出了宿舍，在火光中来回奔跑，招呼工人赶快灭火。好在扑救及时，除两个大棚被部分烧毁外，兰花没有遭受大的损失。

监控室值班的工人跑过来说，他在监控中看到一个人猫着身子在大棚角落里放火，于是拉响了警报，冲出来四处寻找，却没有发现可疑人员。

廖海峰打着手电筒，沿着大棚外道寻找蛛丝马迹。他来到山脚下，听到有人在弱弱地叫他。他立即循声过去，看到水沟里躺着两个人，他们互相锁着对方，谁也不想放手。廖海峰认出了其中一个是邻居廖杰年，那次在他家挖洞盗兰花后被派出所民警带走了，现在竟然出现在兰花基地。他正一头雾水呢，廖杰年说，廖总，我们都跟你回去……我帮你抓到放火的坏人了！廖海峰招呼工人过来，把两个人押回了办公室，打电话报了警。

　　派出所民警调了监控，隔离审问，很快就知道了事情的真相。原来，邻省一家兰花基地一直想培育出"无叶美冠兰"，可是苦于没有母花。他们听说田螺坑兰花基地培育出了"无叶美冠兰"，派了两位工人偷偷潜了进来。蹲点两天，他们想出了一条调虎离山的诡计，想放一把火，然后趁乱偷兰花。被廖杰年死死抓住的那位，正是在监控里看到的鬼鬼祟祟的一位，也是他放的火。没想到这一幕正好被刚刚刑满释放、趁着夜色回家的廖杰年遇到。廖杰年被关了一年多，远远地看见两个人潜入兰花基地，看样子鬼鬼祟祟，便一路跟踪过来。当他看到其中一个人在大棚角落里纵火，随后转身向山上跑去，他毫不犹豫地冲过来将他扑倒。那位纵火犯狗急跳墙，死命挣扎，被廖杰年死死地锁着。于是两个人滚来滚去，滚到了水沟里，谁也制服不了谁。

　　看到同伴被民警审问，另一名同案犯很快也投案自首了。

　　原来，廖杰年被判处一年半有期徒刑，一直关押在邻县监狱服刑，前几天刚好刑满释放。他现在后悔死了，想要洗心革面重新做人。下午回到白石镇，他转了老半天，一直没有勇气回来，于是等到天黑后，晃晃悠悠走路回到了村里。月光下，看到自己的家、新建的朱兰英的房子、兰苑，它们在月光下若隐若现，他心里百感交集。廖海峰诚心要帮自己，自己却恩将仇报，如今回来，没有一门手艺，接下去的生活怎么办啊？他有心想跟着廖海峰养兰花，可廖海峰会不计前嫌收下自己吗？

　　正想着呢，他就看到了两个人影，鬼鬼祟祟地往田螺坑的方向一路小跑，于是就抄近路跟了过去。

听到这里，廖海峰连忙吩咐食堂赶快做点儿吃的。他还吩咐其他人给廖杰年拿一套干净的衣服，安排他去洗一个热水澡。

廖杰年看到廖海峰看他的眼神还是那么亲切，心里悬着的那块石头终于落地了。他一边洗澡一边想，自己亏欠廖海峰太多，往后一定要好好干，报答廖海峰的恩情。

两名纵火犯被派出所带走了，出警的民警说，这个案件还要深挖，要把所有涉案的犯罪分子绳之以法。

洗完澡出来，廖杰年感觉清爽多了。廖海峰邀了几个晚上值班的工人，陪着廖杰年一起喝酒。他热情地向廖杰年敬酒，感谢他的奋不顾身、见义勇为。自始至终，他绝口不提那件挖墙盗兰的事情，而是问廖杰年有什么打算，愿不愿意到基地来一起干？廖杰年感动得流下了热泪，他哽咽着说，海峰兄弟，你大人有大量，我一定好好干！经过这件事，他们坦诚相待。廖杰年住进了基地宿舍，当上了兰花基地的保安，还准备学习好养兰花的技术，将来大展拳脚。

第二届兰花节的筹备工作有条不紊地进行。

第十一章　笑脸书记

1

经过一场大火，文艺采风活动推迟到十月中旬举行。

这天上午，采风团先后听取汇报、四处参观、专题采访。艺术家们连呼被惊艳到了。这是一种怎样的体验啊？有人说是荒山变成花果山，有人说是大山深处的世外桃源，也有人说这是来了就不想走、走了还想来的地方……

作家打开了思路，他们在讨论创作计划，散文、诗歌、小说、微电影文学剧本，甚至有人说要写歌词、连环画脚本，有的作家还比较贪心，一个人就想要创作好几种体裁、好几篇作品。当他们听说基地正在建一条文化长廊时，激动地说，文化是乡村的灵魂，有了灵魂的田螺坑一定会更加迷人！

摄影家四处拍摄，他们带来"长枪短炮"，还有航拍器，近景、远景、特写，总有拍不完的素材。兰苑、苗圃、连片的大棚、新建的育苗基地、兰溪……处处都是景，处处有灵感。

美术家通过踩点，有的在速写，有的从不同视角拍照积累素材。他们找到好的位置，架起画板写生，古廊桥、古民居、自然风光、兰花基地，在他们眼里都可以入画。他们认真写生、用心创作，引来不少游客围观。

诗词家仿佛穿越到了明清，或是更早的年代，他们用简洁的文字或诗或词或赋，一时间佳作频频、妙语连珠。

书法家参观一圈后，来到基地会议室，主办方早已准备好了笔墨纸砚，他们摊开宣纸，挥毫泼墨，用灵动的笔墨，书写出心中最美的赞歌。

其他文艺工作者也都在寻找自己的灵感，创作出独具特色的文艺作品。民间文艺家深入老百姓家中，探访流传千百年的民间文艺、非物质文化遗产；音乐家心中跳动着优美的旋律，一首首歌曲呼之欲出；舞蹈家看着在微风中摇曳的兰花，想要创作一段《兰花舞》……

廖海峰平时没有接触过艺术家，以为他们都是坐在家里闭门造车，或者附庸风雅曲高和寡。陪同了半天，才发现他们最豁达，就像兰花一样，清心寡欲而高贵典雅。尤其是看着他们现场创作，充满泥土的芳香，直抵人内心深处。

午饭在基地食堂用餐，廖海峰请来村里的厨艺高手，准备了一桌丰盛的农家宴，虽然都是普通食材，煮的是家常菜，却令人回味无穷。干蒸河田鸡、白斩鸭、黄焖兔、红烧鱼、梅菜扣肉、猪八宝、九门头、糍粑、灯盏糕、簸箕粄、芋子饺、油香豆腐以及各色汤菜。后来艺术家们才了解，为了这一餐饭，廖海峰特地请屠夫宰了一只农家香猪。这么用心的主办方，让他们吃得满足，也吃得感动！

午饭过程中，村里的十番音乐在饭桌旁边的小舞台上演出，丝竹声声，余音绕梁。这些表演者都是老农民，平时干农活，闲时常常聚在一起，所用的最基本的乐器有曲笛、芦管、琵琶、三弦、二胡、小胖壶、大胖壶、夹板等，笛子为其领奏乐器。文场和武场间隔进行。这些人虽说没有经过专业训练，水平也参差不齐，但他们那专注的样子，令人肃然起敬。

下午是自由活动时间，艺术家们根据自己的兴趣，或体验，或采访，或创作，沉浸在田螺坑原生态的自然环境之中。

晚餐在兰苑举行。整座兰苑弥漫着兰花的香味，天井和庭院都是挨挨挤挤的兰花，艺术家们又沉醉于其中，四处参观，流连忘返。

晚餐后，艺术家们乘坐大巴返程。送他们上车后，廖海峰虽然疲惫，但是心里很愉悦。艺术家们的采风创作给他带来新的灵感：在田螺坑挂牌成立一个艺术创作中心，欢迎各地艺术家前来采风创作，为他们提供食宿方便。他想，随着艺术家们创作的作品在各媒体刊发、推送，田螺坑将很快走进更多老百姓的心中。就像"寒山寺""黄鹤楼""醉翁亭""白洋淀"……由于文艺作品的魅力，千百年来根植于人们心中，一直令人向往。

果然，这次采风活动带来了立体的媒体宣传效果。新闻媒体、社交媒体、纸质媒体、自媒体，一时间田螺坑在网络上成了热搜词条。这就是文艺作品带来的无穷魅力。

廖海峰让涂思荣把艺术家们的作品收集起来，供杜雪梅宣传使用，同时也融入文化长廊的规划中，使得整个文化长廊内容更加丰富，充满文艺气息。

随着兰花节的临近，一千米文化长廊建成了。走在玻璃栈道上，脚下是奔流的溪水，鱼虾嬉戏、水草舞动。左边是兰花展示区，不同品种的兰花展示着它们典雅高贵的丰姿。右边是文化展示区，有兰花的介绍、科学小常识、摄影作品、书画作品、文学作品。整个长廊内容丰富、文化气息浓厚，给人身心愉悦的感受。

2

第二届兰花节将在元旦期间举行,比首届兰花节提前了差不多一个月。相比首届活动的筹备工作,第二届兰花节要完备得多,来参加活动的人数也将增加不少。

活动内容保留了原来的文艺会演、兰花展销、农产品交易、美食街,另外增加了颁奖环节、文艺创作基地挂牌、文艺采风活动及奠基仪式。

此前,公司选送的"武夷冠兰"荣获全省农业科技大赛一等奖,"武夷素荷"荣获二等奖。田螺坑水库项目也已经通过省乡村振兴项目申报,将要在兰花节奠基。届时,省农业农村局领导、省农科院领导和市分管领导将应邀到现场出席颁奖和项目奠基仪式。

随着杜雪梅的"雪梅说兰香溢远"持续推送,田螺坑兰花基地出现了好几处网红打卡点:兰花彩虹大门、玻璃栈道、文化长廊、兰花展销中心等,阅读量和转发量一度超过百万人次。

杜雪梅在评论区发现了一个新问题:很多粉丝在询问田螺坑的食宿。这说明他们想来田螺坑游玩,想先做好攻略。她马上向廖海峰反映了这一事情,咨询他该如何回复。

廖海峰也发现了这个问题,如今,田螺坑基地只有两栋房子,一栋宿舍楼,一栋办公管理房,就算全部腾出来也只能接待四五十人。他问廖金华,兰田村有没有游客接待能力?廖金华不愧是年轻人,思想比较活络,他说如果推后一个月,接待五百人以内的游客,应该没有问题。时间往后推算,就应该是春节前夕了。廖海峰问他,这个数据你是怎么算出来的?廖金华说,我心里有一本账,全村盖了新房子,具备食宿条件的村户差不多三百家,每户按照富余两间房计算,就有六百间房,一百户家庭有吃饭接待能力，如若按照八折计算，五百人的接待能力没问题。

廖海峰听了眼前一亮，这果然是个好点子，于是让杜雪梅在评论区一一做了回复。立即就有人提出预约，杜雪梅按照先后顺序，分别做好登记。廖金华一边做好兰花节的准备工作，一边安排年轻人入户做工作，动员新建房子有富余房间的户主加入到"兰田村民宿大联盟"。

这个事情，为廖海峰下一步工作提供了参考：生态旅游。一个新的思路在他的脑海里酝酿产生。

十二月二十五日下午，第二届兰花节的工作部署会议在镇政府会议室举行。参加会议的有后勤组、活动组、招商组等各个组别的工作人员和全镇各村干部。李书记到会做了讲话，要求全体工作人员高度重视，立即进入活动日程，希望达到最佳的活动目的。

活动还是由一家文化公司承办，有关部门通力配合。

散会后，李书记让廖海峰留下，问了一些公司发展的问题、兰花节的销售目标，以及其他工作打算。最后他说，活动经费将由县里拨付，但这笔经费要在活动结束后根据实际开支申报。目前，镇上财政吃紧，请公司代为垫付，或者先借一笔钱出来。

一涉及经费问题，廖海峰就感到头疼。公司有公司的财务制度，李书记说的又不能不办，所以他的第一反应就是推脱。廖海峰说，财务上的事情温泉水在管理，我也调不动资金。李书记说，镇上争取了那么多项目和资金，不要说是借，就是先调出来用，也是合理合法的。怎么说，镇政府也还是公司的股东吧？

廖海峰心里有一团无名火往上涌，但是看了看李书记拉着长长的脸和充满血丝的双眼，想说的话也就吞回去了。他说，我回去跟股东们商量一下，明天答复您！

廖海峰刚走到门口，李书记拿起一本书重重地砸在桌上，低声喝道，那你回去商量，明天打五十万元到财政所账号。县里钱拨下来了给你转回去。

廖海峰没有回答，也没有停留，径直往外走。但是他明显感觉到后脊背阵阵发凉。

回到公司，廖海峰让办公室通知第二天上午九点开董事会，并让人开车到城里接廖兴平、温泉水当天晚上提前过来，说有事情商量。

夕阳的余晖映照在田螺坑的山梁上，像一条条长龙，呼啸向前。廖海峰开着越野车，停在山脚下，一口气爬到了最高处的香炉坪。他向西边望去，太阳还挂在天空，欲坠未坠，红彤彤得非常可爱。他张开双臂，向着大山呼喊，田螺坑，我既然回来了就不会轻易认输！我不怕……不怕……不怕……

一阵阵回音在大山之间回荡，廖海峰在大坪里打了一趟拳，感觉心中的浊气全部都吐出去了。

廖海峰举目张望，但见田螺坑生机勃勃，连片的大棚罗列在兰溪两岸，大型停车场里的工作人员穿梭往来，正在布置兰花展、农产品交易和美食街，宿舍楼和办公楼呈直角形，门前花圃还是郁郁葱葱，各种花儿依次开放。这会儿晚餐已经好了，食堂工人已经做好了准备，等着工人们下班就餐。偌大的田螺坑充满了温暖，人间烟火在山间缭绕。

随着太阳下山，气温渐渐下降。廖海峰沿路返回，但见路灯次第亮起，心中感觉十分舒坦。

回到停车场，温泉水和廖兴平已经被接回来了。廖海峰带着他们到食堂用餐，工人们站起来跟他们打招呼。廖海峰示意大家随便用餐,他找到角落的小桌子坐下来。食堂工人过来,廖海峰说弄点吃的,再炒几个小菜,我们喝两杯。上菜了,他们边吃边聊。

温泉水说,这钱不能给,有去无回。大不了重新回到兰苑,耕好自己的一亩三分地,不受气了。

廖海峰说,现在回不去了,那么多工人、社员跟着我们,我们一拍屁股走人,他们怎么办?

喝着白石老酒,廖海峰开始说自己的思路。我今天去了香炉坪,看着四周云海翻滚,眼前豁然开朗。我们户头上现在还有七百六十万元,我看可以分成了。留下五百万元流动资金,剩下的二百六十万元按照股份的比例分了,没有任何后顾之忧。

温泉水说,我看没那么简单,李书记还有后一手。

后一手?廖海峰疑惑地问。

温泉水不紧不慢地说,李书记没有提出分成,说明他对公司的财务是知道的,他想春节前再跟我们提分成的事情。现在他要的是活动经费,而且这笔钱要得很急。

3

廖海峰搔搔脑袋,看了看廖兴平。

廖兴平说,要不这样,我们先提出分成的事情,如果他们不同意,我们就施行第二套计划。

停了一会儿,廖兴平接着说,我们还是像上次那十八万元一样,录一个视频。他们提五十万元,如果按照分成预支款,那好办,我们就给他五十万元;如果还是坚持活动经费,我们给他们一部分，二十万元或者三十万元，看看他们怎么样。

廖海峰说，也只好这样了。去年以来，李书记让钟海华前前后后报支了四五十万元，虽然每笔经费不多，但是这样下去也不是办法。毕竟，无底的深潭是填不平的。

股东会如期举行。除了五个股东，到会的还有涂思荣作为记录员，财政所廖元辉作为会计列席会议。

廖海峰首先通报了兰花节的筹备情况，并对下一阶段投资做了解读，兰自山中来，应回山中去。这是李书记还是镇长的时候提出的设想，现在机会成熟了，明年我们就向田螺坑全面布局，天女散花。

股东会通过了廖海峰的投资计划。

刘长水提出，这届兰花节李书记的意思是费用由公司承担，先预支五十万元，不足部分活动后再补上。

温泉水说，公司没有这样的财务制度。要么，镇政府提前预支股份分红，要么作为暂借款，约定时间还上。这边有财政所的廖元辉，他是财务开支的专业人员，可以让他来说说财政纪律。

廖元辉欠了欠身子，没有说话。

会议一时间僵持在那里，气氛凝重而尴尬。

温泉水咳了一下打破了僵局，他说，我看还是跟李书记汇报一下，公司的股份镇上也占了一半，收支两条线，该收的要收，该付的要付，这样既是规范公司管理，又是保护我们自己。你们看看是不是这个道理？

刘长水有点不开心了，他说，公司也是在李书记的关心下建起来的，现在翅膀硬了，连李书记的话都不听了，恐怕不好吧？

廖兴平说，我们都是公职人员，基本常识还是要有的。我看还是先汇报吧，如果有必要，我们下午接着碰个头。廖海峰

第十一章　笑脸书记

宣布散会。

刘长水向李书记汇报，李书记听后暴跳如雷，直骂廖海峰没良心。但他冷静下来一想，温泉水和廖兴平说的不是没有道理。再说了，镇上好不容易树起来的旗帜，名声已经传出去了，如果闹矛盾弄得满城风雨，对自己的仕途不好。不过他又吞不下这口恶气，我堂堂白石镇的一把手，岂能被这些山猴子玩弄于股掌之中？他说，那就这样，以财政所的名义借一百万元出来，赠送的兰花像去年那样照实结算，能省就省。借条不要写归还日期，我看他怎么跟我斗！

下午董事会继续进行。廖海峰同意借款，但必须有镇长或者书记的签名，并写清楚还款日期。他说，借钱注明日期，既是常识也是一种态度。廖元辉说，那行，写个五年十年吧？他话刚出口，就被刘长水瞪了一眼。

温泉水说，最简单的办法就是，下次分红的时候扣回。刘长水为难地说，李书记交代的，我也做不了主。廖海峰说，那行，找个做得了主的人来借吧。

李书记听了刘长水的汇报，气得脸色铁青。但是没办法，箭在弦上不得不发。他只好让镇长签名借款，并注明下次分红时扣回。

这次兰花节远远超出了预期，大量游客从各地涌入。车辆排成了长龙，新开辟的三个停车场也无法满足游客的需求。今年的农产品交易向全体村民开放，兰花展销向全体花农开放，专业合作社统一包装销售。美食街去年做到下午一点收摊，今年到了傍晚还异常火爆，连粉干、面条、地瓜、玉米都全部脱销。参加活动的农户带来的农副产品全部被一扫而光，兰花的销量达到了去年兰花节的三倍，超过一百五十万元。合作社兰花的销量达到了三十多万元，实现开门红。带到展销会上的兰花除了极少数歪瓜裂枣的，基本随着这个兰花节走进了千家万户。

这次兰花节吸引来众多网红明星，他们主动当起了宣传主播，据不完全统计，兰花节的有关内容在网上阅读量超过了五亿人次。各大媒体也做了集中系列报道，标题相当接地气：《这个兰花展可以有》《在山村举办的火爆兰花展》《春节前的又一个春节》《乡村兰花展——乡村振兴的致富路》《这个返乡大学生的成就令人震惊》《田螺坑——从此恋上你》《汀柳兰花香飘四海》……

兰花节的颁奖仪式和田螺坑水库的奠基仪式也成了媒体的焦点，被许多网络平台一再转载。毕竟，这两件事情对于一个小小的村庄，都是了不起的大事。

公司网上的兰花销售平台，上传了大量兰花节销售火爆的图片，同时也提高了网上的销售量。

李书记在这次兰花展的上镜率出奇的高，他的名言"花农的笑脸深深地刻在我心里"随着网络飞速传播，大家称他为"笑脸书记"。

4

兰花节的第二天上午，廖海峰带了一幅画家采风创作的兰花作品，来到镇政府，找李书记汇报工作。

李书记热情地迎过来，好像多年不见的老朋友一样。

廖海峰首先汇报了兰花展的盛况，当然讲的是公司这块的兰花销量。然后他话锋一转说，李书记一直想打造的兰花产业算是有了一定成效，老百姓也真真正正得到了实惠。公司的发展离不开您这个当家人，感谢您对公司的大力支持，也希望您多多包容理解。

李书记一脸微笑，还真是个"笑脸书记"，他说，廖总劳苦功高，政府要感谢你，老百姓也要感谢你！他指着画上的兰花说，我们都要像兰花一样，做个正人君子，胸怀坦荡。再说了，我们都是为了工作嘛！工作上的事情，我们讲的是无私，这样就问心无愧了。

廖海峰说，公司明年有两项工作想要开展，一是您说的，兰从山中来，再回山中去，现在时机成熟了，我们计划天女散花，同步进行；二是打造旅游业，工作人员统计了一下有意向到田螺坑来游玩的人数，真不少，那么我们的吃饭问题、住宿问题要解决，这是一个很大的蛋糕，我们要把它做大。

李书记说，兰花是一种文化，文化和旅游的融合是大势所趋，你们先把思路拿出来，我支持你们！

廖海峰感激地说，有李书记的支持，公司一定可以走得更远！

廖海峰请来专业人士，设计了联排小木屋，排列在田螺坑的山脚下，再规划一栋三层大楼，外形用竹、木装修成古朴灵动的大自然风格，预计接待游客量可达三百人左右，内部还包括会议室、文化广场、游泳池、停车场等。村部到广场文化长廊的另一侧，沿兰溪一边建一排竹木凉亭和蘑菇亭，既装扮了沿路的风景，又可以供游客小憩，还打造了一系列网红打卡点。

廖海峰把设计方案送到李书记的案头，李书记随手翻了翻说，很好啊，有超前意识。我看只要程序合法，没什么问题！

廖海峰说，请书记明示！我计划在年前先建几座蘑菇亭，作为网红打卡宣传点，怎么样？

李书记说，你问下有关部门吧，走走程序就可以动工。

廖海峰从李书记办公室出来，去咨询刘长水。刘长水笑了笑说，乡村振兴项目，没问题啊！对了，我们财政所近期会清一下账目，年前把分红的事情落实一下。

廖海峰还在思考李书记那个走程序的话题，现在刘长水又抛出清账的话题，他迷迷糊糊就回到了田螺坑。

温泉水自己把账目清了一遍，感觉有问题的就是李书记那几笔钱了，他心想，身正不怕影子斜，查吧。

没想到财政所的会计进来，挑出来六十多万元的发票认为是什么没有询价、没有招标、没有会议纪要、没有镇政府人员的证明，要温泉水一张一张说明情况。温泉水耐着性子解释，最后还是有三十万元他们不认账。他们坚持这三十万元发票不能入账，气得温泉水脸色铁青。

廖海峰看了看那些发票，确实没有会议纪要、没有镇政府人员的证明，有些零星工程也没有履行询价手续。实话说，这里一点活儿那里一点活儿，怎么询价？怎么招标？都是一边做一边增加。但是哑巴吃黄连，有苦说不出啊！廖海峰劝温泉水，别太放在心上，吃一堑长一智，就当是买个教训吧。

结算下来，公司账户留下五百万元，廖海峰和镇政府差不多都拿到了四百多万元分成。这源于第二届兰花节取得的效益，还有部分合作社的分成。

分钱了，温泉水却闷闷不乐。他说，这个李书记果真没那么简单！

春节前，有不少背包客通过网络预订，来到兰田村过年。廖金华把他们安排在比较体面的人家。也有些游客不住在老百姓家里，而是在停车场和育苗基地的大坪里搭帐篷。幸好今年天气不会太寒冷，夜里气温还有十摄氏度左右，游客住在睡袋里还是挺舒服的。

155　第十一章　笑脸书记

来田螺坑野外露营的游客以二三十岁居多，也有个别四十多岁的。因为大多数工人回家过年了，也有些家庭游客被安排到宿舍里，他们在食堂里自己动手做年夜饭。

由于第二届兰花节的火爆，春节前后销售并没有出现预期的井喷，与去年的销售量持平。但是，随着杜雪梅在社交平台的持续热播和游客们在田螺坑过春节的短视频在网络传播，田螺坑的知名度进一步加强，网络销售出现了超出预期的效果。

春节刚过，董文娟打电话给廖海峰，说要回来应聘。廖海峰笑着说，免应聘，直接入职，签合同，五险一金等各项保障也一起落实。初六开工第一天，董文娟来了，廖海峰让她当起人事部门负责人，管理人员的进进出出。董文娟在公司刚刚起步阶段的表现，让廖海峰对她十分信任。她也确实不负重托，几天时间对公司合同工、临时工、各部门负责人都做到心中有数了。她有个日志表，专门登记各部门员工的努力付出和怠工等表现。她对表现积极的、有突出贡献的，记得很清楚；对消极的、拖后腿的，也记录在册，供廖海峰用人参考。

元宵节前，杨东山来了。他带来了两株"无叶美冠兰"，一株是母苗，一株是自己培育出的第二代。他说，这次是"回家"，要让"无叶美冠兰"回到自己的家，进一步培育出更多新的品种。

杨东山考察了公司和合作社后，大加赞许。他说，公司的发展速度令人称奇，廖海峰一定可以走得更远、飞得更高。他在强调走平民路线的同时，建议进一步开发旅游资源，就是把各处兰花基地整合在一起，通过团队旅游带动农家乐和兰花销售。另外，对住宿、餐饮、娱乐等配套设施也提出了优化建议。他说，游客不是铁板一块，各有各的需求，要有更多个性化体验区。他在廖海峰原有规划的基础上,增加了步栈道、体验街区、凉亭、观景台,还多规划了几处网红打卡地。

杨东山与廖海峰之前给"无叶美冠兰"的第二代命名为"武夷冠兰",意思为武夷兰花之冠。在随后的两年时间里,凭着这款兰花,以及第三代、第四代,他们获得了十几个国内外兰花展大奖。由于每次参展都署两个人的名字,廖海峰在前、杨东山在后,他们联袂出击,一时间享誉兰花界,被誉为兰花界的"山峰组合",其他人难以逾越。

第十二章　山里山外

1

　　元宵节刚过，李书记调离了白石镇。

　　这个李书记三个月时间仿佛坐了一趟过山车。先是因为乡村振兴建设成绩突出，提名为副县长候选人；后来在离任审计时，发现存在经济问题；再到开"两会"时，被人实名举报贪污受贿，副县长候选人资格取消；后经查实，李书记确实存在严重违纪违法问题，被提交司法机关……

　　廖海峰心里一阵唏嘘，李书记还是李镇长时，特别是早期，还是挺务实的，怎么到后来，尤其在当了李书记后就越发跋扈了呢？

　　调查组到公司了解情况的时候，温泉水如实汇报了几笔开支情况。后来循着线索，县人大常委会的蓝副主任也被调查组调查，因为分管乡村振兴，也犯了严重错误，被提交司法机关。

　　白石镇新任书记很快就到了，姓林，之前是县旅游局的局长。

　　组织部任命就职的领导刚离开，林书记就组织召开了全镇干部扩大大会，各村"两委"、站所负责人、企业负责人列席了会议。林书记中等身材，不到四十岁，看上去挺精干的。他在会上强调，上级优惠政策必须实实在在惠民，镇村干部要做好深入摸底，把未脱贫和因故返贫户数、人数如实上报，做到心中有数、心中有爱、因户施策、因人施策。

林书记说，我刚刚离任旅游局长，对政策比较了解。我认为兰田村的田螺坑就可以朝着旅游景区的方向发展。我建议按照国家AAAA级景区高定位规划，争取早日通过有关部门验收。我们要把田螺坑农林发展股份公司作为我镇的龙头企业，申报省级农业科技创新龙头企业。大家要集中力量办实事、办大事，充分发挥龙头企业的示范引领作用。

散会后，廖海峰坐在原地陷入了沉思。他想，上级的政策是好的，也真有务实创新、廉洁高效的好干部，如果路子是对的，一定全力以赴。他忽然感觉浑身有使不完的力气。

回到公司，廖海峰组织召开了全体员工大会。想不到短短几年，公司已经拥有了三十多位相对固定的员工，平时还有不少临时工。廖海峰说，镇上给了我们两个发展方向，一个是申报国家AAAA级旅游景区，另一个是申报省级农业科技创新龙头企业，两条路齐头并进。所以，规划部门和研发培育部门要提早进入角色，我们对各部门的定位和分工会做相应调整。请大家对自己重新定位，报董文娟那里备案，为公司下一步人才引进和岗位设置做好充分准备。

第三天，林书记带队到田螺坑调研。之前负责乡村振兴的刘长水和包片副镇长钟海华调离了白石镇。现任分管乡村振兴的领导是党委委员吴富春，包片领导是副镇长涂水木。吴富春、涂水木分别接替前任，担任了田螺坑农林科技股份有限公司的董事。

林书记仔细了解了公司发展现状和下一步打算。座谈会上，林书记说，往届镇领导班子是有贡献的，但是，我们要在更高的起点上展望未来。他根据职责调整，宣布镇上参与公司董事会成员变更为吴富春、涂水木，会计由财政所钟超副所长兼任。

　　林书记根据打造国家AAAA级景区的要求，沿袭公司原有规划，增设了公厕及旅游步道，对原有规划进行了优化。木屋的布局增加了两个集中点，加盖一栋三层综合大楼，旅游接待能力大大提升。

　　温泉水提出，被清账的三十万元发票，镇上能否帮忙规范一下？林书记说，这个问题我也听说了，我建议每一个项目补一个情况说明，下次董事会再讨论一下，可以报支的按实报支，不能报支的也要实事求是。但是，无论如何，一不能影响公司的团结，二不能影响公司的发展。

　　林书记带队考察了田螺坑水库工地，廖海峰陪同考察。林书记站在工地的高处，俯瞰整个田螺坑。他说，高峡出平湖，真是个好项目。田螺坑水库定位为一级水源保护区，我看取水口下游可以再建一个人工湖，与景区同步规划，作为水上游乐场，好好地打造一下。在离这个管理房六百米的一个相对偏僻的山谷，建设水上乐园，既不影响田螺坑的整体布局，又可以与田螺坑景区连成一片，可谓是相得益彰。这个山谷在整个田螺坑外围，通过打一个隧道，把田螺坑水库的下游水引流一部分过去，从高空看，两个水库就像是一个葫芦的两个椭圆，可以大大提高蓄水和调节洪水的功能。

　　林书记还走访了部分贫困户和兰花合作社的社员，认为兰花产业是最符合实际的脱贫项目，希望合作社把贫困户都吸纳进来，免费提供种苗和技术支持，保障兰花的销售价格，确保所有贫困户都能够在今年年底前脱贫。

　　廖海峰一路随着林书记调研，也在一路思考着公司发展与乡亲们的帮带关系。他想，林书记具有战略眼光，公司也应该具有战略眼光,时代的洪流是带动乡亲们共同富裕,正是我们这一代人身上光荣而艰巨的责任。

临走时,林书记握着廖海峰的手说,听说你带队出去考察过。我看在汛期来临前,你再次带队出去考察一下,回来写个考察报告,我们一起完善公司的发展规划。

廖海峰接受了带队外出考察的任务。副镇长涂水木作为镇政府股东代表随团考察。

廖海峰想起了上次参观考察的漳州杨东山兰花基地、"百万兰花"基地和神仙屿兰花药材公司,各有各的特点,但是与旅游的联系都不是非常紧密。

他让董文娟做好攻略,计划三月上旬出行。

2

廖海峰这次组织的团队趋向年轻化,温素兰、廖兴平、董文娟、李鑫源、吴佳贵、涂思荣,镇政府涂水木带领乡村振兴办的两位小年轻,村支书廖金华,一行人平均年龄才三十来岁。

温泉水由于年纪大了,请辞董事和财务总监。董事会只批准了出纳一职由董文娟代理,其他工作还由他暂时负责。但是他更多时间待在城里,也相对较少参加公司的集体活动了。

这次考察的路线为江浙铁路沿线。一行人坐动车出行,到达目的地委托旅行社派车,并做好与相关企业的对接工作。

他们第一站考察了浙西的葫芦寨。这个寨子跟田螺坑非常相似,也是田园山水,离村子有一小段距离,很干净整洁。到了停车场,一排排旅游大巴有序排列,游客售票窗口排着长长的队伍,门票是八十元一张,但这似乎并未影响游客的热情。

许多游客在导游的带领下鱼贯而入。入口是一座高大的竹牌楼，横梁上有一个斜斜的大葫芦，上书"葫芦"二字，与旁边一朵云似的造型里的"寨"字相连，构成"葫芦寨"三个字。细细地看，那个"寨"字刻在云上，潇洒飘逸，亦真亦幻，真是匠心独运。

进得大门，两边是紫薇、芙蓉和夹竹桃，攀缘着不同品种的喇叭花，虽然紫薇、芙蓉、夹竹桃都没到花季，但喇叭花热热闹闹地开得奔放。再隔一段，一排排杜鹃花含苞待放，红花檵木总是在转角处迎接来自各地的客人。

约莫走了一千米，就来到了兰花基地的入口。四面八方都设有木栈道，通向一个个造型独特的兰花大棚。走一段木栈道就会有一段玻璃栈道，木栈道和玻璃栈道是互通的，把一处处养兰基地连接起来。沿路有仿照原生态养兰、参观工人现场移栽兰花，也可以在工人的指导下让游客自己种兰花，或买回家。凡是购买兰花，都可以获赠一本关于养兰的基础知识小册子。

这个基地兰花的最大特点就是品种并不多，以墨兰为主，还有红宝石、春兰等品种，价格也大多是一百元左右的平民兰，所以很少看到游客有空着手离开的。

看基地简介，葫芦寨原来是一处荒废的大型采石场，几乎没什么植被。20世纪90年代开始，祖传养兰花的卢氏两兄弟承包下了这个废弃的采石场，用了三年时间填泥造地，从种草开始，渐渐地有了生机后，他们开始试验种植兰花。从一小块地一小块地做起，渐渐形成规模，最终打造成了葫芦寨。游客如果没有人引路，或者不认真看路牌，就像是走进了穆桂英的八卦阵一般，根本找不着北。这个葫芦寨融产业、文化、旅游为一体，以兰花生物技术产业、兰花美丽健康产业、兰花书画艺术创意产业为依托，深度挖掘卢氏兰花文化、健康生活美学文化，带动葫芦寨的文化旅游产业发展。

廖海峰在导游的带领下，拜访了卢氏兄弟中的老二卢福火，向他请教整个基地的运营模式。原来，兰花生物技术产业园采用温控大棚发展兰花温室栽培技术，打造辐射浙西北最优质的国兰生产基地，如今的规模达到了近两千亩，远景目标是建成万亩花海；兰花美丽健康产业园以兰花的花、根、茎、叶等为原料，培育美容护肤品、香水、日化用品、保健品、生物医药等多个门类的健康产业集群；兰花书画艺术创意产业园依托文艺中心创作优势，集中了周边县市区的书画艺术家，创作大量各具特色的有关兰花的书法、美术作品，打响"葫芦寨"品牌，为文旅融合提供文化支撑。

卢福火介绍，我们不建一栋高楼，就是要打造成谜一般的兰花世界，吸引游客走进兰花迷宫，忘记一切生活和工作烦恼。所以，重复旅游、重复消费的游客不在少数。去年的年产值超三亿元，光门票收入就将近亿元。

听着这一个个天文数字，廖海峰惊得半天说不出话来。

告别卢福火，在导游的带领下，他们走出迷宫，来到一片森林，只见各处景点连接在一起，林子下面、竹林里面，总会有一片片兰花出现在眼前，给游客带来惊喜。

再往前是兰花商品一条街。熙熙攘攘的人流，大家都在选购自己心仪的商品。有护肤品、日化用品、保健品、书画艺术品、绢画、丝画、兰花雕版、玩偶、文学作品、儿童读物……也有兰花制作的蜜饯、糕点、养生汤等小吃。当然，兰花展销也是不可或缺的重头戏。

真是不看不知道，一看吓一跳。小小的兰花，竟然可以带动这么大的产业，吸引这么多的游客。

廖海峰让大家四处参观，自己一个人则四处溜达。他走了一圈又一圈，感觉这小小的街市，竟然有着难以形容的魅力。走进每个铺子，都是满心欢喜，东西不多，却很精致。看铺子的都是姑娘小伙，很热情，但不会对游客强买强卖。游客们看了开心，买得舒心，买了还想买。另外还有一个特点，每个铺子都各有特色，都是一个独特打卡点，拍个照就像是告诉他人，我到此一游啦！标志性非常明显。

再从入口处看整个街市，好像一个清纯的邻家女孩在向你微笑，那么亲切，又那么引人入胜，让人心里决不会设防。

廖海峰想，一个从无到有的兰花世界，一条绝无仅有的兰花街，对于在都市里忙忙碌碌的人们，具有多大的吸引力啊！他拿出手机，从头拍到尾，再从尾拍到头，近景、远景、局部、全景，他要把整个街市都装进手机里，回头打造一个相类似的街市。

正在拍照间，温素兰他们拎着大包小包回来了，看起来满心欢喜，说着购物时候的开心事。廖海峰想，这就是开心购物，对于游客来说可是登峰造极的体验。

3

这天晚上，他们住在葫芦寨，这又是一个令人难忘的体验。

葫芦寨的民宿建在山脚下，一排小木屋一眼望不见尽头，负责人说这儿一共建有三百六十五座小木屋，一年到头来住，每天住一间也不会重复。而且小木屋都是家庭式结构，有两房、三房，有厨房餐厅，可以自己做饭，也可以打牌、搓麻将，或者泡泡茶、喝点儿小酒。

民宿正对着的也是一条小小的街市，有卖蔬菜水果的，也有杂货铺，糖烟酒、各色土特产，应有尽有。这里充满烟火气息，但不会使人感到嘈杂，就好像回到了乡下老家，那种陪伴着亲人踏实地过日子的感觉。

走出小木屋的大门，一条清澈的小溪在门前流淌，流经所有的小木屋门前。小溪里，水草在水流的冲击下飘飘悠悠，小鱼在水草间嬉戏，一些贝壳小蚌吸附在凹凸不平的石头上，让人感觉宁静而安详。

廖海峰他们住进并排的三座小木屋里，商量着自己炒菜做饭。温素兰和董文娟到街市上买来米、面、蔬菜，一些即食的鱼干、虾米，还有调味品，又买了几瓶当地的黄酒。

男人泡茶、侃大山，女人做饭。廖海峰对葫芦寨有太多的感触，他吩咐涂思荣他们好好观察体会，好好记录。廖海峰说，难怪这么多人来游玩，这地方真的值得一而再再而三地来，可以很好地放松一下疲惫的心灵。如果让你说个为什么，还真不好总结，就是舒心、放松，体验感特别好。我们得好好学习一下人家，这种对游客的吸引力，就是成功的典范。人家来花钱还挺开心，这种感觉不言而喻呀！

大家你一言我一语，都说着自己的体会。涂思荣一边记录一边总结，对葫芦寨的认识越来越立体了。

晚饭很快就好了，温素兰说这里虽然不是家里的厨房，但是东西用起来挺顺手的，设计得很人性化，哪里是灶台，哪里是洗手盆，哪里开液化气，哪里放调味品，都挺合理的。

一桌子家常菜，配上一些当地特产，小酌几杯当地黄酒，挺惬意的。

聊到十点多，大家回房休息。窗外蟋蟀啾啾，微风吹拂，大家很快进入了梦乡。

第二天，廖海峰早早起床，沿着街道、步栈道溜达，垂柳依依，花团锦簇，田间大棚里都是兰花，连绵不绝，一直连到远方。山间薄雾缭绕，溪间流水潺潺，你根本不会相信这儿原来就是一个废弃的矿山，似乎千百年来就是这个样子的。

早饭是在街头的小食摊吃的，坐在小板凳上，看着近处的街景、远处的田园风光，一碗热汤、一碟小吃，很有情调。

离开的时候，廖海峰买了一个关于葫芦寨介绍的光盘，大家在葫芦寨寨门前合影留念，大声说，葫芦寨，好地方，我们还会再来的！

他们又驱车前往苏南平原的太湖边上，考察建在水边的"水上兰苑"。一望无际的平原，到处都生机盎然，对于长期住在山里的廖海峰他们，心胸好像豁然开朗起来。

入口处还是售票厅，每人的门票是一百六十八元，廖海峰倒吸一口凉气感叹道，好贵的门票啊，游客会多吗？

这个根本不用担心，导游说，到这儿的游客几乎每天都是满员的。什么叫满员？就好比停车场，有固定的停车位数量，满了就不让车辆进去了，出去一辆车才能再进一辆车。

"水上兰苑"最大的特点是所有的兰花大棚都漂在水面上，导游说有将近两千亩，每隔一段就有一条街巷，街巷纵横交错，地板都是用防火材料做的，两边都是一间连着一间的铺子，参观兰花要到大棚，购物吃饭就在街巷，游客们吃好、喝好、玩好，满载而归。随着水波荡漾，人走在上面就会有种此起彼伏的感觉，得走好一会儿才能够慢慢适应。这里的兰花品种非常多，世界各地的兰花品种都有，所以每一盆兰花都有一个标签，介绍品名、国别、特点和习性。导游还介绍说，"水上兰苑"可以说是兰花的博物馆，名媛荟萃，争奇斗艳。由于水雾缭绕，所以这里的兰花一年四季都不浇水。

正中间是一条绵延数千米的"水上大街"，兰花购销市场就设在两边,一座座大型兰花展厅的兰花可任意选购,一些小型的电瓶车载着兰花穿梭往来。游客们购买的兰花就是靠这些小电瓶车送到出口的。

廖海峰他们跟着导游,钻进大棚。大棚其实不大,就像是一个又一个大小不同的泡泡屋连在一起。一条长长的游客栈道在各个泡泡屋之间延伸,游客可以近距离欣赏兰花的婀娜多姿,还能够在各个不同区域赏鸟、观鱼,一边观赏一边选购兰花。

廖海峰他们就这样一路参观、一路学习,一周后回到了田螺坑。

这下大家都开阔了眼界。原来,种兰花还可以搞立体种养、综合发展。原来,以兰花为基础的文旅融合也可以发展得这么好,也可以给游客带来无穷无尽的乐趣!

几个年轻人忙了两天写材料,再请廖海峰修改补充,终于完成了一份沉甸甸的考察报告。

4

廖海峰带着考察报告去见林书记。

林书记刚从敬老院调研回来,他说民生无死角,敬老院和中小学校一样重要,都是应该高度关注的群体。

廖海峰说,改天送些兰花到敬老院,美化一下环境。林书记说,我也是这样想的,老年人的生活也应该多姿多彩,也应该让他们感受到新时代社会发展的红利。

林书记一边听廖海峰汇报考察的收获,一边仔细翻看考察报告。他也觉得廖海峰不虚此行,外面的发展模式很多都可以借鉴。

廖海峰说，我觉得葫芦寨的模式可以借鉴，他们的生态布局、营销模式都非常成功，我们在现有基础上可以优化旅游栈道，构建联排木屋和打造购物街。我们还有一个布局是水上乐园，这是我们的优势。虽说我们的有些建筑是三层的，但不影响旅游业的发展，因为我们可以从这些建筑的外立面做文章，还可以打造灯光秀、水幕电影等，说不定恰恰就成了我们独有的名片。

林书记频频点头，他立即带上吴富春、涂水木到田螺坑现场办公。车停在大门外，他们一边走一边布局：外边可以建一个大型停车场，再建一座服务用房，公厕、售票厅、田螺坑简史，都可以规划。进得大门，里面只能通行旅游摆渡和购物用的电瓶车。文化长廊和步栈道不要那样直来直去，要多一些艺术思维。大棚要建得美观一点儿，一座座不能太大，要大小相间，五颜六色。兰花的摆放要做好分类，一列列兰花要有图片和简介，做好品种、花期和颜色的搭配。大棚要编号和命名，大棚之间的步栈道要透水和防腐，不用太规整，要创设一些似迷宫一样的造型，但分岔口都要有指示牌……几百座大棚的中间建一条购物街市，全部销售兰花产品和兰花饮食，街市要布局精巧，古色古香……山脚下要全部连片，先建设一百座木屋，远景目标也应该有三百六十五座木屋的规划。木屋要大小不一，一居室、两居室、三居室都要有，里面动静分明，厨房、卧室、餐厅、棋牌室、卫生间，各种设备一应俱全，还要有露台，可以迎风赏月……木屋之间要有水系相通，就像丽江古城一样，任何一座木屋前都要有或大或小的清澈流水。木屋前面建一条步行街，街上的小小商店卖旅游特产和木屋里居住的客人需要的生活用品。木栈道可通向另外两处旅游景区：林下兰花景区和水上乐园景区。林下兰花景区四通八达,可以参观山上林下种植的百万株兰花,各个山梁依山造景,建造一座座竹木凉亭和蘑菇亭,体验区、认领区、玻璃栈道、摩崖石刻、人工瀑布……都要做好布局。

沿着山腰栈道就来到了田螺坑水库大坝,高峡出平湖,万般皆自由。水库大坝绕过两个弯道可以通往水上乐园,一个不大的山谷可成为孩子们游玩的乐园。水上乐园有游泳、划船、垂钓、摸鱼、冲浪,也有高空杂技表演和飞越丛林体验。

当然,木屋街市、游客中心也可以直接通往水上乐园。游客中心就是把原来的一栋三层管理用房、两层宿舍楼、新建一栋管理用房连在一起,有长廊相衔接。三栋大楼的外墙装扮绿草、爬山虎,四周种上修竹、各式花木,打造假山、灯光音乐喷泉,美观雅致。游客中心内部有休闲、购物、餐饮、住宿等,是另外两处街市的补充,满足更多不同游客的需求。

原本的停车场保留一部分,另一部分建一座小型亲子乐园,让游客带着孩子在参观、体验之余,还有一片属于他们特有的快乐天地。这个亲子乐园装扮成田螺的形状,里面有探险、穿越,也增加对兰花知识的又一次科普。

林书记说,整个景区不能有围墙,应该是用观赏竹围起来,密密麻麻的竹子长成篱笆,既有隔断作用,又是一道生态景观。

三千六百亩田螺坑和三百亩水上乐园连在一起,成为一个大型文化旅游中心,既可以供游客游玩,也可以为各地艺术家提供创作空间,还可以为学生研学,机关、企事业单位工会、团建活动提供场所及服务。

讲到动情处,林书记向四周眺望,嘴里不禁吟诵起宋朝禅师的诗作:"春有百花秋有月,夏有凉风冬有雪。若无闲事挂心头,便是人间好时节。"

廖海峰和吴富春、涂水木也有一些不同的设想，大家一边走一边聊，眼前的景观好像在不断地生长、蔓延，田螺坑简直成了第二个葫芦寨，不，应该比葫芦寨更具特色！

原路返回，林书记说，规划必须一步到位，大到宏观远景，小到公厕路牌、一花一草。如果财力允许，一气呵成；如果财力紧张，也可以分阶段实施。

廖海峰让随行人员整理好笔记，准备去拜访设计院的规划设计师，完善这个规划。

在此期间，廖海峰召开了合作社社员代表会议，划分成区块，对林下养兰的工作做了部署。各户家庭农场、兰花基地受领了任务，决定在一个月时间内，把兰花种到田螺坑的每个山谷、每棵树下。

一天早上，廖海峰在山间行走，不经意间发现，原本裸露的山头不见了，上面长满了松树、杉树，形成了一片片郁郁葱葱的树林。他想，时机成熟了，田螺坑应该走上快车道了！

第十三章　廖云岱回来了

1

这天，廖海峰来到廖金华家里，跟几个村干部聊了聊沿途参观的见闻感受。

听完廖海峰的分享，廖金华非常感慨。他说，我也算是走南闯北的人了，也看到过一些成功经验，但是能够结合自身实际，用心把一个村庄建设好，确实需要高人指点。现在，我们找到了好的路子，你又有了好的规划思路，该是我们撸起袖子加油干的时候了。村里面要怎么做？我想首先思路要开拓，既要建设好大家，也要经营好小家。

廖海峰一边听一边思考，他说，田螺坑的升级规划很快可以出来，我建议村里要有更大的布局。其实，乡村振兴并不是一句口号，而是实实在在的新农村建设升级版。那么，随着旅游业的发展，村里要怎么融入？去年您把各家各户的闲置房屋集中管理，就是一条好的路子。我有个想法，根据目前的状况，可不可以规划一条街道？让合作社先富起来的几十户按照高起点规划做成样板房，自己住一楼二楼，三楼四楼做民宿，或者一楼二楼开餐厅，自己住三楼四楼。条件更好的人家可以两座三座一起建，一起打造。前庭后院种兰花，既美化了家园，又可以销售增加收入。暂时没条件建房的，可以先参与旅游市场，提供给农户销售农副产品和土特产。这样的一条街,可以带动大多数人致富。长远地想,还可以规划第二条街、第三条街,村"两委"要做的就是规划和服务。我听过一个小山村,在原有旅游资源的基础上,村"两委"对餐饮和住宿进行了规范,实行行业化管理,专人负责接单、派单,农户按照统一模式经营,这样既避免了恶性竞争,又平衡了大家的利益,村财政也增加了收入,这个村的旅游接待能力越来越强,吸引了越来越多的游客旅游观光。举个例子,他们统一设计民宿,一样的格局、一样的装修,住宿费统一定价,按照相对平均的客源派单,大家都有钱赚。餐饮也一样,可以两人套餐、三人套餐、五人套餐……也可以单点,但是原材料统一、单价统一、制作方法统一,这样也不会乱,厨艺好一些的生意会好一点儿,但整个行业发展相对平衡。我在想,村"两委"做好这样的行业规范,我们兰田村的发展就会走上正轨。"

廖金华听了,非常赞同这样的管理模式。他问清楚了这种模式在哪个市哪个乡哪个村,决定带领村干部去实地考察一下。

回到兰苑,廖海峰四处溜达,想起了前两年到漳州考察"万亩兰花基地"时的见闻,心里又有了新的想法。他想,兰花基地可以尝试智慧化管理。比如,兰苑的兰花可以实行远程化监控,根据温度和湿度变化,什么时候浇水,什么时候施肥,什么时候防疫,什么时候除虫治病。分株暂时还是由人工完成,将来也可以实现机器人操作。这种方法,在温控大棚更容易操作,更容易实现程序化管理。

想着想着,他给廖云岱打了个电话。他把公司发展现状和下一步思路跟廖云岱描述了一番,希望他可以回来,帮助基地管理,打造智慧化兰花基地。这次廖云岱想通了,他说,半岛基地已经走上了正轨，自己的工作已经有人会做了，他也正思考着回来的事情。

廖云岱提出复办学校的建议。十多年前，由于人口出生率下降和大量人口外流，兰田小学停办了。如今劳动人员要回流，大量工人要留住，孩子上学的问题必须解决。廖云岱说，大儿子要上中学了，可以寄宿到白石中学。但是二宝、三宝的入学还是个问题。

这个问题必须解决，廖海峰马上找到廖金华，提出了这个现实的问题。廖金华说，我让文书曹汝海统计一下学龄儿童的数量，打个报告上去。基础教育问题是个大问题，各级政府必须承担起这份责任。

经过统计，兰田村这几年人口出生率慢慢提升，回流的劳动力和外来工人也达到了数百人之多，小学阶段的适龄儿童有六十多人，三年内达到小学入学年龄的孩子还有三十多人……小学适龄儿童一部分由爷爷奶奶或是外公外婆带着，在城里上学；一部分在白石中心学校寄宿；还有一部分孩子年纪太小，也是在白石中心学校的幼儿园入学，但只能每天接送。有意向回流的劳动力，因为孩子入学的顾虑，都还在犹豫观望……

这个问题越来越需要在短时间内解决，因为到八月份，新学期就要开学了。

廖海峰带着曹汝海提供的数据，找到了林书记。

林书记的眉头拧成了疙瘩，他为自己忽视了这么大的问题感到自责。要想乡村振兴，学校教育、医疗卫生可是重中之重。他立即组织召开了一个党政联席会议，要求所有包村干部三天内统计出各村适龄儿童和即将入学儿童的数据，对各村的卫生所也做好调查，马上形成报告向上级反映，解决老百姓最最担心的教育、医疗问题。

廖海峰列席了会议，他听了各位领导的现场承诺，有点激动。

会后，涂水木跟着廖海峰来到兰田村，他让曹汝海陪着他入户调查，并到卫生所了解病人和医药情况。

林书记做事雷厉风行，三天后把相关详细情况写入报告：两个大的行政村，包括兰田村恢复完小，六个小一点儿的行政村恢复初小。六个卫生所改扩建，其余卫生所加大药物储备，所有卫生所从业人员加大培训力度，积累临床经验。

报告提交到县教育局、县卫健局，后又被提交到县委常委会，县委常委会请县人大常委会做好全县的摸底调查工作。根据调查报告，县委常委会召开教育卫生专题会议，批准了白石镇和其他乡镇的报告，恢复学校校舍，经费由县、乡两级共同解决，人员由人社部门统筹解决。

这件事对廖海峰的触动很大，他立即跟廖云岱通电话，希望他可以尽早考虑回家的事情，廖云岱满口答应了。

2

李书记被开除了党籍和公职，并判处有期徒刑七年。罪行是贪污、受贿、挪用公款、行贿和渎职。

林书记组织召开了全镇干部大会，学习通报了上级文件精神，对全体干部职工进行了一次警示教育。

干部大会过后，接着召开了项目攻坚会议，廖海峰出席了会议。会上，林书记传达了批示文件，同意田螺坑农林科技股份公司关于文化旅游开发项目的立项工作，在三个月内拿出详细规划方案。林书记说，在拿出详细方案之前，吴富春牵头，做好规划用地的审批和其他前期准备工作，为项目实施做好充分准备。

各项目负责人签订了项目攻坚责任书，廖海峰感受到了强大的动力和沉甸甸的责任。

田螺坑项目分成生态科技项目、民生饮用水项目和文化旅游开发项目。生态科技项目是指兰花大棚种植培育、新品种开发和林下养兰，这个项目由公司负责；民生饮用水项目就是田螺坑水库的建设、自来水厂建设和管道建设，这个项目镇上有专班负责；文化旅游开发项目就是集兰花文化、餐饮、购物、住宿以及各种体验于一体的发展项目，打造国家AAAA级旅游景区，要高起点规划实施，是镇上三年内打造的重大项目，由镇上和公司共同负责。

廖海峰让董文娟列出急需的岗位，公布招聘信息，招兵买马、广纳英才。温泉水因为年纪大了不再担任董事和财务总监，根据董事会决议，由董文娟临时担任。

另外，兰田小学项目在原小学基础上新建教学楼和塑胶跑道，兰田村"世纪大街"项目也列入为民办实事项目，开始办理征地申报手续。

兰田村到白石镇的七公里水泥路拓宽项目也列入县乡村振兴建设项目，将在第三届兰花节前完工。

这样，兰田村的各大项目纷纷上马，尤其是"世纪大街"的规划，吸引了一大批兰田村外出务工的中青年的加入。根据第一期五十块建房用地规划，村委会召开村民代表大会，接受所有村民的建房申请，并通过全村户主群发布通告，在截止日期内有六十二户报名，超出了提供的地块，只好采用抽签的方式决定。

很快，用地审批手续办好了。五十户入选建房户，在统一规划、统一设计、统一建设、统一装修的前提条件下，选出代表，成立监事会，请来工程队，开始了兰田村有史以来最大的建设项目。

与此同时，田螺坑的文旅融合项目设计图纸出来了，经过征求意见，做了补充和完善。

廖海峰让吴佳贵带领合作社社员开进大山，开始了"兰花回到山中去"项目的大规模林下种植。

林书记为公司争取到五千万元乡村振兴贴息贷款，加上公司原有资金，廖海峰准备第一期工程一步到位：停车场、门楼、大小泡泡屋、步栈道、一百座小木屋、街市、游客中心、大楼改建、池塘、溪流……根据规划同步施工中。水上乐园项目要等水库建好后再进一步细化。

廖海峰带着董文娟到市职业技术学院举办招聘会。廖海峰向广大应届毕业生介绍了公司发展情况和发展前景，招聘简章上印有二维码，应聘应届大学生关注二维码，就可以了解公司情况和岗位设置。公司网页上展示了一些网红图片和公司远景规划，这给这些青年学生带来很大的吸引力，招聘会开完当天就收到了大量毕业生投递的简历。

廖海峰和董文娟逐一筛选，初定六十个入围应聘者，举办了面试会。最终有三十名园林专业、旅游专业、土木工程专业和社会工作专业的应聘者入选，并签订了用工合同。

廖海峰对公司架构进行了调整，分成行政部、工程部、园艺部、市场部、旅游开发部和财务后勤部六个部门，早期培养的那些中坚力量成为部门负责人（试用期一年）。廖兴平退休了，成了公司的专职副总，分管园艺部，负责兰花栽培和新产品研发；董文娟负责行政部，做好各部门统筹，管理公司员工；

李鑫源负责工程部，监管工程施工和建筑质量；吴佳贵负责园艺部，协助廖兴平做好兰花栽培和新产品研发；涂思荣负责市场部，开发产品市场、完善网络平台营销；廖海峰总抓旅游开发部和财务后勤部，从县文旅集团请来规划师修为水担任旅游开发部负责人；经过专业培训，温素兰担任公司财务总监。各部门都补充了新入职人员，完成了公司架构建设。

廖海峰组织公司员工参加了为期一周的军事拓展封闭训练。训练包括军事化管理训练、团队协调合作训练及超越自我训练等内容，使公司员工上下拧成一股绳，管理水平得到了快速提升。俗话说，单人不成阵，独木不成林。七天六晚同吃、同住、同操练的经历，让每一个员工都前所未有地体悟到了一个道理：没有完美的个人，只有完美的团队。只有与团队同进退，才能走得更长远。廖海峰还为优秀团队、优秀个人颁发了证书和奖金。

聚是一团火，散是满天星。军事拓展训练的意义，远不止为参与其中的每一个人增添一段难忘的记忆。它更多的，是在磨炼个人意志、激励个人突破自我的同时，培养团队精诚合作的集体意识与高效执行的工作作风。

回到各自岗位后，廖海峰召集各部门负责人，对公司章程和各项规章制度进行了修订，并提交董事会讨论通过。由此，公司的管理和考核机制开始严格执行。

林书记听完董事会工作汇报，对廖海峰表示支持，并要求对各个新上项目列出时间表，严格按照时间表稳步推进。廖海峰按照林书记的要求，部署各部门尽快拿出时间表，并提交公司例会讨论。

廖海峰完成了由单打独斗向公司化团队运作的转变。

3

刚放暑假,廖云岱办理好所有交接手续,带着妻子儿女回到了兰田村。他那栋小洋楼,廖海峰早已请人打理干净,还摆放了几盆盛开的"武夷素"兰花。

廖云岱把"神仙屿"半岛公司的两成股份变现了,算是赚了第一桶金,完成了原始积累。

这天晚上,家庭小聚会。廖海峰、温素兰准备了一桌子菜,廖云岱、吴冬香带着一对儿女来到兰苑。兰苑这几年经过温素兰的精心打理,不但到处都飘荡着兰花的香味,四处还都做了修补加固和美化,就像是一位气质高雅的中年妇女,很有内涵。

廖海峰看着弟弟,结实了不少,脸上棱角分明,笑容可掬,两只眼睛非常精神,浑身上下充满活力。在他的记忆里,儿时的弟弟不爱上学,上树掏鸟窝、下河捉鱼倒是样样精通,而且很有正义感,看不惯别人偷偷摸摸的小伎俩。他曾经说过,看不惯廖龙辉、廖贵发一伙人,耻于与他们为伍,因此在家里过得很不开心。

廖云岱小时候特别维护哥哥。人家都是哥哥护着弟弟,他家这是反过来了。他说,我哥哥是读书人,不想跟别人争高下,但是谁也别想欺负他。一次,廖海峰班里一伙同学因为廖海峰没有把试卷借给他们抄,半路上围攻他,被廖云岱遇见了,他手握弹弓,挡在哥哥前面,一个高高大大的同学冲过来,想把两兄弟一起揍。说时迟那时快,廖云岱弹弓里的钢珠嗖的一下飞向那人手掌上,疼得他哇哇号叫,连忙跑开。廖云岱又装上一粒钢珠,大声喝道,谁要过来再试试?一伙人骂骂咧咧地跑了。只听廖云岱对着他们的背影大声说,谁再欺负我哥哥,下次打的可能是眼睛,你们走着瞧!廖海峰看着弟弟大义凛然的样子，深深地被感动了。

后来自己高考后远离了家乡，家里的一切事情都是廖云岱打理的，他只是寄过几次钱回来。每次打电话廖云岱都说，哥，没事儿，家里有我呢！亲戚朋友都说，家里幸好有廖云岱，四个老人都被照顾得好好的，走之前都没有受多大的苦。自己回来的日子，正是弟弟计划要离开的日子，于是又经历了聚少离多的六七年。

廖云岱看着哥哥，还是那样儒雅，穿着干干净净，头发妥妥帖帖，除了脸黑了点儿，其他跟从北京刚回来那会儿区别不大。他心想，这哪里是农民啊？分明是知识分子嘛！他笑着说，哥，你不像农民啊！这么大的产业你是坐在办公室里打造起来的吗？温素兰看看哥儿俩，长相差不了多少，穿着的差别可就大了。廖海峰什么时候都把自己打理得有条有理，就是下地干活，回来也绝不会满身泥巴，要是弄到点儿泥巴，他会在小溪边认认真真清洗干净。下完地回来，洗澡、换衣服、穿上皮鞋，像是一个刚刚上完课的教授。手腕上总是戴着一块机械表，虽说不是名牌，那气场就是不一样。他的裤管总是笔挺的，皮鞋也是乌黑发亮，常常让人感觉这里不是农村，像是来到了城里的哪一个干净整洁的小区。再看看廖云岱，穿着随意，刚买回来的衣服穿在身上，不久就皱巴巴的了，而且他从来不戴手表、不穿正装，甚至皮鞋也没穿过几回。什么时候见到他，都是给人农民大哥的感觉。温素兰笑着说，你们哥儿俩还真别说，哥哥不像农民，弟弟倒是一脸农民相，不过最后都回来当了农民！她这样绕来绕去，把大家都逗乐了。

喝着酒，廖海峰说，哥对不住家里去世的老人，哥要好好谢谢你！这些年你吃了不少苦吧？廖云岱说，哥，来到这世上谁不是在吃苦呢？你是爸妈永远的骄傲，我也为你感到骄傲。

说实话,毕业刚回来那几年,我还真是羡慕你,羡慕你在大都市里吃香喝辣,羡慕你天天国内国外飞来飞去。可是,爷爷奶奶、爸爸妈妈去世的时候,我又会在心里责备你,责备你没有回来尽孝送终。你钱寄回来了,说人在国外,我想你是干大事的人,家里的事情我替你做吧!好不容易建起一个苗圃,还了欠款、成了家,可是做什么事情总是感到阻力重重,我选择了离开。这时候,你却选择回来了。说实话,当时我对你是没有信心的,我甚至替爸妈认为,培养你这个儿子,不值。我什么都没有说出来,只是希望自己永远不要回来。这几年,你在家里打拼,我在漳州打拼,谁都没有闲着。我每天都在关注你,都在为你祈祷。苍天有眼,廖龙辉、廖贵发他们终归是恶有恶报。你也终于打拼下了一个大型兰花产业,成了乡亲们的主心骨。

去漳州,我是应同学杨峥嵘的邀请,到了那座叫"神仙屿"的半岛。那时,他已经做好了岩石的填土工作,可是漳州那个地方,台风频繁,说不定哪一次一场大雨就可以冲走全部家当。那一年,田螺坑发大水,廖茂林被大水冲走,你损失惨重。就在同一天,刚刚长出兰花的"神仙屿"也被暴雨袭击。当时,杨峥嵘的许多亲戚朋友都是受灾户,我看杨峥嵘走投无路了,本来想向你借点儿钱,可一打电话听说你自己也在遭难,就没有说出口。我把全家人的生活费两万元全部拿出来,帮助杨峥嵘把一块一块岩石重新填上土,一棵一棵地补种兰花。那几个月,我们两家没吃一口肉。年底,杨峥嵘通过种回去的兰花基地抵押借贷,还了我两万元,还进一步扩大了生产,那年春节兰花脱销,我们终于渡过了一个坎。年夜饭那餐,杨峥嵘抱着我的肩膀哭着说,兄弟,患难见真情。无论我的基地能不能赚钱、能赚多少钱,我给你两成股份,从此一起打拼!这次回来,他向我回购股份,给了我七百多万元。

哥，这就是我这些年的经历。喝酒！

廖海峰的眼睛湿润了。他非常自责，从来没有关心一下弟弟的境况，相对于弟弟的无私付出，自己真是太自私了。

廖云岱接着说，我看杨峥嵘已经把事业做大了，心里就踏实了。家乡这几年的发展我也是看在眼里，你一遍遍要我回来，我不是没有心动，只是孩子的上学真是个难题。现在看，这个难题也解决了，所以我想，我在兰田村无论流过多少伤心的泪水，终归还是我们的家，我们就这样回来了。

温素兰听着廖云岱的讲述，也被他的兄弟、朋友之间的义气感动了。她看哥儿俩的话题有些沉重，便端起酒杯说，岱云、冬香，我和海峰敬你们，回来就好，回来我们一起发展！

大家喝着酒，话题转到了怎么发展上来。廖云岱说，我有资金，也有技术，我看可以入股合作社，不知道你们怎么想？

4

廖海峰原本想把公司的股份让一部分出来，但是他也有所顾虑。企业虽然是由他控股、由他管理，但毕竟镇上占比差不多一半。这么重大的事情应该服众，应该经过董事会同意才行。

现在廖云岱提出入股合作社的想法，这正好解开了廖海峰的心结。他说，这样好，这样我就不用一心挂两头了。

廖海峰征求了村"两委"和合作社几个理事的意见，他们听说廖云岱原本就是做兰花产业，而且做得很好，也就放心了。最后商量的结果，廖云岱投资六百万元，入股合作社百分之三十的股份，由他接任理事长。廖云岱看了合作社的资产负债表，合作社的市值接近两千万元了，而且今年开发林下经济，发展势头迅猛，也就欣然接受了大家的意见。

这天召开合作社社员大会，村支部书记廖金华、村主任阙汉民参加了会议。

廖海峰主持会议，他说，合作社发展很快，资金总量由原来的一百万元增加到近两千万元，社员人数也增加了一倍多，这是大家共同努力的结果。如今，因为合作社需要大量资金投入，又需要专人管理，我们想请有兰花栽培管理经验的廖云岱回来。经过前期沟通，廖云岱同意注资六百万元，持合作社百分之三十的股份，并且担任理事长。

有人提出，要廖海峰继续担任理事长。廖金华说，公司现在进入转型阶段，廖海峰实在抽不出时间来管理合作社，但是，他会继续关心和支持合作社发展。廖海峰也做了表态。可还是有人对廖云岱不太放心，最后讨论的结果是，由廖云岱担任合作社的法人，代理理事长一年，如果做得好，大家自然无话可说。

廖海峰和廖云岱办理了法人变更和理事会变更手续。这样，廖云岱就走马上任了。他首先召集理事开会，统一思想认识。由于公司仍然占比较大，推荐温素兰担任合作社理事。会上，各位理事汇报了各自家庭农场、兰花基地的发展情况。有些家庭农场在合作社的管理服务下，发展态势良好，已经焕发出强大的内生动力。

廖云岱提出，大家各自都发展得很好，但是合作社集体基地也要管护好，这就是林下养兰项目，这个项目可是合作社实现飞跃发展的重要保障。廖云岱带领理事会成员，到田螺坑山场实地考察了一遍。站在香炉坪上，他说，要想把田螺坑变成宝山，必须种好兰花。我看可以建立激励机制，一人管理一片山，谁的产出多，谁就可以多得奖金，可以搞个一等奖、二等奖、三等奖。谁的产出最少，挂黄牌，甚至取消管理资格。

回到合作社，廖云岱提出合作社公司化管理理念。他说，大家都尝到了甜头，但这只是我们的起点，我们的目的是要千家万户都致富，人人过上小康生活。那么，这个过程就要讲付出。规范管理是提高付出与收入产出比的最好办法。我把在漳州半岛公司的管理经验带回来，希望得到大家的支持。

大家都表示支持。因为理事会成员大都见过世面，甚至经历过公司规范化管理。廖云岱说，理事会成员优先成为管理岗，发给一定的报酬。但是话要说回来，我们的机制是能上能下的，能者上、庸者下，到时候千万不要说我不留情面。

廖云岱提议，合作社成立综合管理部、产品研发部、市场部和财务部，让理事会成员按照各自的特长，分别担任部门负责人和成员。近期工作是根据田螺坑的山场结构和土壤特点，配置营养土，选好兰花种苗，做好林下兰花的栽种。下一阶段，做好区域规划，责任到人。廖云岱根据部门工作，对理事会成员做好了职责分工。

都说"新官上任三把火"，廖云岱干得风风火火，社员们的积极性都被调动起来了。

这天，廖海峰带着廖云岱拜访林书记。林书记听完廖云岱的管理思路大加赞赏。他说，你暂时还不是村干部，但是"农业、农村、农民"工作就是需要你们这些有文化、有技术、有思想的新型农民来做，要把你们真正培养成乡村振兴的生力军，我们的工作才能取得实效，老百姓才能享受到实惠。我对合作社的工作寄予厚望，希望你们兄弟俩把工作做实做细，特别是农户的思想工作要做通。没钱的时候，要考虑他们的收入，将来有钱了，要考虑他们的分配。每个人的知识水平和思想境界不同，他们的理解能力也不一样，矛盾一触即发。我们如果有

第十三章 廖云岱回来了

一套完整的制度，按照制度管人管事，一碗水端平，对任何人都可以交代清楚。还有，要根据社员的技术专长，各尽所能，大家都有事做，大家都做自己熟悉的事情，矛盾就会减少。

　　林书记想得很细，廖云岱很受启发。他说，书记是懂我们农民的，我回去就把各部门职责细化一下，再对所有社员做一个走访，了解他们的家庭情况、技术专长、兰花种植规模、经济情况和各自的愿望、需求，这样就做到了心里有数，为各尽所能做好准备。

　　眼看到了下班时间，林书记留廖海峰兄弟俩到食堂用餐。三菜一汤，林书记吃得津津有味。他说，我的生活很简单，不知道会不会委屈你们。廖海峰笑着说，我一碗面条就够了。记得上个月到兰农家里，看一位叔婆就着一块豆腐乳，配一碗饭，我就问她为什么不炒点儿青菜？或者炒个鸡蛋？老叔婆说，家里没油了，炒菜费油。我听了感到很心酸，就提了一桶油给她，后来便吩咐其他人定时给她送油送面。我们年轻人吃苦没什么，千万别让苦了一辈子的老人家还在受苦啊！

　　林书记表情凝重，他说，我安排人下去调研一下，这样的事情千万别在我们白石镇再出现。

　　镇上启动了一项"粮油行动"，鼓励爱心人士捐献，政府兜底，对全镇缺粮少油的困难户予以补助。这项行动得到了很多爱心人士的支持，各村各寨纷纷行动，那种因为担心费油而不炒菜的现象再也没有发生。

第十四章　科技龙头企业

1

这天晚上，廖海峰和廖云岱哥儿俩在兰苑喝了点儿小酒。廖海峰想起那次到漳州考察时看到的情景，他说，我们也搞个智慧管理，不知行不行得通？

廖云岱想了想说，我们的基础设施还没有达到条件，也就是说时机还不够成熟。你想想看，到处都还在搞建设，一天一个样，智慧不起来呀。

廖海峰说，你比较有经验，帮忙考虑一下，如果有一天我们条件成熟了，智慧管理该怎么布局？我认为这是一种趋势，也会成为一个新的起点，提前做好规划准没错。

这时候，朱兰英匆匆忙忙从外面跑进来，她气喘吁吁地说，廖总，快去看看，打起来了！

廖海峰一头雾水问，谁跟谁打起来啦？

朱兰英说，是一个外地工人偷兰花，被村里人围起来打。你快去看看吧，让他们别出手太狠了。

廖海峰和廖云岱匆匆忙忙来到门口，果然看到大路上好几个人围在一起，正在殴打一个躺在地上的人。廖海峰大声喝道，住手！急忙跑步过去。

几个人看廖海峰跑过来，站在旁边叫着廖总。廖海峰问这是怎么回事儿？一个叫廖玉义的兰花合作社社员说，廖总，这个叶海龙偷我们的兰花，已经好几回了，今天终于被我们逮住了。另一个说，就是，我家的兰花都快要被他偷光了。

原来，这个叶海龙是"世纪大街"工地上的工人，看兰田村在短短几年内因为种兰花发财了，还有钱建一条大街，羡慕的不得了，于是就想要不劳而获。

叶海龙吞吞吐吐地说，廖总，对不起，你们兰田村的兰花品种好，我就想拿点种苗回去种。他指着路旁边的手推车说，就这十几盆，我还给你们，行吗？

廖玉义说，他说谎！我们的社员说已经少了一百多盆兰花了，有些还是珍贵的兰花，一盆值好几千呢。他向着叶海龙吼道，快说，你把我们的兰花偷去哪里啦？

叶海龙哭丧着脸说，真没啦！我这是第一次。

廖海峰看他的眼神，躲躲闪闪的，肯定有问题。可这个时候不能火上浇油，不然会出大事。他伸手拉起叶海龙，拍了拍对方身上的泥土。路灯下，廖海峰看到叶海龙好几个地方被划伤了。他问，伤在哪里了？走两步看看。叶海龙来回走动，腿脚受伤了，走路有点儿瘸，但是没什么大碍。他说，没事儿，没大碍。

廖海峰看着他说，你要说实话，要带我们把兰花搬回来，如果还要这样硬撑着，我们只好报派出所了。你知道，我廖海峰绝对不会冤枉一个好人，但是谁做错了事情就要勇敢承担。叶海龙不敢看廖海峰，他左顾右盼，还是不想说。廖海峰拿出电话，找出派出所朱所长的电话，准备拨打，叶海龙冲过来央求说，廖总，别打别打，我全说！

廖海峰眼睛盯着他，口气严厉地说，我不是跟你开玩笑的，现在只有你自己可以救自己。你要给我老老实实的，如果还是婆婆妈妈，我让他们把你送到派出所，让警方来处理。如果实话实说，我或许可以保护你。

叶海龙知道躲不过去了，把头点得跟鸡啄米一样，他惶恐地说，廖总，我说，我说。我把兰花都藏在一个山洞里了，我带你们去。说着，带着大家朝反向的山路上走去。

廖海峰让人把路边的小推车推到兰苑门口，带着廖玉义他们，跟在叶海龙后面。叶海龙一边走，一边回头看，廖海峰他们一路紧跟。这是一条黄泥路，通往邻村的果场，山路弯弯曲曲，可以通工具车、皮卡车，平时很少有人到这儿来。走了约莫一公里，转一个弯，山路继续往上延伸。廖海峰问还有多久，叶海龙说，就到了，就在前面的山洞里。大家顺着他手指的方向看去，果然黑压压的像是有个山洞。

就在一转眼间，叶海龙跳到路坎下，嗖的一下钻进了树丛，飞快地消失在树林里。听声音，还在往下一路狂奔。大家措手不及，面面相觑，都看着廖海峰。

廖海峰叹了口气说，这个叶海龙，我们中计了！他吩咐廖玉义开车沿路搜寻，叶海龙已经是惊弓之鸟了，看看会不会坐明天的早班车离开。其实，在这茫茫的大山之中，尤其是晚上，要找一个人还真是不容易。廖玉义邀上另一个社员，原路返回。

廖海峰带着其他人，走到叶海龙手指的地方，大家打开手机的电筒，路旁边果然有个山洞，扒开堵住山洞的枯枝杂草，里面凌乱地堆放着一大堆兰花，粗略数一下，远不止一百多盆，该有七八百盆，甚至更多。大家七手八脚，传递着把兰花搬到路上来，摆放了长长的一大溜。再细数一下，超过了一千盆。廖海峰看了下兰花的品种，虽说大多是平民兰，但也有几十盆珍贵品种，这些兰花总估值六七万元。

这么多兰花，被叶海龙蚂蚁搬家似的堆放在这山洞里，说不定他什么时候就开一辆车全部拉走了。大家你一言我一语，都说防不胜防啊！

廖海峰打了个电话报警，再打个电话给廖玉义，告诉他找到被盗兰花的数目，叮嘱他多带人手，看看能不能截住叶海龙。

约莫半个小时后，朱所长带着警察开着警车来到山上，录了视频，做了笔录。朱所长说，幸好发现及时，挽回了这么多损失。你们把叶海龙的身份证拍张图发过来，我们回去做好部署，摸摸嫌疑人的底细。兰花你们自己拉回去吧，我建议多装几个监控，安排人值班，亡羊补牢嘛！

廖海峰安排人把兰花先拉回去，打电话到"世纪大街"工程部，让他们把叶海龙的身份证照片发来。没多久就收到了叶海龙身份证复印件的图片，立即转发给派出所。

派出所打来电话说，身份证是假的，这个人不是叶海龙。

这样一折腾，就到凌晨两三点了。大家拖着疲惫的身子，回家睡觉。

2

第二天一早，廖玉义打来电话说，到处都找遍了，没有发现叶海龙。街上、车站也没有发现他的踪迹。廖海峰说，回来吧，那人不叫叶海龙，应该是早有预谋的。

廖海峰让失主把兰花领回去。想不到许多失主都是以为数量不多，没有放在心上，是那家珍贵兰花被偷的兰农蹲守了好几个晚上，才逮了个正着。没想到被盗贼来了个金蝉脱壳，逃之夭夭了。虽然有遗憾，但总算物归原主了。

经过这件事，廖海峰和廖云岱再次想到智慧管理的问题。

商量了一下，他们决定学习公安机关，打算安装一套"天网"，总监控安装在值班室，二十四小时派人值守。经过网络公司现场勘探，各路口、每个大棚、管理房、停车场等场所，以及部分种兰大户的兰花基地无死角安装监控，耗时一个月，投入资金二十多万元。

站在值班室，切换不同镜头，整个田螺坑、兰苑、路口……清清楚楚地呈现在眼前。廖海峰让安装人员对值班保安进行专业培训，要求尽快掌握监控技术，实现管理无死角，给广大兰农吃下了定心丸。

廖海峰请来派出所民警，对所有外来人口进行甄别，各工地两百多号外来人口，竟然有三个人用的是假身份证，其中一个身份证遗失，临时买了一个。另外两人跟逃跑的叶海龙一样竟然都是网络通缉犯。警方立即逮捕了还在工地上班的两名通缉犯，对叶海龙再次通缉。这件事给用工制度和措施敲响了警钟。

一天，一位老太太到值班室说，她的老头子在两个外地人那里买了一箱银圆，花了一万多元。老太太说，她怀疑这两人不像是好人。值班员马上报警，警方通过"天网"，在另一个村抓住了这两名犯罪嫌疑人。原来，他们用假银圆骗取老人家的信任，用小恩小惠获取老人家的感情，再把假银圆卖给老人家，还让老人家不要声张，以实现诈骗目的。

还有一次，一位老伯哭着来到值班室，抱着一尊"金佛"说，自己被人骗了。值班员立即报警，警方根据"天网"锁定嫌疑人行踪，并很快抓捕归案。原来，一个中年男子那天来到老伯家，说他的爷爷当年在这个村子的一棵树下埋了一尊金菩萨，想借老伯的锄头挖出来。老伯借给他锄头，还好奇地跟着他，果然看他在一棵老头松底下挖出一个红布包裹，打开包裹，只见是一尊金光闪闪的佛像。那人马上把金佛重新包好，神神秘秘地说，财不露白，千万别声张。他又说，肚子饿了，可不可以在老伯家吃个便饭，他会付钱的。老伯扛着锄头，带着他回到家里，让老婆煮了饭菜招待他。他拿出一张百元大钞，说可不可以再买一壶米酒，老伯又拿出一壶米酒，两个人你一杯我一杯地喝起来。喝着喝着，这个人靠到老伯的耳边说，这件事不能被别人知道，就是老婆也不能说。老伯点了点头，这人又说，我还要去另一个地方挖金子，我爷爷一共埋了五处金子，现在到处在搞建设，要早点把这些金子全都挖出来。他说，我这尊金菩萨寄存在你家，你借两千元盘缠给我，我过几天来取金菩萨，再还你两千二百元。老伯立即同意，背着老婆给了他两千元钱。这人走后，老伯把金菩萨藏在衣柜里。过了一天，他偷偷地把金菩萨拿出来看，发现金菩萨是假的，抱在手上沉甸甸的，其实里面塞满了沙子，于是大呼上当。

　　警方进一步深挖，在邻镇抓住了犯罪嫌疑人。原来，这个人专门找留守老人作案，已经骗取了十六个老人近五万元钱财。于是，政府在各村发出通告，希望老人家要捂住自己的钱袋子。

　　廖海峰暗自庆幸，幸好装了"天眼"。但是，他在心里也暗暗担忧，为什么这么多人专门诈骗老人？有多少老人之前就被这些人祸害了？看来，农村留守老人的防诈骗意识有待提高。

　　这以后，廖海峰有意到老人家里坐坐，聊聊家常，把这些防范意识都跟大家说说。看谁家里缺盐少油了，就会带些油盐米面给他们。老人家看他这么热心，都把他说的话放在心上。

　　这天，派出所民警来到"世纪大街"工地，又带走了一名犯罪嫌疑人。民警说，那个假叶海龙抓住了，供出了同伙。这个人就是叶海龙偷盗兰花的共犯。

经过一系列的严厉打击,兰田村太平了许多。廖金华配合廖海峰的保安队,成立了一支由四个人组成的临时巡逻队,分作两班负责田螺坑以外地区的安全。

廖云岱对林下栽种兰花非常上心,他常常邀请廖兴平,到各处看看。林下养兰,要注意夏天防晒、冬天防寒,树林、竹林就起到防护网的作用。如果是林木稀疏的地方,还要拉一张防护网,起到调节温度的作用。廖兴平根据这些年的实践经验,选出了适合林下栽种的品种。首先还是要用营养土,装在营养盆里,种上兰花,埋在林木底下。这些步骤每一步都有讲究,比如埋植这一步,要选择干湿适宜的土壤,不能选择岩石太多的地方,也不能选择完全裸露的土层,还要注意透光和防晒。另外,行距和株距也应当适中。

廖兴平手把手教工人林下栽种兰花,还专门培训管理养护注意事项,主要是要注意温度和湿度。分株后,尽量还是采用营养土,提高兰花的生长能力。由于是仿生态栽种,一般不浇水,让老天去调节土壤的湿度。当然,遇到极端干旱天气除外。

廖云岱在"神仙屿"采用的正是仿生态养兰。但是两个地方气候相差很大,土壤结构也不同。他听了廖兴平传授种植技术,也是受益匪浅。术是相通的,廖云岱很快掌握了要领,成了林下养兰的技术带头人。

合作社的大多数社员也很快掌握了林下养兰的要领,他们憋着一股劲儿,要在田螺坑养出最好的兰花。

兰田村的"世纪大街"工程和田螺坑的文旅项目都在热火朝天地进行。对于这个古老的小山村,上一次这么热闹还是20世纪七八十年代的林业经济时期。那时候,来自县内外的伐木工人吃住在田螺坑,大量木材运往省内外,修铁路、盖厂房、建学校、搭礼堂……没想到沉寂了三十年之后，如今这里又成了一片热土。所不同的是，20世纪那场"运动"是对山场毁灭性的破坏，如今，却是对这座小山村的建设，对这个已经脆弱的田螺坑的修复。同一个村庄，两代人的遭遇，充满了戏剧性的色彩。

3

金秋时节，林书记在田螺坑组织召开了全镇项目攻坚现场会，兰田村的三个工程：田螺坑水库工程、农林科技股份公司的文旅项目和"世纪大街"工程，作为全镇的典范，进入了攻坚阶段。

一个村的工程量超过一个亿，这在白石镇，乃至整个汀柳县都是绝无仅有的。按照工程进度，田螺坑水库大坝工程年底完工，明年春季完成管道工程，汛期来临前下闸蓄水；文旅项目按照工程进度，泡泡屋兰花温控大棚工程、栈道工程元旦前完工，木屋、两条街巷和游客中心主体工程春节前完工，配套工程明年四月前完工，"五一"节前全面开放；"世纪大街"工程元旦前完成框架建筑，春节前完成主体建筑，"五一"节前完成装修、路面硬化、园林绿化，全面开市……

来指导工作的县级各有关部门、来观摩的兄弟乡镇在现场会上对项目进度充分肯定，并希望白石镇抢抓机遇，做好资金和政策保障，做好提前完工的攻坚准备，把兰田村打造成一块亮闪闪的金字招牌。

国庆节期间，前往省城参加全省农林科技大赛颁奖大会的廖兴平传来好消息，田螺坑农林科技股份公司选送的五个兰花新品种建兰"汀柳素"、建兰"天地精华"、建兰"白石红荷"、春兰"田螺坑素"、春兰"雨荷仙子"获得全省农林科技大赛各类奖项,公司也同时获评全省农业科技龙头企业。这在全市是破天荒第一家,在全县更是炸响春雷的大喜事。

市乡村振兴办、市农业农村局、市林业局、市科技局和县委、县政府纷纷发来贺信,祝贺田螺坑农林科技股份公司在农业科技领域取得的优异成绩,为全市乡村振兴建设开了个好局。

廖海峰的两个心愿实现了一个,另一个文旅项目也在稳步推进。他忽然感到自己回来所做的工作多么有意义。他给温泉水打了个电话,高兴地汇报省科技大赛颁奖大会上的喜讯,他说着说着就哽咽了,这是喜极而泣啊!温泉水在那头平静地说,海峰,你的每一次进步我都看在眼里、喜在心里!记住,功成不必在我,你只管稳扎稳打,继续努力,其他的事情老天自有安排!

廖海峰忽然想起那把温泉水送给他的戒尺,还有上面刻着的十四个字:素心如幽兰,戒贪心、要恒心、有爱心。对照这十四个字,可真是字字鞭策,句句激励,任重道远啊!

晚饭时分,整个兰田村忽然锣鼓喧天、鞭炮齐鸣,春节期间才会出来游街的两条龙灯——青龙和黄龙,竟然在这个时候上街了,十番音乐演出队跟在龙灯后面演奏着欢快喜庆的乐曲《喜洋洋》《闹洋洋》《南词北调》《状元游街》《南进宫》《北进宫》等。家家户户听到锣鼓声,都敞开大门,点燃喜炮迎接。

原来,廖金华也收到了市、县两级的贺信,村里面立即着手,准备了盛大的庆祝活动。两个小时,龙灯队、十番乐队准备妥当,他们穿上节日的盛装,庆祝兰田村有史以来取得的最大科技成就。廖云岱也发动全体合作社社员，张灯结彩，上街庆贺。

除了值班人员，廖海峰给其余公司员工放假三天。员工们自发地把公司大门、各楼台场馆装扮一新，然后跟着狂欢的人流涌向街头。

龙灯队和十番乐队在老百姓的夹道欢呼中来到兰苑，舞起了双龙戏珠。廖海峰赶紧出门，点燃准备好的烟花爆竹，迎接欢庆队伍的到来，然后给所有参加龙灯、十番乐队的演职人员发红包。

龙灯队和十番乐队沿着大道，又来到了田螺坑游客中心，廖海峰早早安排人给每个演职人员发红包，答谢欢庆的队伍。龙灯队又舞了一阵双龙戏珠，十番乐队有板有眼地演出了同样的六支曲子。

这天晚上，兰花合作社社员们在家里杀鸡宰鸭，上一壶老酒，庆祝公司这次来之不易的成功。

到兰苑来祝贺的客人络绎不绝。林书记带着镇政府相关人赶来，破天荒带了一坛老酒，要一起喝两杯。廖金华带着村"两委"班子成员，也带着老酒过来祝贺，公司中层以上管理人员和合作社理事会成员陆陆续续地来了，说是来讨杯酒喝。

温素兰准备了两大桌子下酒菜，董文娟帮忙打下手，一会儿加一个菜或一道汤。菜样种类丰富，腊肉、炒牛肉、熏肉、香肠、花生米、炒黄豆，再就是炒青菜……还煮了几个汤，红菇腐竹汤、丝瓜蛋汤、苦瓜豆腐汤……菜都是现成的，虽然不丰盛，但仪式感还是满满的。酒是管够的，一轮又一轮，廖海峰又一次成了众星捧月的那一轮圆月。

在席间，廖海峰没有忘记这次获奖的大功臣廖兴平，他打开视频通话，让领导同事们都向他表示感谢和祝贺。廖兴平一个人在省城的路边摊开了两瓶啤酒,他说,好些朋友也约了他,但是同事们不在身边,喝着没意思,巴望着明天回来,跟大家一起庆贺一下。

林书记端起酒杯,一个一个敬过去,大家又一个一个回敬过来。他说,到白石镇工作以来,第一次这么开心,也第一次到老百姓家里喝酒。他说,以前听说白石镇是穷山恶水出刁民,要我说啊,白石镇是绿水青山出精英,而且呀,这个精英层出不穷,白石镇必将好事连连,一年一个台阶,稳步前行!

村"两委"自从廖龙辉手上的"鸿门宴"事件以后,也很少聚在一起大吃大喝了,这次大好的消息,也让村"两委"的干部感觉到扬眉吐气,终于可以抬起头来了。廖金华说,兰田村有了省农业科技龙头企业,这个在全市是唯一的,我们一定做好后勤服务,让更多的老百姓受益。林书记打断他的话说,廖书记说的对,但是不能停留在口头上,要落实到行动上。

廖云岱自打从漳州回来后,一直不好张扬,但是今天他忍不住高调起来。他说,种兰花能够达到这个高度,是他没有想过的。看来,只要努力进取、团结协作,什么奇迹都可能发生。他频频敬酒,释放内心的那种长久以来的压抑。

廖杰年带着两位保安值班,公司获评省农业科技龙头企业他也很高兴。自从廖海峰再次接纳他回来担任保安,再后来提升为保安队队长,他发誓一定好好工作,报答廖海峰的恩情。他安排一个工作人员瞪大眼睛密切关注监控动向,尤其要注意外来可疑人员。自己则带着另一名保安四处巡逻,确保放假期间公司和基地的安全。

许多员工聚集在食堂前的大坪喝酒,整个基地灯火通明。天亮了,没有出现任何安全问题,廖杰年安心地交班给副队长,叮嘱他一定不能松懈,要确保安全。

4

第二天下午,廖兴平回来了,跟他一起来的还有杨东山。

原来,杨东山看到朋友圈的喜报,安排好公司事务,一大早就开车过来了。到集镇刚好遇到廖兴平,于是结伴来到兰苑。

廖兴平从车上搬下来五个金灿灿的奖杯,还有那块省农业科技龙头企业的牌匾。他说,这要是在往年,能够拿到其中一块牌子就非常难得了,没想到今年我们获得了大丰收。天道酬勤、水到渠成啊!

廖海峰紧紧抱住廖兴平,激动地说,廖教授,我的老哥,您可是我们公司的大功臣啊!廖兴平说,研发培育新品种,我虽做了一些工作,但是不能居功啊,因为这也是我毕生为之奋斗的事业,我也应该感谢你,感谢公司这个大平台。

廖兴平说,县上计划在明天上午九点召开庆功大会,全县各乡镇、县直各单位分管乡村振兴的领导,全县规模农林企业负责人,县乡村振兴办全体人员都要参加。县长主持、县委书记讲话并宣布县委表彰决定。准备一下,我们明天一早出发。

廖海峰听说要到县上领奖,想起上一次从日本回来,春兰"大唐盛世"获得"花王"大奖,县上授予他"兰花大王"的荣誉。三年来,公司从小到大、从弱到强,到今天站在了新的起点上。他在高兴之余,感觉到身上的担子更重了。

杨东山从车上扛下来一块精心制作的木牌匾,上面刻着:麟凤芝兰。廖海峰连忙上前接过,这一幕刚好被电视台记者拍下,成了第二天电视和报刊的专栏头条。

杨东山非常高兴,他对廖海峰说,我昨晚一宿没睡,想着这几年来你取得的成就,由衷感到高兴。我也是爱兰之人,但我是贩卖兰花的商人,跟你这个做大做强兰花产业的人相比,我太狭隘、太渺小了！廖海峰说，我一路以来都有贵人相助，你杨兄就是我的贵人啊！

闻风而来的记者随即采访了廖海峰和杨东山，又跟着廖海峰他们一路参观温控大棚、栈道、木屋、街市、游客中心……还有规划中的水上乐园，一切都初具规模。杨东山感慨地说，两年前，一条玻璃栈道、一个文化长廊都可以成为网红，如今这座兰花庄园，将会成为多少游客梦寐以求的旅游胜地啊！

说到"庄园"，这是廖海峰最受用的一个词。当初他回来的初衷，就是为了圆一个庄园梦，如今，这个梦正在一步一步变成现实，而且是在超越梦想。

他们来到山上，林下的兰花长得郁郁葱葱，一大片一大片，整座田螺坑成了名副其实的"兰花谷"。从高处看，各个工地热火朝天，好一派欣欣向荣的景象。

时值深秋，但在这个南方偏僻山区，感受到的却是春天般的生机勃勃。是啊，在干事创业人的心里，永远没有冬天，有的只是春种秋收、春华秋实！

记者回去了，说要赶快把发生在这个小山村里的故事，讲给更多人听。

廖海峰、廖兴平、廖云岱热情款待来自远方的客人。杨东山也毫不拘束，就像是一位邻家大哥，过来祝福邻家兄弟的喜事。

杜雪梅的"雪梅说兰香溢远"栏目又开播了，这次播出的是刚刚获奖的五个新品种兰花的介绍，以及公司获评省农业科技龙头企业的喜讯。精心打造的图片、音乐、短视频，随着知名社交媒体的快速传播，成了阅读量、点赞人数和转发人数最多的热点。

兰田村延续前一天的狂欢，整个村庄沉浸在酒香和兰香之中。对于廖海峰的成功，有人羡慕、有人赞美、有人佩服，也有人妒忌，但只要是真正的爱兰之人，都会由衷地祝福。因为接下来，大家都是实实在在的受益人。

奖杯和牌匾被安放在公司荣誉室，廖海峰说，等一切工程完工了，选一面墙好好展示。

"麟凤芝兰"的牌匾挂在兰苑正厅的侧墙上，为这座古朴的宅院增添了一份光彩。

这天夜里，大家都睡得很香。

一大早醒来，廖海峰送给杨东山一盆新培育出来的春兰"雨荷仙子"。廖海峰说，这个品种的春兰跟"大唐盛世"异曲同工，希望我们"与兰共舞"的友谊地久天长。送杨东山返程后，廖海峰和廖兴平赶往县城参加庆功大会，廖云岱主动留下来值守。

庆功大会在政府大礼堂召开，廖海峰和廖兴平被安排在主席台就座。温泉水、温素兰坐在台下第一排。

县长在主持会议时，高度赞扬了廖海峰和他的团队，对廖兴平退休后全力参与乡村振兴建设、钻研生态农业科技给予高度评价，希望全县奋战在乡村振兴建设第一线的广大干部群众以他们为榜样。

县委书记宣布表彰决定，授予廖海峰"乡村振兴建设标兵"称号；田螺坑农林科技股份有限公司荣立"生态扶贫"集体三等功，奖金十万元；授予廖兴平"乡村振兴建设先进科技工作者"称号，荣立"生态扶贫"个人三等功，奖金五万元。温泉水、温素兰也被请上台接受颁奖。

廖海峰发表获奖感言，他说，功成不必在我，荣誉属于伟大的时代。我们要珍惜时代赋予的历史使命，勇挑重担，以"勇于挑战、敢于超越"的果敢，积极投身生态科技、经济发展、乡村振兴的各项实践中，勇做新时代的奋进者和开拓者。

颁奖大会后，大家一起观看《乡村振兴——我们在行动》纪录片。纪录片反映了从脱贫攻坚到乡村振兴，中国乡村发生的历史性变革，涌现出许多新时代的新农村建设典范，广大乡村正朝向产业兴旺、生态宜居、乡风文明、治理有效、生活富裕的目标发展。与会者都从影片中得到启发，为下一步开展乡村振兴建设开拓了思路，树立了信心。

颁奖大会的意义，既是对廖海峰和廖海峰团队成绩的肯定，更是要在全县掀起学习先进经验、投身乡村振兴的高潮。它作为一个标志性的事件，必将改变更多人的思维和发展方向。

第十五章　兰花小镇

1

颁奖大会后，县长组织了一个考察团，来到田螺坑参观学习。

县长一进村就下了车，分别考察了"世纪大街"工程、村部、停车场、田螺坑基地入口、文化长廊、步栈道、泡泡屋温控大棚、木屋、街市、游客中心、公司办公大楼，随后进入山林，察看了林下养兰基地、田螺坑水库工地、水上乐园项目选址，最后回到兰苑。这一路下来，差不多走了三个小时，县长看得很仔细、问得很专业。来到电子商务中心，他被一群年轻人繁忙的工作状态吸引住了，在了解了电子商务的流程和年销售量后，对随行人员说，现在的大山不再闭塞，只要有好产品，就不用担心销路，看看，这原本荒凉的田螺坑，电子商务连接世界各地，市场无限广阔啊！

座谈会上，县长说，这个项目有前瞻性，起点很高。请旅游发展部门做个调研，尤其是客源这一块，尽量拓展，厦漳泉、闽粤赣，这是我们游客的主要来源，得好好策划一下。

对于"世纪大街"工程，县长说，这既是民生工程，又是文旅项目，要打造成全县的示范街。乡村振兴的目的就在这里，既要输血，又要造血，要让老百姓真正受益，真正过上好日子。

那些假大空的东西，劳民伤财，搞不得。所以我们的眼光要长远一些，起点要高一些，服务要细一些，管理要规范一些。老百姓的事情无小事，衣食住行、柴米油盐，都要做到心知肚明。现在农村留守老人越来越多，他们的住房是不是危房、喝的水卫生不卫生、吃的饭菜健康不健康等这些问题一定要登记造册，千万不能有吃不饱、穿不暖的现象发生。另外，卫生所的医生是不是持证上岗，常用药品、急救药品准备得充不充分？有没有可供老人家随叫随到的医疗保障？这些要都做好了，乡村才能做到真正振兴……

　　林书记陪同调研，深受启发。他心想，我做了那么多调研，提出恢复学校、办好村卫生所，以为做得很好了，想不到离县长的要求还很远。看来"三农"无小事，每件事情都关系到千家万户啊！

　　县长到兰苑参观，看到那么多珍稀兰花在天井里、庭院里养得挺好，非常高兴。他说，这就叫庭院经济，我们要发动各乡镇、各村庄，把这些老屋充分利用起来，发展花卉经济、中药材经济、食用菌经济，这也是一条很好的致富路子呀！

　　县长握着廖海峰的手说，你是返乡创业的大学生，为我县乡村振兴建设提供了很好的成功范例，是新型农民的榜样、时代的标杆，我们都要向你学习啊！

　　廖海峰说，我的思想比较单一，就是做好一件事，服务一群人。我也没有什么远大的理想，一切讲究水到渠成。如果现在取得了一点儿成就，那也是大家共同努力的结果。我认为这是新的起点，做好眼前的事情，这就是我每天要做的。

　　县长笑着说，对极了！做好一件事，服务一群人。我们乡村振兴建设要把这话作为宣传标语，不要那么高大上，务实一点儿才能真正把事情做好！

第十五章　兰花小镇

这次县长调研给了廖海峰一个任务：培训新型农民。他拨给公司一百万元，要求协助县乡村振兴办在全县培养一千名新型农民，并从理论上、管理上、技术上加大对新型农民的培训力度。

这样，公司把办公大楼三楼作为培训教室，把刚装修好的旅游大厦作为学员用餐和住宿的场所，每期接待二百名学员，用时一周。学员们都有一定的文化基础，年龄在二十岁到五十岁，通过在教室上理论课、观看影视片、兰花基地现场教学、远程专家辅导，都能掌握一定的种养技术。这些新型农民分布在各乡镇，培训后立即可以奔赴乡村振兴主战场，成为生力军。

秋收过后，这年冬天却不尽如人意，两个月没有下一滴雨。兰花养护要水，施工也需要大量用水，大家只好把兰溪围住，晚上蓄水、白天用水，勉强满足了用水需求。可是这样下游却遭了殃，浇菜没有水、鱼塘没有水，甚至连洗菜都没有水。

兰田村原本有两条自来水管道，一条从田螺坑上游引水到村里；另一条从镇自来水厂引进来。其他生活用水是兰溪的水。现在不但田螺坑的管道不来水了，连兰溪都快断流了。镇自来水厂的水也受旱情影响，流量非常小。

持续的旱情，导致"世纪大街"工程停工了。缺水的鱼塘只能把鱼打捞上来，提前出售。个别离水源地近的菜地还能种菜，其他菜地奄奄一息，了无生机。

这次旱情，是廖海峰返乡以来遇到的最严重的旱情。可老人们说，这不是最旱的年份，有一年足足一百天没有下一滴雨，导致兰溪断流，菜地泛白，大家到离村子七八里地的汀江挑水回来，不敢洗脸洗澡，不敢浇菜，只能用来做饭，那真是水贵如油啊！

镇上出面想办法，采用调节供水的办法。到了夜里十点，全镇的自来水集中供应兰田村，直到第二天凌晨五点关闭。这样，兰田村家家户户能装水的用具都用上了：木筲、水桶、脸盆、蓄水池，能装水的容器全都装满水。而且，老百姓养成了晚上浇菜的习惯，他们也终于可以洗上热水澡了。"世纪大街"工程也部分复工，除了不能浇筑混凝土，一些用水量小的零星工程日夜加班，总算没有落下多少。

这种集中力量办大事的工作作风，在这年冬天的兰田村进一步显现。兰田村人到白石镇赴圩，遇到熟悉的邻村人，都会道一声谢，感谢大家雪中送炭，送来了生命之水。

新历年的一月下旬，老天终于忍不住了，淅淅沥沥地下起了小雨。按照工程进度，田螺坑水库大坝工程已经完工，准备安装管道，争取清明节前下闸蓄水；文旅项目，泡泡屋兰花温控大棚全部更新，栈道工程已经完工，木屋还有两条街市的主体工程接近尾声，春节前夕部分开放，"五一"节前全面开放；"世纪大街"工程完成框架建筑，待旱情缓解就可以全面浇筑隔层混凝土了，可以确保春节前完成主体建筑……

公司在社交平台贴出告示：由于整个田螺坑都是工地，第三届兰花节暂停举办，相约来年，大约在冬季。杜雪梅在评论区谢绝了所有游客的预订，开放日期将提前向社会公布。

2

临近春节，根据公司董事会和合作社理事会决定，电子商务平台举办优惠大酬宾。凡购买一盆兰花，赠送兰花栽培知识册页一本；购买五盆赠送一盆均价的兰花，并送兰花栽培教程光盘一张；购买十盆赠送三盆均价的兰花，并送兰花栽培教程光盘一张……这个力度,在田螺坑农林科技股份有限公司是第一次。随着去年十月获大奖资讯的不断发酵,公司的销量一度井喷,一直成为热搜第一名的电子商务平台。

虽然没有举办兰花节,但廖海峰又一次实现了"以兰养兰"的战略意图,公司资金在年度盘点中,还是有不少的盈余。同样,廖云岱接管的合作社也实现了遭遇罕见旱情下的逆势增长。

春节前夕,公司根据董事会决议,由内而外举办了新春团拜会。首先在公司内部论功行赏,奖金最高十万元,最低一万元,廖兴平、董文娟、李鑫源、吴佳贵、涂思荣、修为水……他们身披绶带,上台领奖。随后公司负责人拜访村部,捐赠给村里十万元,全村老人按照六十岁、七十岁、八十岁、九十岁的不同年龄段派送新春祝福红包,分别是三百元、五百元、一千元、两千元。村"两委"回赠公司"敬老文明号"的牌匾。

林书记在镇财政所收到年度分红后,鉴于兰田村近几年的投资力度,提议拿出五十万元,返回到兰田村财政,用于"世纪大街"专用。这个提议在党政联席会议上一致通过。

在整村建设的影响下,又有三十多位兰田村外出务工、经商的中青年选择了返乡创业。农历正月初五,廖金华举办了兰田村乡贤座谈会,分享了村里这几年的发展成果和下一阶段规划,廖海峰在会上也简要分享了自己返乡六年来的收获,有些大中专毕业生当场决定回来。他们在心里盘算,廖海峰一个985高校毕业的大学生,在外面混得风生水起的时候,在村里还是一穷二白的时候,义无反顾返乡创业,取得了巨大成功。我们还有什么理由不回来?

廖海峰在会上说,公司目前有职位空缺,希望有意向的返乡就业人员到行政部应聘,加入公司这个大家庭。

也有想自主创业的,打算开个餐饮店、民宿、杂货铺、特产店，或者加入兰花合作社。

由于公司在村里的影响力越来越大，威望越来越高，村民俗活动理事会决议，在集中拜年的时候增加两处，就是兰苑和田螺坑公司总部。

兰田村的新春拜年活动是从老祖宗那会儿流传下来的，新中国成立后中断了一段时间。20世纪80年代后，村里德高望重的老者重组理事会，新春拜年也成了一年一度的新春盛会，形成了一整套约定俗成的流程。全村的龙灯、船灯、花灯、古事、十番乐队在春节这天一大早齐聚在村部门口，九点开始，鼓乐齐鸣、龙灯翻舞、船灯荡漾、古事连绵、彩旗招展，形成了一组声势浩大的七彩长龙队伍。

第一站，拜佛祖，到村里的"万寿寺"，给"三太祖师"拜年，祈福纳祥，保佑来年风调雨顺、人寿年丰、万事如意。"三太祖师"是三尊神的合称，即观音菩萨、伏虎禅师、定光古佛。观世音是佛教共同的信仰，伏虎禅师和定光古佛是本地神，只有客家地区才信奉的，都有许多神奇的故事。

第二站，拜祖宗，到各大姓氏的祖祠祖庙里拜年，祈祷祖宗保佑、人丁兴旺、子孝孙贤、事业兴旺、财源广进。

第三站，拜将军，到开国将军的故居，给已故的将军拜年。白石镇是将军之乡，历史上出了五位将军，其中开国将军两位，兰田村就有一位，曾经是兰田村人每天挂在嘴边的骄傲。就是现在，在汀柳县人家要问你是哪里的，你说白石镇兰田村，人家就会来一句，那是将军的故乡，挺有名的。

第四站，拜政府，到村委会拜年。到这里拜年是希望村"两委"多多为民办实事、办好事，为全村带来民生福祉。

第五站，拜学校，到兰田小学拜年，这些年由于没有生源，学校停办，但是拜年这一习俗从来没有中断。谁家出了大学生，那是无尚光荣的事情，尊师重教的风气，在兰田村自古以来就很盛行。

第六站，拜医院，到村卫生所拜年。这是对村民们健康的祝福。听说兰田村在20世纪七八十年代办了一座卫生院，医护人员二十多人。那时大家没有外出打工，加上大量伐木工人涌入，政府为了方便整个片区几个村的村民就医，办起了卫生院。但是，随着后来人口流失，卫生院有时候整天都没有人上门就医，就合并到白石镇卫生院了。后来，一个本村的赤脚医生开了一间诊所，卫生所就成了大家眼中的医院。到医院拜年，当然是希望无病无灾，或者药到病除。

第七站，拜长者，到长寿老人家拜年。以前是到六十岁以上长者家拜年，后来大家寿命长了，六十岁以上的老人实在太多，就改为到七十岁以上长者家拜年，前几年又改为到八十岁以上长者家拜年。给长者拜年，既是一种尊老的传统，同时也是希望子孙更加孝顺，祝福年长者晚年幸福、颐养天年。

第八站，拜乡贤，是对为国家、为全村的公益事业做出过杰出贡献的村民的一种礼遇。到谁家里拜年是要通过理事会决议的，以前是到县处级以上干部或者正高级职称技术人员家里拜年，后来扩展到为家乡各项事业发展做出较大贡献的人，比如捐出巨资奖励大学生的、修桥修路的，等等。廖海峰是带领全村致富的，理事会全票通过到他家里和公司拜年。

第九站，游街，到村里唯一一条老街游行，这时候就不是一家一户拜年了，而是为大家做表演，增加喜庆欢乐的气氛。

第十站，游村，到上村、中村、下村游行，同样不针对任何一家一户，只是表演，让平时安静的村庄热闹起来。

拜年的队伍到哪里，哪里就会燃放烟花爆竹迎接，大多数家庭都会准备大小不一的红包，往理事会牵头人的红托盘里放。

由于古事是小孩扮演古时候的英雄人物，坐在一个打扮得漂漂亮亮的花轿上游行，所以扮演英雄人物的小孩胸前也会堆起像小山似的红包。

完成了拜年后，浩浩荡荡的队伍返回到村部大坪，刀枪入库，一年一度的新春拜年活动便结束了。

3

元宵节过后，各家各户就要做好新一年的打算。今年外出打工的人数明显减少了，整个村庄都比往年要热闹一些。以前停业的饮食店又开张了，以前门可罗雀的杂货店扩大成小超市，货品也比往年丰富了许多。

世纪大街进入装修阶段了，这五十户人家在外墙统一装修的基础上，对室内也进行了规划，根据自己选择行业的需要，进行合理装修。想开民宿的、餐饮的、特产店的，或者销售花卉、旅游用品的，都在不断参考别人的设计，优化自己的图纸。

廖海峰让杨东山帮忙请来"万亩兰花基地"的行政总监，对公司员工进行了为期三天的技术培训。第一天是兰花栽培知识和兰花商品的制作、包装；第二天是兰花产业与文化旅游业的融合；第三天是公司团队的分工与合作，如何做到一加一大于二，如何让团队更高效。培训课程有些在室内完成，有些到实地进行现场教学。培训老师说，田螺坑的规划比葫芦寨还要好，如何实现做强做优做大的目标，就要看团队的运行能力了。

培训结束后，廖海峰根据每个人的优势，对部门负责人进行了调整，签订了工作责任书。廖兴平还是公司的专职副总，分管园艺专业部，负责兰花栽培和新产品研发；董文娟担任新组建的行政部的总监，兼任公司的工会主席，负责整个公司的日常运转；杜雪梅出任行政副总监，兼任公司的团委书记，做好公司的组织、宣传、团建工作；李鑫源负责工程项目部，监管工程施工进度和质量；吴佳贵负责园艺专业部，协助廖兴平做好兰花栽培和新产品研发；涂思荣负责市场部，开发产品市场，管理基地的两条街市；新成立电子商务部，由廖承应负责，做好网络平台营销；新组建文旅部，做好旅游接待的准备，研发旅游产品，由修为水担任负责人。温素兰还是担任公司财务总监，配备了两名专业的财务人员，分别担任会计和出纳。各部门都以年轻人居多，朝气蓬勃，干劲十足。

公司入口处安装了一个大大的显示屏，上面每天变更着倒计时数：××天。各部门工作紧锣密鼓地开展着，廖海峰和廖兴平每天都会到处转转，监督各个部门的工作，同时也在挖掘各种专门人才。

廖海峰的办公室在公司三楼，他经常站在三楼屋顶，那里建了一座凉亭，他一边喝茶，一边四处张望，整个工地一览无遗。泡泡屋温控大棚有大有小，五颜六色，占地数百亩，连绵一公里多，颇为壮观；步行栈道仿照穆桂英的八卦阵，像迷宫一样四处延伸；两条街市框架已经建好了，正在做仿古装修；一百座木屋依山而建，门前的小溪水都已经相通，现在正在进行室内装修。廖海峰的理念是将这里打造的温馨、舒适、简约、大方，各种功能齐全，让人有宾至如归的体验。

修为水的文旅部开始设计旅游简章了，计划"五一"节前线上线下同步宣传。他的团队还根据旅游消费市场，研发了大量旅游食品和纪念品：有兰花切糕、兰花蜜饯、兰花泡酒、兰花茶饮、兰花蜜、鸽子兰花汤、鲫鱼兰花汤、瘦肉兰花汤、兰花糯米饭团；还有兰花凉笠、玻璃兰花手串、兰花摆台、兰发饰……经过一次次试验，各产品的技术都已经成熟，旅游纪念品开始大批量生产。

办公大楼和旅游大厦也根据风格的需要进行了"穿衣戴帽"，主色调以蓝色、绿色为主，装修风格古朴、典雅，非常协调。

田螺坑水库闭闸蓄水了，很快就可以供水。这样，水上乐园项目也开始按照进度上马了。

林书记每个月都会专程来调研，了解工程进度，询问需要迫切需要解决的问题。廖海峰提出了国家 AAAA 级旅游景区的申报工作，林书记指定涂水木负责，对接县、市旅游部门，完成申报材料的提交，依法依规走申报程序。公司指定杜雪梅全力配合，按要求提供相关资料。

随着工程接近尾声，廖海峰按照规划和申报 AAAA 级旅游景区的要求，把基础设施建设进一步完善。兰溪河道清淤、贴鹅卵石；沿河绿化、梦幻路灯施工；从景区入口到游客中心的旅游道路，按照双向四车道，重新铺设画线，做好电瓶车摆渡标识；玻璃栈道增加灯光效果、文化长廊重新布置；上山步行栈道铺设、加装指示牌和路灯；景区入口大门重新建设，以"兰花"为主题，请书法家题写"田螺坑兰花小镇"，做好艺术加工，突出个性化效果，两边是售票窗口；大型停车场做好铺设、画线，安装路灯；根据布局，两座大型旅游公厕，十二座小型的旅游公厕做好布局；全部自来水管道抓紧铺设……另外，兰苑也做了进一步维修，加装了夜景灯光。

世纪大街的装修也差不多了，一律四层楼房，青砖黛瓦，蓝灰色外墙，马头墙错落有致，两边树木像一列列整齐的士兵。花圃的花也种下去了，正在努力地生长。按照步行街的管理，停车场、旅游公厕、沿河公园以及河道清淤、绿化美化、夜景工程和路灯工程全部如期完工。各个店铺按照统一设计做好招牌，每隔一段做好一个休息区。

村里的老街也做了外墙立面装修，统一了店铺招牌。另外，建了两座公厕，利用空地又建了七八座小口袋公园。

从白石镇往村里，公路完成了扩建、画线和路牌建设。沿路的绿化也完成了，一排排香樟树生机勃勃，紫薇、夹竹桃、芙蓉花有序排列。

根据旅游的需要，每隔一段路，加装了旅游路线指示牌。

4

四月中旬，离田螺坑兰花小镇、兰田村世纪大街开市的日子越来越近了。

杜雪梅邀请专业的视频制作商，精心创作出田螺坑全景式夜景灯光秀和各网红打卡点的精彩视频，在社交平台和各大小网站推送了海量视频资料和活动优惠预告，旅游预约订单如雪片般地飞来。

镇级层面组织召开了全镇的干部大会，全体镇、村、站、所干部以及各有关企业负责人参加了大会。廖海峰、廖兴平应邀参加。会议的议题就是关于田螺坑兰花小镇、兰田村世纪大街开放的工作安排。根据以往兰花节的经验，场面火爆是一定的，要做好工作分工和安全预案。会议认为，世纪大街暂时由廖海峰公司统一管理，这样便于旅游资源的调配。

会上，林书记做了工作部署：开市活动分为仪式组、活动组、安全组和后勤组，每个组分别由一名镇领导带队，由一名村干部、若干名公司工作人员和志愿者组成，林书记和廖海峰担任活动的总协调。仪式组做好参加开市仪式的人员邀约、活动筹备工作;活动组负责兰花小镇、世纪大街的活动详细策划、运营;安全组借助"天眼",负责活动安全和巡逻;后勤组负责来宾接待和保障交通、用餐、住宿,以及发放纪念品等后勤工作的保障。

会议决定,所有开放景点从四月二十八日开始试运营,"五一"节当天举办开市仪式,这样才不至于手忙脚乱。

廖海峰连夜开会部署,要求各部门各司其职,排出活动倒计时时间表,并指定了对接镇村的各组别带队人员及组员。廖海峰让吴佳贵临时组建世纪大街运营部,负责世纪大街各店商的统筹工作。并且他还请杨东山带了几个活动策划专业人员过来,指导活动的有关细节。他们白天带着各部门负责人逐一检查,查遗补漏。晚上加班加点,细化活动方案、落实工作分工。

泡泡屋温控大棚的灯光亮起来了,街市的招商圆满完成并成功入驻。漳州来的策划师带来了新的思路——沉浸式体验,让游客主动参与到有关环节,把注意力集中在很小的范围之内,从而愉悦身心、挑战自我。这个体验当然要与兰花有关,而且是在不知不觉中参与进来,让人欲罢不能。

四月二十八日上午八点,田螺坑兰花小镇和世纪大街同步试营业。兰花小镇门票定为六十八元,试营业和活动期间五折优惠,世纪大街免费开放。由于网上的预热和各大主流媒体、社交平台、自媒体等铺天盖地的宣传,虽说还是工作日,游客已从四面八方赶来,体验这大山中的兰花盛会。镇村干部、各组别工作人员按部就班,用手机记录下游客的参观、消费、体验、评价和反馈。

中午时分,游客量达到了小高潮,兰花小镇两条街市的所有小吃一扫而光,世纪大街的餐饮店也都爆满,出现了取号排队的现象。林书记和廖海峰到各处察看,由于工作细致,各处秩序井然,但也出现了少数商家随意打发游客、以次充好的现象。

另外停车场占用率达到百分之八十,小木屋全部预订完,游客大厦入住率也达到了百分之七十。世纪大街民宿入住率达到了百分之九十。这些数据,原本只是计划在开市那天会达到的高值。

廖海峰要求各部门及时补货,以满足晚餐的供应。几乎全体村民都参与进来,各家各户的农副产品都被收购进来,做好物资供应保障。

游客如潮,安保、保洁四处巡逻,不留死角。下午四点过后,游客渐渐减少,到晚上,除了附近乡镇涌来看夜景的游客,剩下的都是留下来住宿的客人。到了晚上九点后,附近乡镇的游客也开始返程。

廖海峰连夜组织各部门负责人开会,总结第一天的不足,补齐第二天的供给。廖海峰对个别商家不诚信的做法发出通报警告,如果再有类似事情发生,将立即停止合作,如若产生不良影响,还要依法承担赔偿责任。

各部门也谈了自己的体会,尤其从游客的反馈方面进行了小结,提出了新的思路。

散会后,廖海峰和廖兴平来到公司办公大楼的屋顶天台,观看田螺坑的夜景和熙熙攘攘的人流。这个感觉跟前几天的调试完全不同,随着人流的涌入,原本宁静的田螺坑有了生机,有了繁华,有了人间烟火。

杜雪梅团队对网民的需求和反馈连夜做出答复,各大网站、各社交平台关于田螺坑的热度一直在持续。

一连三天的试营业,人流稳定,各项服务不断完善和修正。

四月三十日下午,主会场兰花小镇、分会场世纪大街的舞台效果调试完毕,各项氛围营造非常浓郁,与青山绿水相映成趣。

五月一日早上,兰田村从薄薄的晨雾中醒来。兰花小镇和世纪大街的工作人员早早地就位,为开市仪式做最后的调试。各商家早早开门,迎接各地游客的到来。进村的各主要路口设有醒目的指示牌,村口有停车引导员,舞龙、舞狮、威风锣鼓、十番音乐、礼仪队在田螺坑主会场候场,腰鼓队、歌舞队在世纪大街分会场候场。兰花小镇的各个分区响起了本地音乐家作词作曲的《田螺坑小调》,曲调柔和优美,仿佛一阵阵兰花香扑鼻而来。

小木屋、旅游大厦、世纪大街的民宿早在三天前就预订一空,各处餐饮严阵以待,尤其是特色小吃街,早就做好了存量,防止早早地被抢购一空。

还不到八点,沿路响起了《迎宾曲》,来自邻近乡镇的干部群众陆陆续续地来了,然后县上的、市里市外的嘉宾、游客也相继到来。政府邀请的嘉宾有市领导、县领导、县直单位领导、各地商会代表、文艺家代表、企业家联合会代表、媒体记者等一千多人,集中在主会场候场。

县上派出了特警、消防队员和医疗队员定点服务。镇上组织了公安民警、执法队员和志愿者团队共一百多人,参与维持秩序。

市长在县委书记、县长的陪同下,从兰花小镇大门前下车,一路步行到主会场。市长四十多岁,穿着笔挺的白衬衣、宝蓝色的西裤,打着赭红色的领带,胸前别着"嘉宾"字样的胸花,笑容满面,频频向游客挥手致意。沿路花香阵阵、彩旗猎猎,游人如织,兰溪的水清澈见底,欢快地流淌着。

主会场各地来宾早已排好队伍,礼仪队引导嘉宾就位,舞

第十五章 兰花小镇

龙、舞狮、威风锣鼓、十番音乐，在林书记、廖海峰的带领下迎到路口，把市长请上主席台。随后，在舞台前的空地上开始了热场演出，威风锣鼓开场，一个八人大鼓，八个双人大鼓，二十四名大汉穿着黄红相间的盛装，打起了欢快的鼓点；八名女镲手也都穿着黄红相间的盛装，左手持镲倾斜四十五度角，右手持镲碰击镲边，发出清晰的拖音，节奏欢快，动作轻巧灵活。随着不断变换曲调、变换队形，把喜庆的气氛推向了高潮。接着是双龙戏珠、双狮采青，十番音乐压阵，博得了阵阵掌声。

开市仪式由县委书记主持，他首先介绍出席活动的来宾，随后介绍了田螺坑兰花小镇创办的艰辛历程、主要特色和成功经验，以及在全县乡村振兴建设中的示范引领作用，并对一群返乡创业大学生及大学生村官给予高度评价。他希望全县各乡镇找准优势，高起点谋划，打造"一乡一品"特色产业基地，吸引更多人才参与到乡村振兴建设的主战场，真正意义上带动百姓实现共同富裕。

接下来，由市长讲话。市长激动地说，田螺坑兰花小镇是全市乡村振兴建设的典范，为各地树立了可学习、可借鉴的榜样，意义重大。他提了三点要求，又谈了五点希望。

随着市长大声宣布"田螺坑兰花小镇开市"，一时间，礼炮齐鸣、鼓乐喧天，数千名游客大声喝彩。整个田螺坑沸腾了，许多主流媒体、自媒体、文化公司现场制作短视频，在知名社交平台和公众号现场直播，一时间，"田螺坑兰花小镇"成了热搜词条，有数亿人次围观点赞，成了万众瞩目的焦点。

市长、县委书记、县长等嘉宾在白石镇林书记的引导下，有序参观兰花小镇，然后沿路来到世纪大街，在街区入口的牌坊前，"世纪大街"的牌子早已挂好，上面盖着红布。县委书记请市长讲话，然后市长、县委书记共同揭牌。在围观群众的欢呼声中,礼炮齐鸣,好一派热闹喜庆的场景。

市长一行走进一家家商铺,了解经营范围和返乡创业的历程,还特意在一家返乡创业年轻人开的特产店坐下来喝茶聊天。他说,乡村的希望还是在年轻人身上,只有外出创业、积累了一定的财富和一定经验的知识青年,回到有梦想有情怀的家乡,才能闯出一片美好的天地。兰田村过去默默无闻,几年时间成了全市的焦点,就是因为有廖海峰、廖兴平、廖云岱等这样的高级知识分子、技术人才返乡创业。他们有资金、有经验、有技术、有激情,尽管走过了艰难曲折的历程,最终还是站在了时代的潮头。

他们还走进一家家小吃店,品尝兰田村美食:簸箕粄、灯盏糕、珍珠丸、兜汤、芋子饺、豆腐干……

航拍的视频出来了,只见整个兰田村热闹非凡,兰花、土特产交易红红火火,各个街市人头攒动。

廖海峰坐在监控室里,及时掌握各个景点的实时状况,他看见四处都活动着工作人员和志愿者的身影。人流量大的地方,公安民警和执法队员有序疏导。停车场车辆进出有序,没有出现拥堵现象。还好提前启动了预案,在进村路口开辟了三个临时停车场,把大量本地车辆安排在那里停放。

世纪大街的火爆程度超出了预期。村民们的农副产品不够卖了,回到家里再搬运一些过来。这样来来回回,大家也不觉得累,脸上洋溢着幸福的笑容。

廖海峰看着整个兰田村,感觉这儿并不比葫芦寨差,有些地方甚至超出了葫芦寨的布局。四通八达的步栈道,为人流疏通提供了保障;流光溢彩的泡泡屋温控大棚,使得整个田螺坑更加梦幻多姿。

第十六章　智慧兰花谷

1

田螺坑兰花小镇和世纪大街的开市，是兰田村的狂欢节。从试营业到"五一"节假期结束，十多万人次的聚集，让这个偏僻的小山村有了一次史无前例的狂欢。

这是对兰田村各景区运营能力的巨大考验，也是对兰花小镇发展方向的一次全面调试。通过这次全面调试，廖海峰总结出了几条经验：打造兰花主题小镇是可行的，还能带动综合体验和综合消费。接下去要做到删繁就简，突出亮点，突出特色，可以根据各处景点的运营情况制作操作手册，简单易学，便于管理。从各媒体的评价和留言可以看出，游客的体验感已经很强了，而且大多数游客的评价都很高，但还是存在村民以次充好、价格偏高和服务简单粗暴的问题，这个要在后期举办培训班，提高村民的整体素质。

杨东山和他邀请来的策划专家参与了试营业及开市的全过程，可以说这对他们也是一次全新的挑战。闽南人多，但是地域宽广，不像这个小小的山村，没有多大的纵深，游客短时间内涌入，停车、餐饮、采购、住宿、瞬间爆棚，可真是应接不暇。另外，游客来自四面八方，需求和体验感千差万别，众口难调。但是政府的深度参与，无疑给活动的成功举办提供了保障。

随着假期的结束,兰花小镇和世纪大街渐渐恢复了往日的宁静,但也不是完全停止运营,不少慕名而来的游客,就是喜欢这种宁静的体验,把自己置于深山之中,有吃有住有玩,可以完全释放身心。这样,一天几百名游客,走了又来,给景区带来常态化管理的收入,也是挺好的。到了周末,人流量又会大增,网络平台订购的游客也会提前下单,虽说没有开市时的火爆,但足够带动一次又一次消费的小高潮。

廖云岱也够忙的,忙于调运兰花,忙于指导合作社的社员们如何销售。短短十几天,合作社的营业收入超过了往常一年的总收入,许多兰花品种都被抢购一空。好在还有林下那么多兰花作为后盾,否则下一步如何恢复兰花数量也将成为难题。

许多社员既想要兰花卖得好,又想农产品也卖得好,一心想两头兼顾,惹得廖云岱很冒火,但是想一想也就理解了。兰花销售的钱都进了合作社账户,农副产品卖的钱直接进了社员的腰包,他们有私心也是正常的。但是,这是一种目光短浅的表现,得慢慢引导。

随着兰花小镇和世纪大街的管理进入常态化,廖云岱又开始思考新的问题:如何打造智慧兰花小镇?这个在漳州万亩兰花基地和葫芦寨都已经推广的新型管理模式,在兰田村是否适用?又该如何打造?他决定外出考察一段时间,把这个四两拨千斤的管理模式引进来,为兰花小镇下一阶段的管理带来新的活力。

廖云岱把他的思路跟廖海峰说了,廖海峰完全同意他的观点,并联系了市农科所,为廖云岱预约了一期"智慧农业培训班",为下一步基地建设做好技术准备。培训面向有文化的新型农民,针对本市农业发展新特点,进行智慧农业理论及技能培训，共分为理论学习、远程互动和现场参观三部分。与廖云岱一起参加培训的，都是全市年轻的规模型农业企业技术骨干。他们听说廖云岱是田螺坑兰花小镇来的，都极为羡慕和钦佩。一来，兰花小镇的名气如日中天，是全市文化旅游和农林领域热议的话题；二来，田螺坑农林科技股份有限公司是全市唯一的省级农业科技龙头企业。廖云岱谦虚地与大家交流，广交业内朋友。

学习中，廖云岱茅塞顿开。原来，智慧农业的涉及面很广，从种植、管理到销售都是一个伟大的技术革新。包含集成互联网、物联网、云技术、传感系统、农业大数据、市场遥感数据、客户群大数据等先进技术的应用，形成通用性监测、管理、推广平台，以解决方案为基准，集成数据采集、远程控制、数据分析、预警发布等功能于一体，服务农业、林业、畜牧业等行业。

落实到具体运用过程中，就是要充分应用现代信息技术成果，集成应用计算机与网络技术、物联网技术、无线通信技术、传感器技术、音视频技术及专家智慧与知识平台，实现农业可视化远程诊断、远程控制、灾变预警、市场预警等智能管理。而且覆盖面也很大，广义上智慧农业涵盖的方面还更大，包括农业生产种植管理、电子商务、农产品溯源、休闲观光农业、农业信息服务和农业技术交流等。

试想想，当温室大棚需要灌溉浇水时，手机界面就会提示，管理人员对着手机发出指令，让大棚的控制设备开始灌溉，相应的肥料种类也会根据作物生长阶段的需求来调配好建议配方，人工指令统一执行即可，这样的生产种植方式是不是现代农业所需要的？同样，病虫害防治也是相同的道理。

以前农民种植、管理庄稼都是下到田地里一点点地播种、打药、除虫、除草，依靠积累的经验，通过手工劳动进行种植、管理，费时费力效率还很低，产量和品质也得不到保障。而如今，在温室大棚等相对密闭的种植环境下，可以通过智慧温室大棚系统来管理，经过布置的各种传感器，及时了解农作物的需求及生长状况，并且对温度、湿度、二氧化碳浓度、光照强度等进行精准调控，还可以通过音视频，进行远程控制。

廖云岱想，采用智慧农业系统，种植也变成了一门快乐的技术活。尽管我国在几千年的农耕生产中积累了无数经验，但随着天气的千变万化，种植手段也很难做到完全贴合作物生长需求，产量与品质也很难一直停留在良好阶段。而经过传感器，可以实时收集作物生长环境数据，具有针对性地施加水肥或喷洒农药，将生产水平和生产质量上升到最佳的状态。

只有这样，通过智慧农业系统发展绿色农业，才能坚持可持续发展，保护好土壤、水系、空气等生产环境。在消费终端，智慧农业通过农产品数据存储，可实现农产品的溯源、食品安全监督等，推动绿色无公害化，让消费者买到放心的农产品。

所以说，智慧农业作为未来农业发展的趋势，改变了粗放农业生产方式的新思路，它不仅在农业种植上发挥了不少作用，也对禽畜、林业、水产、花卉等行业产生了一定积极意义，对于引领现代农业发展，提升改造传统农业，具有划时代的意义。

廖云岱通过学习，思路开阔了许多。

2

公司董事会听取了廖云岱的培训工作汇报，从公司的发展角度，一致同意廖海峰关于加强智慧农业系统建设的建议，由廖云岱负责实施。

由于廖云岱只是合作社理事长,在公司没有任职,经过廖兴平提议,新成立智慧事业部,任命廖云岱为负责人,配备两名计算机专业毕业的大学生。经过招聘,两名应届毕业的大学生杨宇辰、谢辉元到岗。

杨宇辰的家在汀柳县张屋铺,小学时随父母搬到了县城,天津大学计算机专业本科毕业,研究的方向正是智慧产业。他在网上持续关注田螺坑兰花小镇,非常向往,因为他也有一个小小庄园的梦想,希望可以到这个山清水秀的兰花庄园上班。所以,面试的时候,他对智慧农业非常熟悉,立即被录取了。他跟廖云岱非常聊得来,两个人很快熟识起来。

谢辉元的家在邻镇,是省农林大学计算机系的毕业生,对农业信息化有专长。但是,他对打造兰花小镇智慧化没有太多思路,不像杨宇辰那么有主见。

廖云岱对这两个苗子还算满意,上班第一天就带到家里开小灶。他们一边喝酒一边聊工作,也聊各自的经历。

廖云岱给两个年轻人聊这几年的创业史,在一座原本荒凉的闽南海边半岛,用心经营兰花产业,用"公司+互联网+客户"的点对点模式精心打造,再加上文旅融合,如今市场销量稳定,兰花基地也成了一处旅游热土。每天游客吃饭、购物、参观兰花的门票等各项收入达数万元,旅游旺季更是超过十万元,而兰花的销售也大多是依靠电子商务平台实现的。

廖云岱说,基地的管理很轻松,叫作"轻智慧管理",大多数项目都是游客自助完成的,既降低了成本,又提升了游客的体验感,保证了生意的蓬勃发展。但是,离智慧农业还有较大差距。哥哥廖海峰打电话来,说家里这几年发展得很好,我回来正好发挥一技之长,于是就回来了。最近,公司任命我组建智慧事业部,打造大山深处的"智慧兰花谷"。如今就我们三杆枪，我看可以请专业服务公司上门，我们也一边工作一边学习。廖云岱还跟他们两位分享了自己参加智慧农业培训班的内容和体会，希望引发共鸣。

根据下一阶段工作需要，廖云岱带着杨宇辰、谢辉元四处学习，尤其是沿海一带，现代农业技术非常成熟，智慧农业管理系统上马比较早，可以学习借鉴的东西比较多。比如，厦门一家杨桃基地，就采用智慧农业系统进行管理。在一眼望不到边的温控大棚里，装有各种功能的遥感器，监测土壤的温度、湿度和肥力，监测病虫害，监测二氧化碳浓度，还有农作物生长情况监测及预警。这个基地还与市科协结合，举办中小学社会实践活动。工作的时候，各种系统就代替了许许多多的管理员。智慧停车、智慧照明、智慧广播、智慧售票，以及中小学DIY自助系统……整个基地基本实现了可视、可控、可管。

杨宇辰一路上认真观察，脑洞大开，根据看到的现状如何转接到自己的基地侃侃而谈，甚至还提出了不少提升意见。谢辉元只看不说，拍照、记录，回到宾馆再做整理。

这天晚饭后，廖云岱要带两个年轻人到海边散步，谢辉元推托手上有事没去。廖云岱和杨宇辰边走边聊，时而哈哈大笑，时而握起拳头捶打一下对方，像是亲兄弟一般。

廖云岱说，年轻人要思维缜密、行事果断，做智慧农业又不是做原子弹，没有那么多弯弯拐拐。要我看，就是智能化管理，可以用仪器、机器代替人工的尽量代替。我们可不是土包子，一年四季脸朝黄土背朝天，到头来还要饿肚子。

杨宇辰说，可不是？听我老爸说，他们小时候天天从早忙到晚，一个月还吃不到一次肉，米饭还不够管饱。他们种的是什么地呀？低产粮食，老牛拉破车。我们是新型农民，用知识和思想种地，没有思想一切都是白搭。我看你黑黑瘦瘦的，小时候准是饿肚子的料。

廖云岱笑着说,你爸忙忙碌碌喂不饱自己,不能怪他,要怪就怪那时候农业生产的落后。我小时候是不饿肚子的,那时候的田螺坑有无数的木头。你看到兰苑没?那就是小时候我的爷爷亲自建的,够气派吧?可是他们那代人饱了,我们后代就遭殃了……

杨宇辰比较懂得把握分寸,廖云岱说话的时候他绝不插嘴,他在听,也在思考。廖云岱回忆小时候的兰田村,他的脑海里就会出现一幅幅画面,想象着那时候的人和事。

他们又聊到沿途的所见所闻,好是好,就是不能生搬硬套。他们决定就在厦门找几家信息技术公司聊一聊,看看有没有合适的团队,带回到兰田村,让他们先感受一下现场,再拿出一个方案来。这样货比三家,就能够选出一家合作商,让事情落地。

迎着海风,廖云岱问杨宇辰,刚毕业就到了我们公司,有什么体会?杨宇辰说,我的梦想是有一片属于自己的领地,打造一个属于自己的智慧小王国。兰花小镇正是我寻寻觅觅了很久的地方,我要在这里学本领、打基础,将来再做自己的打算。

廖云岱想,这孩子的理想不是虚无缥缈的,只要有志气,将来一定可以实现。

第二天,他们在网上找了几家有规模的信息技术公司,一看地址,都在软件园办公,于是决定拜访一下他们。第一家,是连锁企业孵化公司,不合适;第二家,软件技术研发,直接卖软件的,也不合适……后来,找到了三家专业打造智慧城市的公司。廖云岱让杨宇辰去与他们对接,杨宇辰参考沿路考察的企业,对照自己的基地,提出了如何实现"可视、可管、可控"的目标,特别从花卉栽培管理、文旅融合、兰花销售等方面,提出如何解决智慧化管理系统等问题。功夫不负有心人,还真有对口的企业，拿出了成功案例，并提出可以免费先设计，只要思路对口、价格合适，就可以合作。一开始要到实地考察，后面就可以实现远程办公。

廖云岱对这三家公司分别提出邀请，在不同的时间段到兰花小镇实地察看，并拿出方案和报价。

他们回到公司，向廖海峰汇报了考察的结果，并准备邀请三家公司上门先考察，并提出方案和报价。廖海峰要求他们稳扎稳打，多对比多思考，最后选定了哪家公司，就要一步到位把事情做好。

3

三家公司先后来了。这么一家大型"生态农业＋文旅融合＋智慧旅游"综合体，还真出乎他们的意料。他们都很细心，还住下来实际体验，画下了实地图纸。

廖云岱他们三个都在陪同，但是，他们明显更愿意跟杨宇辰沟通。因为杨宇辰的思路相对比较开阔，而且说话能够说到点子上。廖云岱让杨宇辰负责对接，于是每个公司都有一个设计师与杨宇辰建立了联系。

杨宇辰最大的优点其实还不是思路开阔，而是很强的学习能力。经过与三家公司的专业对接，他的知识得到了进一步补充。原来，智慧农业解决方案包含的内容很多，就田螺坑兰花小镇来说，有温室大棚智能控制解决方案、土壤墒情检查监测解决方案、山林环境监测解决方案、智能节水灌溉解决方案、气象环境监测解决方案、虫情监测解决方案等。要实现农业环境的自动化监测、智能管理，以及农业可视化远程诊断、远程控制、灾变预警等。还要与有关专家建立远程诊断交流、远程咨询、远程会诊，逐步建立农业技术信息服务的可视化传播与应用模式。最终目的是实现对农业生产环境的远程精准监测和控制，提高花卉基地智能化建设管理水平。

就区位优势而论，杨宇辰也做了详细分析，田螺坑依托兰花小镇的产业优势，成长为一家从事"生态农业＋科技创新＋文旅融合"等多种服务于一体的生态型农业科技企业，带动全村百姓、辐射周边乡镇，服务于乡村振兴建设。

从全国视野，甚至全球视野而言，杨宇辰认为，应该将国际领先的移动互联网、物联网、云计算等信息技术与传统农业相结合，搭建集农业环境感知、农业生产优化、农业智能化、标准化生产服务平台，可以帮助新型农民构建起一个"从生产到销售，从农田到餐桌"的农业智能化服务体系。配套土壤墒情传感器、农业气象站、智慧农业控制系统、虫情监测系统等设备，实现一站式的智慧农业全新体验，从生产到售后全面辅佐，助力农业生产标准化、规模化、现代化发展进程。

经过深入交流，杨宇辰认识到，构建智慧文旅平台前景广阔。智慧文旅景区建设，愿景是建设成卓越体验、智慧运营、开放创新、绿色人文的智慧化景区标杆。通过先进物联网设备结合高新音视频技术，打造数字孪生的文旅景区，虚实结合，循环优化。结合景区网格空间，以人为本，网格化精细打造景区各个智慧化场景，提升管理端和游客端的便捷。通过智慧化文旅景区整体领先的实施和改造，提升景区行业竞争力，赋予兰花小镇特色名片。通过数字资产平台，对业务集中管理控制，进行智能分析、对接所有智能设备，实现一图统管、一屏观全局的目的。这便是最终要实现的智慧兰花小镇，展现给管理人员和游客的完美体验。

杨宇辰把这些想法与廖云岱分享。廖云岱让杨宇辰进一步细化，与三个公司的设计方案做个对比，做到知己知彼，才不至于瞎子摸象。

谢辉元看廖云岱与杨宇辰总是窃窃私语，嘴上不说，心里却在犯嘀咕：我们同时进入公司，我还是专业对口的农林计算机专业，你们有事情当面不说，我知道的事情也不说出来。其实，谢辉元通过考察，对智慧农业也有一定的思路，但是他不爱学习、不爱思考，只会生搬硬套，所学知识非常有限，甚至支离破碎，无法形成完整的设计方案。

廖云岱也曾经单独找谢辉元聊天，听听他对兰花小镇智慧农业系统的认识，不过他提出来的都是别人的解决方案，无法与眼前的规划构建结合起来。谢辉元最大的缺点就是不说，知道不说，不知道也不问，闷葫芦一个。廖云岱想，你不学习也没关系，到时候执行就好了。

三家公司的设计方案先后发来，廖云岱让杨宇辰复印一下，每人一份，自己先研究，再提出看法。

三家公司的方案，共同点都是建一个核心机房，在各个大棚做终端，采用移动互联网传输数据和监控。但是，前两家公司侧重花卉栽培管理和兰花销售，对文旅融合的解决方案如蜻蜓点水般带过，针对性不强。而第三家公司，三个方面都比较详细，甚至连兰花如何做到产品溯源都提出了具体方案。

讨论的过程中，廖云岱认为，虽然说智慧农业系统建设讲究一步到位，但是根据我们公司特点，还是要以适用为主，大家谈谈看法。谢辉元说，我们是兰花企业，我主张侧重兰花栽培和销售，文旅融合发展可以放在后一步，或者先建一部分。如主要的项目、主要的景点，容易产生效益的先上，不必面面俱到。

杨宇辰说，就三家方案而言，我比较倾向第三家的方案，针对性强，一切问题都帮我们考虑到了。但是，合同可以明确，按照公司发展分步实施，这样对于整个系统来说就有一个完整性。我们公司的发展就像三驾马车，缺一不可，尤其从长远角度来看，文旅融合的收益将远远大于兰花栽培和销售的收入，社会影响力和对老百姓共同致富的成效上，也要有效得多。我做过一项调查，兰田村九百六十三户，共计三千四百一十五人，从事兰花栽培的人数不到三分之一，而从事农业经济生产的户数超过三分之二。文旅融合就可以把他们在生产中产生的附加值放大了，获益的将是绝大多数家庭。

廖云岱他们又从报价上展开讨论，并列出了轻重缓急，让杨宇辰向三家公司分别反馈，初步意向是与第三家公司合作。杨宇辰把第三家公司智慧农业系统建设的方案分成三个阶段实施，并在报价上与对方进行了深入沟通。

这样，三个人经过综合分析，形成了一个可行性报告，提交董事会讨论。

4

这天深夜，杨宇辰还在办公室加班。廖海峰从外面回来，看到智慧事业部还有灯光，就走了进来。

杨宇辰看廖总进来，连忙站起身打招呼。廖总示意他坐下，走到电脑边来，看杨宇辰还在做项目报告，就拍拍他的肩膀说，小杨，来公司一段时间了，还习惯吧？

挺好的！杨宇辰说，我比较喜欢安安静静的环境，做自己喜欢做的事情，尤其在这个虚拟世界里，可以天马行空，很有成就感。

那你加班没有加班费,还看你每天早上起来爬到山上,观察整个基地的情况,向廖总监反映了不少问题,你不觉得委屈吗?

杨宇辰腼腆地笑了笑说,廖总,说实话,我对金钱不是特别敏感,我就是想把事情做好,其他事情我并不关心。

廖海峰干脆拉了一把椅子,在杨宇辰对面坐下来,仔细端详起这个年轻人。杨宇辰长得眉清目秀,中等身材,肌肉结实,浑身散发出荷尔蒙气息。鹅蛋型脸,皮肤很好,白里泛红,长出细细的、密密匝匝的胡子。这个小伙子爱笑,笑起来很腼腆、很阳光。平时喜欢独处,要么就跟廖云岱四处溜达,一个手机、一本笔记本总是拿在手上。

杨宇辰被看得有点儿不好意思了,他笑着说,廖总,这么晚了,您刚回来呀?

廖海峰说,我习惯了,晚上要出去走走,虽说有监控,还是实地看看心里踏实。

杨宇辰说,我听说廖总也是喜欢安静的人,安安静静地做人,安安静静地做事。

廖海峰笑着说,我原本也爱热闹,在北京,每天都在路上,挤在熙熙攘攘的人群中,喜欢那种忙碌的生活状态。后来去了欧洲,看到宽阔的农场、宁静的庄园,一下子被震撼了。回到田螺坑才知道,寻寻觅觅的农场,原来就是我的家乡,于是我就回来了。

杨宇辰若有所思,廖总能够从北京回来,放弃那里的资源、人脉、市场,一切从零开始,得有多大的勇气啊!杨宇辰说,跟您说实话吧,我爸希望我能够在京津冀,或者长三角地区,有一份稳定的工作。可是,我的梦想也是想要有一个属于自己的农场、一个庄园，但是我没有跟我爸说，我怕他对我失望。

廖海峰笑了，他站起来说，你的志向很好，刚出校园，要有一个人生的规划。以后你的志向也许会改变，但是没有关系，朝着自己的目标努力，梦想终究会实现。

他们互道晚安。杨宇辰看着廖海峰离开的背影，心里久久不能平静。廖海峰的创业历程网络上有报道，到公司来也听说了一些。他对这个充满人格魅力的大哥式人物心怀崇敬，所以，他并不认为离开大都市回到乡村是错误的选择。改天回家，一定跟爸妈好好聊聊。他想着，心里也便释然了。

董事会通过了廖云岱的可行性报告，让廖云岱负责签订协议书，分阶段实施智慧农业系统的相关项目。廖海峰补充说，你们部门那个杨宇辰是个好苗子，好好栽培他。我原本听说这个人好出风头，对领导不尊重，后来跟他深入聊了一次，发现那仅仅是给人的错觉。这个年轻人很有想法，而且不大计较个人得失。业务上精益求精，热爱学习、虚心求教，从他身上我看到了当年的自己。

廖云岱回到办公室，召开了一个三人会议。他说，董事会通过了我们的报告，协议可以签订了。我们做一个分工，杨宇辰负责谈判和拟订合同文本，谢辉元做好各个子项目的前期准备，我负责把关。合同签订后，我们三人分块跟进，我负责兰花栽培这块，谢辉元负责兰花销售这块，杨宇辰负责文旅融合这块，看看有什么问题？

凭什么是我？谢辉元气呼呼地说。

廖云岱吃了一惊，小谢，你认为哪个工作安排的不好？

谢辉元提高嗓门说，让我做好各项目的前期准备，这个工作量有多大你知道吗？我也会写文本！

廖云岱耐心地说，杨宇辰前面是负责沟通的，对谈判心里有底，对文本也更熟悉。其实，前期准备也不是有多难，你就做好各个点的布局和线路安装建议，没你想象的那么难。

杨宇辰也说，如果工作量太大，我抽时间帮你。

帮我？笑话！你以为你是谁呀？凭什么好处都是你的？凭什么我只是个跑腿的？我不服！谢辉元踢开椅子，走了出去。

杨宇辰想要把他追回来，被廖云岱拉住了。廖云岱说，让他先冷静一下。其实他前段时间到处说你坏话，说你好出风头、不尊重领导，我一直没跟你说，没想到这话都传到廖总那儿去了。廖总是谁呀？岂会轻易相信他的只言片语？这次工作就是根据廖总的意思做的分工，他还说是要好好培养你。我估计这个谢辉元有点儿问题，我先去了解一下。按照我刚才说的，你去准备吧！

廖云岱找到董文娟，想要了解谢辉元的具体情况。董文娟半天不说话，脸上柳眉倒竖、很生气的样子。廖云岱问，怎么啦？这个人刚才冲我莫名发火，我觉得有问题。董文娟气冲冲地说，这个流氓，前段时间一直骚扰我，说要追求我，被我一口拒绝了。由于工作关系没有拉黑他，只是设置了免打扰，当然，也没有再回他的信息。没想到昨晚十点半左右，他躲在小木屋过来的树底下，看我从路上经过，把我一把拉了过去，死死地抱住我，用手捂住我的嘴，要非礼我。我看清是他，一个后勾腿、一个扫堂腿制服了他。他恶狠狠地问我，为什么不回他信息？知道他有多爱我吗？知道他想得有多苦吗？我说，爱情是两个人的事情，我对你一点儿感觉都没有，只有同事之情，请你冷静一点儿。他说，我冷静不了，你不答应我，我这辈子也不会放过你！我气极了，想要一把把他推开，没想到他无耻至极，看我把他的手松开，右手用力伸过来抓我，你看看……董文娟打开上衣上面的两个扣子，露出一片青紫的伤痕。

第十六章　智慧兰花谷

廖云岱仔细看了伤口，四条血痕，确实是手指甲抓过的痕迹。廖云岱气极了，这个王八蛋！你当时为什么不报警？

　　董文娟扣回扣子，渐渐平静下来说，我不想闹得满城风雨。再说我也是个要面子的人，看他穷凶极恶的样子，也真是担心，担心他不择手段。

　　廖云岱疑惑地问，你纤纤细手，怎么制服他的？

　　董文娟说，我练过两年跆拳道，又练过防身术。要不是他搞突然袭击，我才不会着他的道呢！

　　廖云岱说，我去跟我哥说一下，你要注意加强防范。

第十七章　甜蜜的事业

1

廖海峰听了廖云岱的描述，也感到很吃惊。

他思索了一下说，这个人不能用了。他带着廖云岱来到监控室，调出昨晚的监控。在董文娟说的地点，果然看到有个人影一闪，把路过的董文娟拉了进去，过了好一会儿，看到一个黑影仓皇逃跑。又过了一会儿，董文娟走了出来，有点衣衫不整的样子。沿路再调监控，那个黑影从宿舍楼后面上了山。

再看今天早上的监控，天刚蒙蒙亮，谢辉元一脸疲惫，从山上下来，看到上山晨练的杨宇辰，谢辉元一闪身躲进了树丛。杨宇辰飞快地向山上跑去，谢辉元回了宿舍。

看来他昨晚躲到山上去了，看董文娟没有报警，今天早晨灰溜溜地钻回了宿舍。

廖海峰通知保安室，看好大门，看到谢辉元立即把他控制起来，然后又打电话报了警。

十多分钟后，保安室回话，监控显示，谢辉元一个小时前骑摩托车离开了公司，前往白石镇方向，骑行速度很快。

廖海峰又打电话请警方拦截，可是谢辉元早已离开了白石镇辖区，不知所终。廖云岱给他打电话，让他回来自首，他凶狠地说，你以为你是老几？你们没有证据，不能定我的罪！但是，你们的商业机密，我会一件一件公布于众！

廖云岱倒吸一口凉气，他掌握着几家公司的设计稿，但不属于核心机密，影响不大。廖海峰说，防人之心不可无，还是想想办法如何补救吧！

警方到公司做笔录，把监控视频拷了一份，董文娟也配合警方拍了照。走的时候，民警说，犯罪嫌疑人涉嫌强制猥亵罪，我们回去上报局里，再做下一步的处理。

杨宇辰听廖云岱说了谢辉元的猥亵案件，整个人都呆住了。虽说自己跟谢辉元没有多深的交情，但毕竟同事一场，实在对他的胆大妄为感到愤怒，为他自毁前程感到惋惜。同时，也对董文娟深表同情。他对董文娟始终怀着敬仰的心理，敬的是她的工作岗位和工作能力，仰慕的是她的大姐风范。这次谢辉元的举动，使得杨宇辰的心里像是吞食了一只苍蝇一样恶心难受。

杨宇辰发了一条信息给董文娟：董总监，刚刚惊悉您的受害事件，我既气愤又难过。但是，我们不能因为宵小的胆大妄为，而忽视了生活的五彩缤纷；也不能因为天空时有阴霾，而忽略了冬季过后的春光万里！在这个小小的兰花小镇里，更多的是温暖祥和，更多的是守望相助。董姐，我和您站在一起！

董文娟收到杨宇辰的信息，顿时泪如泉涌。她心里想，这个大男孩懂我！董文娟再次查看了杨宇辰的履历，比自己小两年零三个月。天津大学的IT男，在校期间有过创业史，追求自由，座右铭是——成功不是官职和财富，而是内心的无愧与自适！董文娟心里颤动了一下，她发现自己心跳得厉害，忍不住大口大口地呼吸。

履历显示，就在这一年，董文娟二十六岁，杨宇辰二十四岁。董文娟入学早一些，在大三时就进入公司历练，显得成熟干练，所以给人的感觉年龄上略大。这个感觉在董文娟心里有，在杨宇辰的心里也有。

董文娟静下心来，回了杨宇辰两个字：谢谢！其实她还有好多话想说，又感觉说什么话都是多余的，于是什么也没有再说，就发了出去。

杨宇辰一忙起来就忘记了自己。谈判、签合同，做好项目对接和各项准备工作，每天天不亮起床，一直要忙到夜里十二点。廖云岱看了很心疼，廖总想要委以他重任，可是负荷确实重了点儿，需要有人帮他。

这天晚上十一点半，董文娟看杨宇辰的办公室里还亮着灯，知道他还在忙，于是泡了两杯蜂蜜柚子茶端了过去。她站在门口，轻轻地敲了敲门，杨宇辰回过头来，立即站了起来说道，娟姐，这么晚了还没睡呀？他把"娟姐"叫得这么自然，自己都吓了一跳，这可是他第一次这么叫。董文娟心里暖暖的，笑着说，你不也还没睡吗？她递了一杯蜂蜜柚子茶，杨宇辰接过来，拉过一把椅子请董文娟坐下。

两个人喝着茶，沉默了一会儿。

好些了吗？杨宇辰关切地问。

好了，都过去了！董文娟抿着嘴，大大方方地说。

那就好！杨宇辰看着董文娟，觉得她的年龄没自己想得那么大。其实董文娟身材修长，瓜子脸，大眼睛，皮肤白皙，一点儿都不显成熟。只是她在公司的时间长了，再说平时做事风风火火，让人感觉老成持重，就没有人记得她的年龄了。

杨宇辰忽然有一种被温柔笼罩的感觉，这种感觉在大三的时候有过，只是那个女孩留在了大都市，他们之间越走越远。现在又有了这种感觉，他显得有些木讷了。董文娟看在眼里，眉毛一扬说，你不能这么拼命，身体会搞坏的。

这句话挑起了杨宇辰的兴趣，他放下茶杯站起身，秀了秀

第十七章　甜蜜的事业

身上的肌肉,笑着说,别担心,我天天锻炼,身体好着呢!董文娟也跟着站了起来,她穿了高跟鞋,比杨宇辰略矮些,接近一米七,这在南方算是高个儿了。她扑闪着眼睛说,傻呀,身体再棒也要好好珍惜,不是用来消耗的。她让杨宇辰坐下,有话要说,两个人的手不自觉就碰到了一起,两个人浑身都有触电的感觉。他们腼腆地笑笑,又坐了下来。

我来帮你吧!董文娟说。

不行不行,你是公司中层领导、行政总监,怎么能让你来帮我呢?再说了,我这是技术活,你做的是行政管理,不搭边啊!杨宇辰说。

董文娟微笑着说,你别一口拒绝,带我这个徒弟没那么难吧?这几天我查阅了大量关于智慧农业的资料,觉得在终端建设上打打下手还是可以的。再说了,现在是淡季,行政管理也进入了正轨,我每天抽半天打理日常工作,还有半天就来做你的帮工,周末也可以。你看行吗?

杨宇辰还是感觉有点儿为难,你是领导,我说了不算啊!董文娟说,领导那边我来搞定,明早开始我跟你一起爬山。她站起身想要离开,杨宇辰也站起来送她。刚到门边,董文娟转过身来,他们离得那么近,就要碰到一起了。杨宇辰不自觉地按了一下墙上的开关,灯灭了。董文娟不自觉地扑进杨宇辰的怀里,他们火热的嘴唇亲吻在了一起。良久,董文娟推开杨宇辰,娇喘吁吁地说,不早了,休息呗,明天早上我在山脚下的"相思桥"等你。

原来,为了打造网红点,宿舍后面的山脚下建有相思桥,山腰有索道鹊桥,都建在小溪上面,供游人打卡拍照。

杨宇辰恋恋不舍地拉着董文娟的手,董文娟抽出手,他们轻轻地吻别。

2

第二天早上天刚蒙蒙亮,杨宇辰来到相思桥边,董文娟穿着一套白色的运动衣,已经等在那儿了。

杨宇辰笑着说,娟姐,以往都是我第一个,今天你超过我啦!董文娟说,这段时间我每天都在窗户边看你,看你这个时间从这里出发,身轻如燕地往山上爬,很快就消失在了晨雾之中,半个小时后,你又轻轻松松地下来。看你爬山好惬意啊!

他们自然地手拉着手向上爬。杨宇辰边走边说,娟姐,到田螺坑以来,昨晚我第一次失眠了!董文娟说,都怪我,让你分心了。杨宇辰说,什么话!我又不是小孩子了。

董文娟笑着说,在我眼里,你就是个大男孩,但是工作起来的拼劲,又跟我们廖总很像,像大哥哥。

在晨雾笼罩中,杨宇辰一把将董文娟拉进怀里,脸对着脸说,那你说我到底是大男孩还是大哥哥?董文娟娇羞地说,我查了履历,我比你大两岁。

杨宇辰放开手,睁大眼睛问,是两岁吗?我没听错吧?董文娟用力点了点头,确切地说,我比你大两年零三个月。杨宇辰如释重负地说,那就好,我们恋爱吧!

董文娟羞得满脸通红,她笨笨地站在原地,心里犹如万马奔腾,却不知该说什么好。杨宇辰瞪大眼睛看着她,娟姐,你不会不同意吧?董文娟说,我想了一千遍一万遍,都以为这是不可能的事情,是你昨晚给了我勇气。我答应你!

周围一个人都没有,只有晨雾缭绕,他们在大雾中与树木融为了一体。一株株兰花在树丛中频频点头,向他们表示祝福。两个年轻人在兰花栈道上紧紧地拥抱,炽热的双唇触碰在一起,心跳欢快,一刻也舍不得分开。

从山上下来，他们决定暂时不公开恋情。因为谢辉元那件事情的余波还没有过去，他们只想在公司里平平静静地过些日子。

董文娟向廖总提出，智慧农业事业部缺人手，她想每天过去帮半天忙，看看具体做些什么，好再物色新的人手。廖海峰问她，好些了没？要不要休假一段时间？董文娟说，我没事的，公司的事情要稳步推进，耽误不得。廖海峰说，第一，你要注意身体；第二，你要看看杨宇辰工作中需要帮什么忙，及时提出来；第三，好好物色人手，但是技术水平和道德品质都要把关，宁缺毋滥。董文娟知道廖总批准了，欣然领命。

董文娟又来到廖云岱身边说，廖总监，我请示了廖总，到你的部门帮一段时间忙，给杨宇辰打打下手，同时留意具体要做些什么，好再物色新的人手。廖云岱说，你是公司的行政总监，可以横行直走，不用跟我说啦！董文娟故意瞪大眼睛，你不会不欢迎我吧？廖云岱笑着说，你们的事情杨宇辰跟我说了，我全力支持！

我们的事情？董文娟故作一头雾水的样子。

廖云岱用笔敲了敲她的脑袋说，杨宇辰把我当兄弟，我们之间无话不说的。行了，我们签订君子协议，在你们还没有公开之前，我谁也不说。董文娟撒娇地说，这才是我的好大哥！行了，我工作去了！

董文娟果然是一把好手，领悟能力极强，做事雷厉风行。在合作公司入场之前，他们互相配合，把前期准备工作都做好了。

兰田小学在镇、村两级的积极努力下完成了基建工程，教学楼、办公楼、实验楼、厨房、卫生间、塑胶跑道一应俱全。

八月底，兰田小学按时开学了，第一期只招一、二、三年级新生。根据计划，明年这个时候三年级升上四年级，三年时间就恢复完全小学。白石镇中心学校委派了一位姓李的副校长兼任兰田小学校长。李校长办学经验丰富，早早地就做好了入户调查和宣传，摸清楚了下半年在村里居住且该入学的学龄儿童姓名、性别、年龄、年级，定位为先招三个年级。由于返乡人员越来越多，三个年级也招到了四个班学生。分别是一年级六十六人，分两个班；二年级三十五人，一个班；三年级三十二人，一个班。这样，配足老师，排好课程，九月一日就正式开学了。学校的铃声、广播声、朗朗的读书声和孩子们的打闹声，给这个小山村带来了生机。

李校长偶尔也到公司走访。廖海峰代表公司给每位老师捐赠了一台电脑，每个学生一套文具，还向学校图书室捐赠课外读物三千册。学校为表感谢，向公司赠送"捐资助学"牌匾。

周五这天，杨宇辰和董文娟商量好了，周六回一趟双方家里，上午到杨宇辰家，下午到董文娟家。于是他们分别给家里打了个电话。双方的父母都挺开心的。尤其是杨宇辰的爸爸，听说儿子要带女朋友回家，在电话那头笑得合不拢嘴。

周六一早，董文娟请示了廖总，暂借他的越野车回家探亲，加油费私人掏腰包，廖海峰爽快地答应了。董文娟没有穿职业装，而是和杨宇辰穿起了情侣装。他们带了从公司购得的四盆兰花作为见面礼，董文娟开车，一路欢快地回到了汀柳县城。

杨宇辰家在公园边上，套房外面还带一个小花园。

打开家门，杨宇辰的老爸、老妈和姑姑很是开心。老爸老妈笑着迎了出来，董文娟笑容可掬，跟叔叔阿姨问好，然后和杨宇辰一人端一盆兰花，把它们摆放在电视柜两边，客厅里立刻雅致了许多，一会儿就有了芝兰气息。

杨宇辰调侃地介绍，这是我老爸，老杨，知名作家，在县文化部门当一个小职员；这是我老妈，张大厨，我最喜欢吃老妈做的菜了。这是董文娟，我们公司的行政总监，你们未来的儿媳妇，今天是丑媳妇见公婆……

董文娟笑着举起拳头，装作要打杨宇辰的样子。姑姑从厨房里走出来，笑着说，多漂亮的姑娘啊，你瞎说什么，还不快点儿道歉！杨宇辰连忙转身道歉，老婆大人有大量……又是一阵打闹。

老杨给他们倒茶，武夷岩茶。董文娟是品茶高手，立即说出了茶名。杨宇辰说，老爸，你们不是催我快点儿找个老婆吗？还怪我回到了乡下，我不回乡下，到哪儿去找这么漂亮的老婆？

老杨夫妇其实不老，五十多岁，保养得好，还显得挺年轻的。其实他们的心里是矛盾的，既希望儿子在大城市发展，又希望儿子能够回到汀柳小城来，经常可以见见面吃吃饭。没想到儿子一头扎进了小山村，还一去就两个多月。但是之前看到了网络、社交平台上对田螺坑兰花小镇铺天盖地的宣传，对儿子工作的环境已经有所了解，嘴上虽说不大同意，实际上早就默许了。昨晚接到儿子要带女朋友回来的电话，两口子高兴得不得了，一大早就起来忙碌了。

杨宇辰收敛笑容说，但是有一点我必须说清楚，否则你们会说我先斩后奏。娟儿比我大两岁，同不同意你们看着办。老杨一边倒茶一边笑着说，小说里不是说了吗？年龄不是问题，身高不是距离，我没意见，举双手同意。张大厨其实也挺开明的，再说他们早在杨宇辰周岁的时候就给他做了流年，婚姻上，女方大一点儿好，最好是大两岁，这个话他们之前聊天的时候也说过。所以那天杨宇辰听说董文娟比他大两岁，心里已经知道，父母这一关绝对没问题。果然，老妈张口就说，女大三抱金砖，大两岁不算大，这样她更懂得疼你护你照顾你，我们何乐而不为呀？姑姑也说，现在都兴姐弟恋，姐姐可抢手了，你一定要好好珍惜哦！

随后，杨宇辰介绍了董文娟家也在汀柳县城，省农林大学毕业。她的爸爸是老中医，已经退休了，现在返聘回县中医院。妈妈是退休工人，是个越剧票友，每天一群剧友在一起。有一个姐姐在厦门，是厦门一中的老师。一家子说不上富足，但是大家都身体健康，家庭简单温馨，日子过得挺好。

老杨说，中医院的董医师，我认识，口碑很好。开的药方对症下药，绝对是良心药。

杨宇辰又笑着说，娟儿在公司是我领导，将来家里又是我领导，看来是上辈子欠她的，这辈子还债来啦……

嘻嘻哈哈之间，气氛融洽而喜悦。

3

杨宇辰妈妈果然是名副其实的张大厨，一桌子好菜，董文娟和杨宇辰都喜欢得不得了。

主菜是河田鸡、麒麟脱胎，主食是珍珠丸、臊子面。小吃有鸡肠面、灯盏糕、烧肝花，还有姑姑现做的簸箕板，再就是薄片熏肉、盐水鸭，还有几个汤、几道素菜，就连炒青菜也绿油油的，色香味俱全。

因为下午还有安排，午餐没有上酒，但是大家都吃得很尽兴。张大厨看着自己做的菜准儿媳妇喜欢吃，心里乐开了花。

饭后，老杨问两位年轻人的打算。杨宇辰说，我们想好了，元旦前结婚，娟儿你说对吧？董文娟幸福地点点头。杨宇辰接着说，至于将来，我们肯定要找个地方，开一个大型农场，也许种花卉，也许种瓜果，也许种中药材，不一定要和廖总的基地这么大规模，但要采用新型农业的模式，文旅融合发展，带动一方百姓致富。就是不知道我们老家有没有合适的地方。有一条深深的山谷，一大溜农田，最好还要有一条小河，公路可以直接到达。山场和良田总面积在一千亩以上……

听完杨宇辰的憧憬，老杨笑着说，你不是经常回去陪爷爷奶奶吗？告诉你，爷爷以前可是个大地主。杨宇辰听傻了，老杨每次都要给爷爷三五百元，说是生活费。一个没有收入的老农民，怎么可能是大地主？

杨宇辰小时候是爷爷奶奶的心头肉，到四岁才搬到汀柳县城。所以和爷爷奶奶特别亲，一直到上大学，每个假期都要回去陪陪老人家。但是大三以后，因为实习，还有一段校园创业史，回家就少了，只在过年回过一次家，到这会儿又半年多了。他对爷爷的家底非常清楚，吃饭没问题，给点儿小钱也没问题，要说是大地主，那他还真不相信。

老杨故意卖关子，他说，什么叫大地主？有一块很大的地算不算大地主？要算的话，爷爷就是名副其实的大地主。

原来，杨宇辰他们老家在汀柳县张屋铺镇，那里是个古老的乡镇，出过一位名满天下的开国上将。近几年推动红色研学和生态扶贫，村中间打造了一个大型的"将军文化公园"，获评国家AAA级景区。但是由于人少地少，经济一直发展不起来。

老杨说，在老家附近，离老家有两公里远的地方有个畲心村，爷爷分到了一大块自留山，有一千五百亩，这块山场叫鸳鸯谷。这里原本也是一座大荒山，现在都披上了绿装。一条小河从上游的另一座山谷流下来，从这个山间经过，河的两岸原本有一百多亩良田，都是自己一大家族的，因为离村庄比较远，现在只有二三十亩种了些木薯、地瓜之类的农作物，还有一片连在一起的池塘，爷爷雇人种了莲子。其他的田地大多抛荒了。现在张屋铺的大部分村庄都成了空心村，也包括畲心村，年轻人都外出务工了，很多人拖家带口，连户口都迁走了。老家门口的国家AAA级旅游景区也只是个过路景点，带不来多少收入。

杨宇辰让老爸把这个鸳鸯谷的地形画下来，说回头好好去看一下。董文娟也听得兴致勃勃，觉得自己和杨宇辰的事业就像一张蓝图，已经在初步规划了。

下午，他们又回到了董文娟家里。董文娟家在母亲河汀江旁边的一个高端小区，大平层，装修得很温馨。打开门，董文娟爸爸董医师和董文娟妈妈柳阿姨笑着迎了出来，杨宇辰笑着跟叔叔阿姨问好，然后两个年轻人把兰花摆放在电视柜两边，客厅里立刻兰香萦绕。

家里除了董文娟的爸爸妈妈，柳阿姨还邀来一个老闺密王阿姨。在此之前，董文娟打电话回去，说自己认定了一个男人，不光长得帅，还挺优秀的，是公司同事。周六下午就回家来，请爸爸妈妈好好把关。

三位老人都六十多岁，身体挺硬朗的。他们看杨宇辰长得阳光帅气，还彬彬有礼，都十分满意。尤其是柳阿姨，更是开心得不得了。他们了解了杨宇辰的家庭，爸爸是公务员，还是个小有名气的作家，因为经常被各个单位请出去讲课，口碑不错。妈妈以前做个体户，现在也到了领社保的年龄，也就在家里做起了厨娘。

三位老人你一言我一语，把杨宇辰的祖宗十八代都摸了个清。后来听说两个年轻人想要回张屋铺开一个现代农场，都建议种中药材。董医师说，中药材多好，可以治病救人。现在国家都在提倡中医，这个就成了朝阳产业了。董医师跟两个年轻人分析如何种植中药材，从选种开始，到栽培、管护、烤制、销售，说得头头是道。原来，他一个同学就有一个中药材基地，他去考察过，所以非常熟悉。

两位老阿姨忙了大半个下午，也做了一桌子丰盛的菜肴。她们做的更多是鱼呀虾呀，一些海产品。另外还有一只干蒸鸡和一盘烧大块。董文娟不喝酒，喝了瓶酸奶。董医师高兴，拿出一瓶十多年的飞天茅台，杨宇辰陪三位老人，把一瓶酒喝了个底朝天。

柳阿姨趁着酒劲，拉住杨宇辰的手说，叔叔和阿姨对你挺满意的，你们什么时候把喜酒办了？

董文娟挺难为情的，她撒娇地说，人家男方都还没来提亲，你急什么呀？

柳阿姨说，双方父母都同意了，我们就是一家人了。一家人还说两家话吗？

王阿姨趁热打铁说，是啊，我看新历年前就把喜酒办了吧！

杨宇辰说，我和我爸妈说好了，跟娟儿也商量好了，就在元旦前结婚。日子嘛，我会让我老爸请个先生选一下，再由你们定。

他这样一说，三位老人就放心了，拉着杨宇辰的手说了些定亲、结婚的程序礼仪。杨宇辰默默地记下了。

晚饭后，董文娟开车送杨宇辰回家，两位年轻人看家里老人都挺高兴的，心里比喝了蜜还甜。他们依依不舍，直到晚上十点，董文娟在柳阿姨的催促下才回到家。

回到公司的第二天，杨宇辰带了两瓶白酒作为伴手礼，跟董文娟手拉着手来到兰苑。廖海峰正在大厅里喝茶，看他们亲密的样子，心中就猜出了八九分。他笑着说，探亲回来，是要成亲啦?

董文娟说,海峰哥哥,我在公司里不能这样叫您,在家里我就叫啦。跟您汇报,我们双方父母都同意了,准备结婚啦!祝福我们吧!

廖海峰说,真高兴!看到你们能够走在一起,我这当哥哥的感到由衷的高兴。你们都是公司最优秀的年轻人,尤其是董文娟,我看着你一天天成长,有你在我一切都放心。杨宇辰呢,我问了云岱,他都跟你称兄道弟了,这么说你也该叫我一声大哥!

他这一番话说的人心里暖洋洋的。董文娟说,是您的一言一行影响着我们,鼓励我们成长。您放心,我们一定好好工作,绝不辜负您对我们的栽培。杨宇辰也说,可以叫您一声大哥,我很荣幸!说实话,在我心里,您早已经是大哥了。

廖海峰说,我看公司先给你们安排一个套间,将来一起生活才方便。董文娟羞得满脸通红地说,我们计划元旦前结婚,不能影响公司元旦的业务。廖海峰说,好,给你们放假一周。我看小木屋平时闲置得多,到时候你们选一座,作为婚房用了!

董文娟和杨宇辰连忙感谢。

他们又来到廖云岱家里,杨宇辰也带了两瓶白酒。廖云岱一边泡茶,一边吩咐吴冬香准备几个菜,晚上好好喝两杯。他打电话让廖海峰过来吃晚饭,说董文娟、杨宇辰都在,喝两杯。廖海峰爽快地答应了。

杨宇辰如实汇报了回家的经过,廖云岱一边听一边点头,看杨宇辰始终乐呵呵的,用手指顶了一下杨宇辰的脑袋说,看你小子美的!记得一定要好好对待董文娟,这么好的姑娘,你是上辈子积德了。

董文娟靠过来拉住杨宇辰的手说,你说错了,是我上辈子

第十七章 甜蜜的事业

积德了，遇到这么好的帅小伙。

廖云岱说，你们彼此欣赏就好，看着你们这一对优秀的年轻人能够在一起，我真的很高兴。我跟你嫂子商量好了，那辆红色的福克斯，是我在漳州的时候买的，回来买了商务车就很少用了。昨天你嫂子洗干净了，我们打算送给你们，作为代步工具。改天有空我们去办一下过户手续。杨宇辰连忙站起来道谢，廖云岱把搁在桌上的车钥匙顺手就递到了他手上。

董文娟乐得不行，说，我们何德何能，你们哥儿俩一人送一样，又是房子又是车子，我们不好好干都对不起自己的良心。

廖云岱听了有点蒙，我哥送你们房子了？

4

廖海峰从门外走进来，刚好听到廖云岱问这句话，接过话茬说，许你送车就不许我送房子啊？

董文娟笑着说，我是海峰哥哥的徒弟，杨宇辰是云岱哥哥的徒弟，两位师父疼爱两位徒弟，两位徒弟感觉受之有愧啊！

廖海峰说，你这说的，说对也对，说不对也不对，最主要的还是你们自己能力强、人品好，还谦虚好学。师父引进门，修行靠个人。我们公司前前后后也招了一百多号人，现在看来就你们两个最让我们放心。

杨宇辰思考了一下说，两位大哥，我看这样，小木屋肯定只能作为过渡期用一下，将来公司业务发展了，这批小木屋还不够用，根据规划还要再建两批小木屋，所以我们过渡完了就搬回到宿舍。车子也一样，等我们条件允许了，肯定也要买房买车，这也是建好一个家庭必须走过的路。在我们刚刚起步的时候你们这么关心我们，我们得知足啊！

廖云岱说，果然是有志气的年轻人！廖海峰跟着说，杨宇辰对名利不是很在乎，真是相由心生啊！我思考过了，公司计划建一批小套房，两居室，留给在公司工作的夫妻使用。象征性交一点儿租金，水电费据实计算。我看这样比较容易留住人心。

廖海峰接着说，我跟你们讲一个故事。多年前，我们培育的春兰"大唐盛世"在日本国际兰花大赛获评"花王"称号，从日本领奖回来的第二天晚上，我老丈人温泉水送给我一把木制的戒尺，上面刻着十四个字，第一行是"素心如幽兰"，下面是三个"心"，戒贪心、要恒心、有爱心。字数不多，道理也很容易懂。不知道你们怎么理解？

董文娟说，素心如幽兰，字面的意思就是纯洁的心，就像这幽谷的兰花一样。要我说就是心地纯洁、淡泊名利、宁静致远。戒贪心，是说做人不能太贪心，也是淡泊名利的意思。要恒心，是指干事创业要持之以恒，不能半途而废。有爱心，就提升到社会责任了。这十四个字，说来容易，做起来可真难。

杨宇辰也说，说易行难。但是，我本着一颗初心，把事情做好，不争不抢，相信一切自然水到渠成。

廖云岱说，这十四个字，其实说的就是一个道理：淡泊名利、行稳致远。现在社会物欲横飞，各种各样的诱惑层出不穷，我哥能够从繁华的都市回来，远离熙熙攘攘的名利场，经受了多少曲折，依然初心不改，完全配得上这十四个字了。

廖海峰笑着说，我不行，我就是本心做事，做好眼前事，不做亏心事。看来大家都有了自己的理解，这很好。人生本来就是多姿多彩的，不可能千人一面。

正说话间，吴冬香说可以开饭了。董文娟连忙过去帮忙摆碗筷、端饭菜。杨宇辰也过去帮忙,把椅子拉出来。廖云岱拿出两瓶五粮液说,今天我们把这两瓶酒消灭了。董文娟悄悄靠在杨宇辰耳边说,喝酒悠着点儿,他们都是高手,别喝醉了。杨宇辰耸了耸肩膀,扮了个鬼脸。

饭菜就是简单的家常菜,猪肉焖豆腐、梅菜扣肉、清炖小母鸡、大蒜炒腊肉,还有几个素菜。大家一碗汤半碗饭下肚,就开始喝酒了。董文娟不喝酒,说从小就不喝酒,酒精过敏。廖海峰笑着说,这一点不像我徒弟,也不像你的大师父廖兴平。董文娟倒了一杯白开水,以水代酒敬大家。吴冬香毫不客气,自己满满倒了一杯五粮液。杨宇辰也把廖海峰、廖云岱和自己的酒杯斟满。

桌上喝酒的人数三对一,杨宇辰怎么喝?董文娟担心地看着他。

杨宇辰腼腆地说,我也不怎么能喝酒,可是你们对我恩重如山,我这第一杯敬你们三位,娟儿陪一碗水。说完看了大家一眼,端起酒杯一饮而尽。廖海峰他们也端起酒杯,廖海峰、廖云岱一饮而尽,还把酒杯倒扣过来,滴酒未剩。吴冬香喝了一半,笑着说,女士减半。董文娟的开水太烫了,只嘬了一小口。

接着,杨宇辰分别单独敬了三人,一人一杯。看他还自如地给大家倒酒,廖海峰问,你怕是没喝醉过吧?我敬你一杯。杨宇辰站起身,端酒杯的手晃动了一下,董文娟连忙伸出手来阻拦,不行不行,他酒量不行,我看已经醉了。

廖云岱示意他们坐下,端起酒杯说,两位都是我兄弟,我陪一杯。

杨宇辰又是一口干了,廖海峰兄弟也一口干了。可这酒量,廖海峰兄弟俩天生海量,再加上经常操练,寻常人都不是他们的对手。初出茅庐的杨宇辰，怎会是他们的对手？其实，他们只是想量一量他的酒量，以后带他出去吃饭喝酒就心中有数了。

果然，杨宇辰就这三板斧，董文娟给他倒了一碗温开水，他喝完开水就趴在了桌上。廖云岱和董文娟搀扶着把他送回宿舍。廖云岱没事人一样，骑着单车回了家。

董文娟给杨宇辰冲了蜂蜜水，杨宇辰喝下不久就跑到卫生间吐了。出来再喝了一杯，董文娟扶着他上床休息，自己坐在床沿陪着他。杨宇辰面色潮红，呼出的气体全是酒味，董文娟嗔怪道，不会喝还逞英雄，下次记住自己是几斤几两了吧？看杨宇辰睡熟了，她想回房间睡觉，可是又放心不下。于是关好门窗，心想，等他醒来我再回去吧。撑到半夜，董文娟实在困得不行，看着心爱的人就在身边，便脱了衣服钻进了他的被窝。

……

很快，全公司的人都知道了董文娟和杨宇辰的恋情，想起因涉嫌强制猥亵罪而逃离公司的谢辉元，他们各怀心思，背地里也有人说一些不三不四的话，但更多的是对这两位年轻人的祝福。

九月中旬，公司召开全体员工大会，部署"十一"黄金周的准备工作。各部门、各景区都开始紧锣密鼓地忙起来了。廖海峰还结合"五一"节假期部分村民服务态度不好的情况，让廖云岱联合村"两委"，专门举办了一场旅游服务培训，提高村民的思想意识和服务水平，做到约法三章。

由于智慧城市项目还在筹备阶段，杨宇辰就帮董文娟做各部门的工作部署和对接工作。杜雪梅邀请各网站、各社交媒体做了最新活动预告，公司的游客接待和兰花销售渐渐升温。

这天，杜雪梅找到董文娟，汇报了网站上有人恶意攻击的信息。原来，有人在各大型网站和社交平台的评论区大量留言，所写的都是公司的负面信息。什么田螺坑公司又开始坑人了,他们内部男盗女娼,没有一个好货……现在又在开始搞什么智慧农业系统,就是要盗取大家的信息资料以及名誉权、肖像权,为公司牟取暴利……另外,网络上还出现大量被处理过的恶意图片……

　　杜雪梅的第一反应是谢辉元,她立即将情况上报廖海峰和廖云岱。廖海峰第一时间报警,要求警方立即找出犯罪嫌疑人,消除对公司造成的恶劣影响。廖云岱知道后气得不行,立即联系谢辉元,可是他早已换了电话号码,连其他社交账号都换掉了,无法联系上。

　　不久,派出所反馈回来,这个人不断变换IP地址,暂时无法锁定嫌疑人。至于评论区的评论,都做了加密处理,一时间难以删除。

第十八章　董文娟的婚礼

1

网络攻击没有停止，闹得整个公司人心惶惶。

预订客房的人数开始减少，甚至有些已经订房的游客都提出要退订，原因就是网络上关于田螺坑的负面信息太多。警方想联系网管部门，删除相关评论，对方说最近网络上议论纷纷，只有证据确凿的非法评论才能够请有关部门强制删除。

杨宇辰经过锁定谢辉元不断变换的 IP 地址，请通信公司帮忙求证，发现这个谢辉元有时候使用的是虚拟地址，但大多时候是在不同的网吧上网。他有个预感，谢辉元所处的位置离白石镇并不远。他把这个判断跟董文娟说了，董文娟相信他的判断，决定引鱼上钩。

于是，杨宇辰匿名在评论区谢辉元的评论下面留言：大侠，田螺坑被你说得如此不堪，为什么世纪大街的生意那么好？

谢辉元回复：世纪大街也好不到哪里去！

杨宇辰回复：我前几天刚到过这儿，生意好得很呢，诚信经营，童叟无欺，有图为证。然后发了几张世纪大街生意红火、游客很满意的图片。

谢辉元回复：哼，你也欺世盗名……

后面就有人怀疑谢辉元动机不纯的评论，接着是谢辉元气急败坏的回复。

离国庆节只剩下一周了，这天晚上，杨宇辰和董文娟手挽着手，从田螺坑公司宿舍走路到世纪大街。他们发现，田螺坑虽然还有不少铁粉，但是生意跟"五一"节前夕相比简直是天壤之别。而世纪大街的生意还真不错，夜市生意红红火火，不少游客在四处拍夜景。

他们沿着河边栈道一路下来，走进一家酒吧，选择二楼沿河临窗的位子坐下，还开心地低声交谈。

忽然，窗外一阵喧闹，董文娟看了一眼，立即从窗口跳下，把一个试图逃跑的男子逮住了。那人正是谢辉元。杨宇辰立即向廖总汇报，廖总马上报警。这个害群之马连夜被警察送往县公安局，经过突审和从他随身携带的手机、电脑取证，在评论区散布谣言的正是谢辉元。

原来，谢辉元一直在城区和乡下的网吧晃荡，特别是听说董文娟和杨宇辰的恋爱关系后，气得咬牙切齿，几次企图潜回田螺坑。杨宇辰的匿名评论正式把他激怒，他从发出"哼，你也欺世盗名……"开始，就决定返回到世纪大街。谢辉元到处拍照，恰好看到了临窗的董文娟和杨宇辰。他在栈道上像困兽般来回走动，眼睛盯着董文娟他们，不断思考对策，想来个鱼死网破。这一举一动都被四处巡逻的安保人员发现，于是悄悄地围了上来。眼看就要把他抓住，他猛然发现四处有人向他靠近，猛力推开其中一个人想要夺路而逃，董文娟从窗口跳下，将他制服。

第二天上午，分管旅游的副县长召开新闻发布会，公布了最近闹得沸沸扬扬的网络谣言。他说，田螺坑兰花小镇一直合法经营，从未发生网络上所说的情况。至于犯罪嫌疑人的犯罪动机还在进一步调查，将择机公布。他说，网络不是法外之地，希望广大市民做到懂法守法。同时，副县长给田螺坑兰花小镇做起了宣传：国庆佳节即将来临，田螺坑兰花小镇为广大游客提供了许多优质服务，准备了好几重优惠大礼，欢迎广大游客前往旅游、观光、休闲、购物……

廖海峰立即吩咐杜雪梅，邀请各路网络大咖开展网络直播及现场互动，来了一波强势宣传，把所有负面影响都压了下去。

公司员工的积极性再一次被调动起来，各个部门加紧调试，两条街市足额备货，像上紧了的发条，开足马力，迎接新一波游客浪潮的到来。

不到三天时间，田螺坑小镇又恢复了以往的热闹。小木屋和游客大厦的所有房间被订购一空。廖海峰配合副县长的宣传，准备了好几重优惠大礼，宣传牌挂在了售票窗口前和各处景区醒目的位置。

这一次经历，真像是坐了一回过山车，线上线下，让人心惊胆战。白天，各部门各司其职，做好充分准备和各种突发事件的预案，部门联动还举行了演练。晚上，及时召开部门总结会，总结一天的不足，安排第二天的工作。

夜深人静，在璀璨的灯光下，董文娟和杨宇辰手拉着手，到各景区巡查，及时发现问题，查遗补漏，提高服务水平。

根据董文娟的提议，来自各地的网红表演队应邀向田螺坑汇聚：西游记表演队，尤其是孙悟空特型演员来了；热气球表演队；高空骑单车表演队；街头杂耍表演队；上刀山下火海民俗表演队纷纷提前到来。甚至连挑货郎也慕名而来。兰溪的水幕电影也准备妥当，并提前为游客带来美轮美奂的预演。

廖海峰召开了各部门负责人工作会议，杨宇辰应邀列席了会议。会上，廖海峰首先让各部门汇报工作进展情况和发现存在的问题。各部门及时反馈，基本上工作准备就绪，但是有两个担心：一是村民的服务意识，怕影响到整体服务体验；二是害怕出现人流拥堵甚至踩踏事件。

会议指定廖云岱和杨宇辰负责市场监督，尽量把村民安排到世纪大街农副产品区或者特产区去，避免村民进入兰花小镇。另外要做好服务引导工作，减少矛盾冲突。会议成立了安全巡逻小组，由镇执法大队抽调五人，活动安全组五人组成，请镇执法队任命临时安全巡逻小组组长。请后勤部门做好领导接待、物资保障、市场保洁等工作。

会后，廖海峰向林书记汇报了工作进展和诉求，林书记马上答应抽调三名民警、五名执法队员、三名医护人员，协同负责活动的安全保障工作。并请镇志愿服务队参加活动的志愿服务工作。

为期七天的金秋购物节，因为各类表演轮番上演，吸引来众多自媒体参与直播。虽然没有搞什么启动仪式，但林书记每天都要接待好几批市县领导和兄弟乡镇的领导到现场指导、调研和交流，有好些是自己慕名而来，到了乡镇才联系的。

活动并没有因为前期的一些恶评而受到太大的影响，兰花的销售收入提前进入旺季，反而超过了"五一"节前后半个月的总和。

当然活动也出现了一些意外。十月三日这天，空中走钢丝和上刀山下火海同时在世纪大街西区广场举行，大量游客涌入，把栈道扶手压塌，二十多人掉进了兰溪。幸好提前做好了预案，活动暂时停止，巡逻队员立即疏导游客并做好落水人员的施救。还好不是汛期，没有出现大水把人冲走的现象。一些受伤的游客迅速得到医疗队员的救助，做好消毒包扎处理，并就近安抚，妥善做好了各项善后安排。大多落水游客对服务表示满意，没有入住的游客都在当天返程。网络上也没有过分炒作，只有些短视频流出，很快就被正面评论给覆盖了。

经过两届兰花节和开市以来的两次长假考验，兰花小镇和世纪大街都积累了丰富的经验，并制定了景区管理手册。

总结大会上，大家对谢辉元的归案唏嘘不已。好好一个年轻人，干什么不好呢？

2

国庆长假过后，一切都恢复了常态化管理。

杨宇辰和董文娟趁着休假，领了结婚证。

中标公司开始了为期两个月的施工。杨宇辰作为甲方代表全程服务、监督。全套系统十二月上旬就安装完毕，进入调试阶段，再由第三方专业公司验收。杨宇辰做好技术对接，果然用起来得心应手，接入音视频，利用无线互联网，真正实现了全场可视、可管、可控。整个园区实现了远程调控，操作者在任何有网络信号的地方都可以对遥控终端进行指挥。可谓"一机在手，尽在掌控中"。

董文娟一边忙公司的事务，一边准备婚礼。廖海峰兑现了诺言，让董文娟自选了一栋两居室的小木屋，布置成婚房。廖云岱送的红色福克斯小汽车他们开着也很顺手，一周回一两次家里，方便了许多。

老杨夫妇给两个孩子装修了一间套间作为婚房，董医师夫妇也根据董文娟的意思设计了一间新房。这样，小木屋、杨宇辰家、董文娟家都准备了他们结婚后住的房间，董文娟根据自己的喜好，购买了家具家电和生活用品。他们的这个安排，是新时期婚恋改革的结果。男方、女方都是象征性地谈了聘金礼,男方完全满足女方家长的意愿,不讲嫁娶,只讲结婚。女方父母也大大方方地配足嫁妆——城区一套三居室学区房的首付五十万元。杨宇辰和董文娟办好了购房手续,就等着交房了。

婚礼定在十二月二十六日。老杨和董医师都看过皇历,这天宜嫁娶,婚姻美满,地久天长。

婚礼前一周,杨宇辰和董文娟回张屋铺看望爷爷奶奶。爷爷八十岁了,奶奶也七十五岁了,但是他们的身子都挺硬朗。杨宇辰买了老人家秋冬衣服、营养品,董文娟还包了两千元红包给奶奶。中午,爷爷奶奶张罗了一桌子菜,奶奶请了两个老闺密帮忙,杀了一只大公鸡,猪八品、炖老鸭汤、张屋铺酱油水豆腐,还有几种糕点,都是用最原生态的食材做的。董文娟吃得很开心,她说,奶奶的厨艺跟张大厨一样棒。奶奶问谁是张大厨,杨宇辰笑着说,是我妈自封的。奶奶笑着说,那我叫钟大厨。说着笑着,满屋子都洋溢着幸福。

吃完饭,杨宇辰让爷爷带他们去畲心村看鸳鸯谷。前段时间,老杨就打电话跟老爷子说了这事,开始老人家不理解,堂堂重点大学生,好不容易到了大城市,现在回来种田,丢不丢人啊?后来老杨解释说,是现代新型农业,机械化生产、智慧化管理,不是我们当初的肩挑手提。再说了,规模化种养,文旅融合发展,与将军文化公园国家AAA级景区连成一片,还能带动乡亲们致富,是一件光荣的事情。这样,老爷子终于转过弯来了。

车子开到畲心村山脚下,一段石阶路,逆着小河往前走,转一个弯,再走一段平路,前面便是一大片开阔地,鸳鸯谷到了。

现在是冬天,木薯和地瓜都收完了,荷塘里都是残荷,折断的枝干挂着几片枯萎的荷叶,给人一种大自然的美感。

他们走到鸳鸯谷的半山腰,这里有一个百来平方米的坪子。爷爷说，这是当年有生产队的时候开出来的，用来放打谷机。割稻子的时候，几台打谷机放成一排，一片繁忙的景象。如今，坪子里长满荒草，踩在上面软软绵绵的。

从坪子往下看，是一大片良田，当年也是个粮仓。往四周看，都是原本开垦出来的荒地，再往上走五六十米，就进入了林区，一直到山顶。估算一下，总面积相当于田螺坑的一半大小，荒地林地都有田螺坑的一半多面积，平地会少一些。

杨宇辰和董文娟看了之后非常兴奋，这个地方，建几座房子，种上花花草草，纯天然的一座大庄园。他们一边看一边规划，那边山脚下可以盖一大排木屋，七八十座应该没问题。左边那块空地建一座办公大楼，旁边建一幢小别墅。良田种花卉，荒地种中药材，林地种林下药材和食用菌……

爷爷在旁边，看他们自说自话，打断他们的话问道，你们看上这块地了没？

杨宇辰和董文娟异口同声地说，看上啦，太喜欢这里了！

爷爷说，喜欢就好，手续我都帮你们办好了！

什么手续？杨宇辰蒙蒙地问。

你以为这么大地方都是我们家的呀？这原本是十几户人的田地、山地，我用别的好地换了一大半，还有几户人的地，爷爷没地跟他们换了，怎么办？买的买、租的租，还要跟村里签个协议，我们才能全部连起来啊！爷爷指着眼前的鸳鸯谷，说得头头是道。

哦！两位年轻人恍然大悟。虽说不全是咱们家的，但爷爷那么有心，把那么大一块地连成一片，也真是个大地主了。

爷爷说，现在就剩下那一片十亩良田，是四叔公的，他答应可以租给我们三十年，租金很便宜。其他田地都是我们自己的了。这上面的林地，大部分是我们家的自留山，还有一小部分是村里的集体林。我问了村支书，他说只要不搞砍树开荒，不破坏林地结构，可以跟我们签协议，委托我们管理。他还说，可以搞林下种养，可以开发成旅游景区，每年象征性交一点儿租金，也是先租三十年。

下山的路上，董文娟又指点着说，哪里可以建一个水上乐园，哪里可以修路，哪里需要架桥……

杨宇辰说，这条小河比兰溪要大，水量更充沛。可以利用小河两边打造一些人工景点，用亲水栈道相连接。

送爷爷回家后，杨宇辰他们去拜访了村支书兼村主任。村支书是老杨的同学，对他们二人很热情。杨宇辰谈了回来创业的思路，远景目标是和将军文化公园连成一片，打造成国家AAAA级景区，带动周边乡镇村民参与进来共同致富。

杨宇辰说，张屋铺地处汀、杭、武三县交界，可以充分利用红色资源、生态资源和中医药资源，打造旅游小镇。村支书表示，全力配合，大力支持。他说，村里面一直苦于没有好的项目，前几年有人来考察了，后来都是因为耕地红线的问题搁浅了。鸳鸯谷不是基本良田保护区，你又不破坏林地，农业、林业、国土等部门都没有问题，我会协助你一起把手续办下来。

回到爷爷家里，杨宇辰把村支书的意思简要地跟爷爷说了，并且邀请爷爷奶奶到时候参加他们的婚礼。爷爷奶奶高兴极了，他们都说，大孙子的婚礼一定要参加。临分别，奶奶包给董文娟一个大红包，董文娟死活不肯收，杨宇辰说，老人家的心意，我们收下吧，祝爷爷奶奶健康长寿。

双方说了一大堆祝福的话，杨宇辰开车载着董文娟，告别爷爷奶奶回城。路上，董文娟说，奶奶包了三千元。杨宇辰说，我每次回来他们都包红包给我，后来我要到了爷爷的账号，一次给了他五千元，他可高兴了，逢人就说，我孙子长大了，给了我好多钱。老人家就这样,我们该给的给,该收的收,只要他们高兴就好。

他们太喜欢鸳鸯谷了,一路上,都在聊如何规划、如何打造的问题。

董文娟忽然蹦出一句,我们投资的钱从哪儿来呢?是不是请人做一下预算,算一算该投资多少钱?

杨宇辰说,行,我认为只要项目好,钱还真不是问题。

3

婚礼在汀柳大酒店宴会大厅隆重举行。

大大的电子显示屏上,"以兰为媒,携手百年"八个大字分外醒目。会场四周都摆放着各式各样的兰花,显示屏上播放了董文娟和杨宇辰请人精心制作的婚礼专题片。全程都是在兰花小镇拍摄的,唯美的画面,诗意的解说词,幸福的新人,整个专题片给人全新的温馨享受。

婚礼按流程进行,最后是双方父亲讲话、证婚人廖海峰讲话。

老杨的致辞颇具文采:人生百年,无惧风雨,鸾凤和鸣,心手相牵!在我儿杨宇辰和贤儿媳董文娟新婚大喜的日子里,我谈三点,一是感谢,二是祝福,三是希望!感谢董医师亲家夫妇,培养了这么优秀的女儿;感谢上天恩赐我们家这么贤惠善良的儿媳妇;感谢亲朋好友前来祝福;感谢的话就像汀江之水,滔滔不绝,说也说不完!祝福一对新人从相识、相知、相恋,到如今走进婚姻的殿堂;祝福董杨两家喜结连理,从此瓜瓞绵绵,子孙满堂;祝福嘉宾朋友工作顺利、家庭幸福、万事如意！希望杨宇辰、董文娟夫妇勇挑董杨两家重任，开创属于自己的新天地，建功立业，造福桑梓。等我老了，回到张屋铺老家，我的那些亲戚朋友见到我说，老杨，你生了个好儿子，你有一个好儿媳！……希望在座的亲朋好友吃好、喝好……谢谢大家！

老杨最后一鞠躬赢得了满堂喝彩。两位新人热泪盈眶，老杨的讲话是对他们最好的祝福，也是对他们事业的最大支持。

董医师言简意赅。他说，各位亲戚朋友，我老董是个行医之人，没有老杨亲家那么有文采，我就说两句话。第一句话，我的女儿很优秀。当然，女儿是我老伴生的，我最多占一半，那我做代表，连我老伴那份一起说，我们的女儿很优秀。这段时间我们一直在数，数我女儿从小到大得到的荣誉，从幼儿园开始到大学毕业，我女儿获得奖状一百六十八张、奖牌十八块、奖杯十六个，其中国家级十五次，省级三十六次，其余都是市级、县级、校级等，好像还有一张是社区评的优秀志愿者。你们说优秀不优秀？第二句话，我女儿跟我说，她找了个优秀的男人。第一次见面我们聊得很愉快，我觉得我女儿没有看走眼，首先他一表人才、彬彬有礼、思维敏捷、谈吐得体，对我女儿体贴入微、百依百顺，我们这一关算是过了。但是，我要求你必须一直这么优秀，如果你真的一直这么优秀，那我就要跟我优秀的女儿说了，你凭什么可以跟这么优秀的男人结婚？你如何做好这个优秀男人的妻子？你准备好了没有？

董医师的讲话被掌声一次次打断。

最后他说，我忘记数标点符号了，好像不止两句，那就说结束语吧。最后，我希望我优秀的女儿女婿，用优秀的行动，生出一群优秀的儿女，回报今天到场的优秀的亲戚朋友们的厚爱！谢谢！

一个得体的鞠躬，董医师的发言让掌声经久不断。

站在台上的董文娟早已梨花带雨，哭得一塌糊涂。杨宇辰不断地给她拭泪，内心也是万分激动。

廖海峰作为证婚人也说了几句。他刚一上台，立即博得阵阵掌声。他一鞠躬说，第一次做证婚人，没有经验，心里很紧张。我刚刚想好了，爱尔兰诗人叶芝曾说：奈何一个人随着年龄的增长，梦想便不复轻盈。我要说的是，人世间没有十全十美的人，也没有十全十美的事。愿你历尽千帆，归来仍是少年！谢谢！

主持人留住廖海峰问，廖总，你对这两个员工有什么祝福的话要说？廖海峰说，你这是要逼我再说两句呀？那就再说两句。第一句，他们不是我的员工，他们都叫我哥哥，是我的亲人！第二句，我想对新郎新娘说，只要你们过得比我好，什么事都难不倒，一直到老！谢谢！

廖海峰的讲话，再次把婚礼推向高潮！董文娟和杨宇辰被廖海峰这一声"亲人"深深感动。廖海峰的幽默风趣，令人印象深刻。

杨宇辰的爷爷奶奶坐在主桌，他们特别高兴，在灯光的折射下显得很年轻。杨爷爷频频举杯，敬董亲家夫妇，感谢的话、祝福的话，说也说不完。

晚上回到家里拆礼包的时候，他们发现廖海峰的红包与众不同。他包了五千元现金，还附了一小张红纸，上面写着：

我们的事业共经营，你们的事业我参与！

廖海峰

××年××月××日

第十八章　董文娟的婚礼

杨宇辰和董文娟分析了许久，都没能理解里面的要义。回想起晚上他的讲话，估计就是一家人不说两家话的意思。董文娟说，以后我们有什么想法多跟他汇报，准没错。

一对新人，在公司同事和亲朋好友的祝福声中，组成了一个新的家庭。这对新人有着相同的志向和梦想。七天时间里，他们分别到双方的亲戚家走动，还到梅花山度假区度了三天蜜月。

婚假最后一天，他们回到田螺坑兰花小镇，公司为他们举办了一个简朴的乔迁仪式，他们从宿舍楼搬进了九号小木屋，寓意幸福美满、天长地久。这天晚上，董文娟夫妇办了一桌丰盛的酒席，邀请公司管理层好好热闹一番。为了做好这一桌子菜，董文娟开了个菜单让杨宇辰早早地去采购，然后请来温素兰、吴冬香一起，忙碌了大半天。董文娟的厨艺不错，她做的几个下酒小菜非常好，但是要做一些客家大菜、主菜，心里还是没底，所以看着两位嫂子娴熟的厨房技艺，羡慕得不得了。

这一次，廖海峰他们已经知道了杨宇辰的酒量，没有针对他。大家举杯互敬，猜拳行令，一直闹到深夜，就像是一个大家庭，其乐融融。

4

元旦到了，又是一波旅游高峰期。

廖海峰照例召开了一个会议，部署相关工作。镇上还是派出民警、执法队、医疗小队、志愿者到相关景区开展巡逻、驻点工作。

林书记说，过完年，兰田村的警务室、执法工作室、卫生院工作人员派驻村卫生所工作要常态化开展起来。因为随着旅游业越来越旺，到兰田村来旅游观光的人员会越来越多，甚至一些单位的工会活动都安排到兰田村开展，各方面的保障也要跟上去。

这个元旦，也是智慧农业系统进行测试的第一个旅游旺季。这套系统包括三个方面：智慧农业栽培系统、智慧销售系统和智慧文旅系统。对于管理来说，就是线上线下相结合，一台手机控全场。对于游客体验来说，自动和自助相结合，增强科技体验感。

比如，游客来到大棚旁边，不用开门，门口有一套可视系统，你可以清清楚楚地看到里面的兰花，这里面的兰花什么品种、什么名称、什么特点、什么季节开花、花期多长，都会一清二楚地展示出来。还能知道大棚里的温度、湿度、二氧化碳浓度、是否需要给水肥、是否需要除虫打药，也都一一显示。你还可以了解这种兰花栽培过程中的注意事项，打开手机相关程序，可以给大棚模拟喷水……每个大棚都不一样，给游客普及知识的同时，也可以增强游客的体验感。当然，游客也可以在DIY景区亲自体验，如何栽培和管理哪一个品种的兰花，现教现学，活学活用。对于一些兰花迷，这种旅游体验真是棒极了！

另外，在小街区购物，可以进行自动化或者自助购物。自动化购物时你可以喊出商品名称，可视化系统就会把实物呈现在你眼前，然后你可以进行自助选购。

再比如入住小木屋，客人可以在可视系统先看看室内的陈设、布局，再根据价格选住哪一间房。客人入住后，可以拿到一个临时智慧卡，扫描智慧卡，就能够自助调节室内的温度、湿度，提前开好室内空调，也可以在手机上操纵电磁炉、微波炉、电饭煲、洗衣机，甚至开窗通风等。到客人退房离开，临时智慧卡的功能自动失效。

同样的道理，售票的方式也是多样的，可以自助购买纸质票，也可以扫码购买电子票，只要买了票，你的手机就会有信息显示，你的手机离验票门三米内，系统就可以知道你是否购票，这样既避免近距离接触，又可以省去争执。同时，你的身份信息、健康情况，比如体温、心跳、血压都会在系统里出现，没有问题就可以一次性通过，如果存在不同问题，系统会进行区别处理。还比如，一个通缉犯买了票，系统就会自动远程报警，这个通缉犯会进入系统的跟踪状态，警方可以第一时间把他抓捕归案。

智慧农业系统开放第一天，每个景区都有工作人员值守，不懂的地方可以咨询。系统可以进行语音和视频服务，也可以根据你的需求提出新的问题。大多数中青年游客，甚至小朋友很快就可以运用自如，部分中老年游客有志愿者贴心服务也觉得很方便。第二天开始，景区内只要有志愿者服务就可以了，工作人员可以在值班亭值守，随叫随到。

智慧销售系统也正式开启了，销售广场分成东西南北四个区域。入口处有一个机器人站在那儿，你只要说出你的需求，机器人会告诉你在哪个区域可以购买到你需要的兰花。你到达相应区域后，只要站在显示屏前，就可以清清楚楚地看到这个区域任何一盆兰花的品种、现状、开花时间、售价，你用手指轻轻触摸这盆兰花，扫描码自动弹出，扫码付款后扫描码隐去，这盆兰花就从输送带出来，还赠送你一本兰花栽培手册。这样一来，游客和工作人员不容易扎堆，兰花销售井然有序。当然，你购买兰花的时候也可以选择邮寄，输入收件信息，系统会根据购买数量和快递里程自动算出是包邮还是自费……

当然，停车场、玻璃栈道、自助体验区、智慧餐厅、购物商城都开通了智慧农业系统……比如，你来到玻璃栈道，随着你的脚步移动就会出现灯光、响起音乐，与玻璃下面的自然景观融为一体，让你感到身心愉悦。

智慧农业系统是一套不断升级的数字系统。开发公司指出，这些系统每隔一段时间可以进行在线升级，逐渐满足客户的需求。

不过，餐饮区、农副产品区和特产区仍提供人工服务，因为这里要保留人间烟火，游客才能够在智慧兰花谷拥有天上人间的体验。

通过元旦活动，第三方提出了一些修改意见。中标公司按照要求和游客的体验，对智慧系统进行了改正和优化，通过了第三方机构的验收。同时，第三方机构也为智慧兰花谷提供相应的产品质量保证。完成一切手续后，公司按照要求付款。

这样，合作社社员们的工作变得简单易学，他们把腾出来的时间加入农副产品的种植和加工行业，提高自己的收入。

由于合作社的成功转型和智慧农业系统的成功运营，公司董事会推举廖云岱担任副总经理，杨宇辰代替廖云岱担任智慧事业部总监。根据工作需要，智慧事业部配备了两位技术人员和两位运营人员。

一天，廖海峰邀请公司中层以上人员登上香炉坪，沿路体验了林下养兰带来的生机和财富。他们从香炉坪往下看，田螺坑水库碧波荡漾，一条水渠引向兰花小镇，一条水渠引向自来水处理厂，还有一条水渠引向水上乐园。水上乐园项目正在如火如荼地进行，预计来年"五一"前就可以竣工投入运营。

在大家的眼里，田螺坑智慧兰花谷层层叠叠地铺展开来，除了几栋建筑，就是绵延千米的大棚、道路和绿化，整个田螺坑已经看不见裸露的土壤了。

廖海峰感慨地说,七年来,田螺坑的生态环境越来越好了,既有茂密的树林、竹林,又有了这漫山遍野的兰花,兰溪也变得水量充沛、水质优良。我们在这里打造兰花小镇,可以说实现了我们的初衷,建设一座庄园,打造一个产业,带动一方致富。大家看,世纪大街在我们的努力下,如今成了一条旅游消费大街。兰田小学也在我们兰花产业和旅游产业的带动下复办了,安静的兰田村如今又热闹起来了。

董文娟和杨宇辰看着兰花智慧小镇,脑海里却浮现出鸳鸯谷的图景来。他们心里想,什么时候,鸳鸯谷也能够像兰花小镇一样生机勃勃、欣欣向荣呢?

回到小木屋,杨宇辰帮董文娟打下手,准备晚饭。杨宇辰说,娟儿,我们这周找一下设计院,把我们的思路跟设计师说一下,把畲心村鸳鸯谷的设计方案先拿出来。董文娟点头同意,她的脑海里不断闪现着鸳鸯谷未来蝶变的场景。

第十九章　素心如幽兰

1

设计院有一位董文娟的同学小邓在做设计员，师从杨院长。

小邓很快就清楚了董文娟他们的思路，并且拿出田螺坑最早的设计图纸作为蓝本进行修改。杨宇辰在地图上找到了畲心村鸳鸯谷的三维地形图，把航拍的全景图拷给小邓。他们从交通、农业、旅游、办公用房、服务用房等方面着手，分成三步来规划。第一步，一条路，一栋楼。一条路，解决交通问题；一栋楼，短期内是办公、住宿的综合体，人员多了就作为纯办公用房。第二步，种好良田和荒地。兰花、中药材都是短平快的项目，在资金还是未知数的情况下，可以实现以兰养兰、以药养药。这个方式在田螺坑的起步阶段是取得了成功经验的。第三步，林下经济。鸳鸯谷林地面积大，森林资源丰富，林下养兰、林下种植中药材，可以实现小投入大回报。完成了三步走，就可以开始考虑文旅融合发展，建小木屋、水上项目、旅游栈道，甚至实现智慧管理的目标。

小邓果然在一周内拿出了设计方案和设计图纸，设计图纸一套五张，根据三步走的计划，设计了三张，另外两张是文旅融合和最终打造完成后的效果图。

根据初步测算，第一期投入大约需要五百万元。包括一条简易的公路、一个停车场、一栋楼房、农业步道、农田整理、育秧大棚和第一阶段农业投资。

钱从哪里来？董文娟倒是有三十多万元存款，杨宇辰才工作不久，结婚也花了不少钱，可以说是月月光。他们把图纸和投资思路跟双方的父母说了，说是向他们借钱，五年期归还，没有利息。双方父母挺支持的，主要原因是他们看到了田螺坑的成功范例，心里也有这样一个梦想。这样，老杨通过房产抵押贷款凑够了两百万元，董医师也拿出了一百万元。照理说动工是可以开始了，但是在资金不够的情况下，他们还想再考虑周全一些。

回到公司，尤其是住在小木屋，那种和大自然零距离拥抱的感觉，使他们更加坚定了开发鸳鸯谷的信心。

水上乐园和儿童游乐场已经完成了土建，下一步就要开始装修了。廖海峰他们参考了市上的动漫园，大自然的元素再加上高科技元素，绝对可以成为城里孩子向往的乐园。

这天下午，林书记打来电话，要向廖海峰致喜。廖海峰问，喜从何来？林书记说，双喜临门！

很快，林书记和涂水木进来了。在接待室落座，廖海峰给他们泡兰花茶，拿出兰花糕点请他们品尝。林书记故意东一句西一句，不提致喜的事情。廖海峰笑着说，林书记、涂副镇长，晚上我设家宴接待两位，你们可否赏个脸啊？

林书记指着他大笑起来，我说他会着急吧？那行，就依你，晚上吃你的家宴，喝你的喜酒！

董文娟从门口进来，听到林书记说的话，张口就问，林书记，我们廖总家有喜事？那这喜酒我们也要喝。林书记指着董文娟说，你不请我喝喜酒，你们廖总必须请啊！他看了涂水木一眼，涂水木拿出两份文件，有模有样地宣读起来：第一份喜报，汀柳县白石镇人民政府，欣闻你辖区兰田村村民廖海峰先生立足兰田村，打造一个产业、带动一方百姓致富，成效显著，堪称典范，被市委、市人民政府授予"扶贫状元"荣誉称号，特此表彰，请广为宣传，树立榜样，再创佳绩。第二份喜报是省文化和旅游厅发来的，汀柳县白石镇人民政府，欣闻你辖区田螺坑兰花小镇景区（含世纪大街景区）获评国家AAAA级旅游景区，特此表彰，请规范管理，充分发挥好该景区在脱贫攻坚和乡村振兴主战场的引领作用。

公司的中层管理听说林书记来报喜，纷纷放下手头的工作，都朝接待室跑来。他们听到了涂水木宣读的喜报，高兴地鼓起掌来，紧紧地把他们围在中间。

林书记站起来，紧紧握住廖海峰的双手，恭喜！谢谢！

果真是双喜临门，廖海峰激动得热泪盈眶，他颤抖着说，同喜同喜！谢谢林书记，谢谢涂副镇长，谢谢同志们！

董文娟打电话，让保安在游客中心前的大坪里燃放起烟花爆竹，她接过涂水木手上的两份喜报，飞快地跑向广播室，连续播放了五遍喜讯。

晚上公司加餐，全体工作人员到食堂免费用餐，还加了两道硬菜，上了米酒。林书记和廖海峰来到食堂，向全体员工祝贺，祝贺这来之不易的胜利。廖海峰的"扶贫状元"实至名归；兰花小镇获评国家AAAA级旅游景区，更为公司发展注入了强心剂。

田螺坑在月光下默默守候，见证了这块土地从兴到衰的裂变，又见证了从衰到兴的凤凰涅槃。

这天，公司的许多人都喝醉了。廖海峰在醉倒之前拉住杨宇辰的手说，你不能醉，要负责公司的安全。

整个田螺坑都沉沉地睡去的时候，杨宇辰拉着董文娟的手,在兰花小镇巡逻。人影在路灯下拉长又缩短,缩短又拉长。他们走进总监控室,一些小猫、小狗走进监控区,又离开监控区。整个兰花小镇在喜庆的氛围中,宁静而安详。

2

春节渐渐地临近了,兰花小镇一直笼罩在喜庆之中。

镇上和公司策划着,要在春节前三天搞一个授牌仪式,把国家AAAA级旅游景区的牌子挂起来、宣传出去。这一天,天公作美,游人如织。省文旅厅的领导,市文旅局局长、县长、县直、镇村领导,公司中层以上领导、群众代表参加了授牌仪式。省、市、县主流媒体都做了播报。

董文娟让杜雪梅邀请了许多媒体人,精心制作了一系列专题片,以"养在深山人未识,一朝成名天下知"为题,对田螺坑兰花小镇景区(含世纪大街景区)获评国家AAAA级旅游景区进行了大力宣传。好些原本就是兰花小镇的铁粉看到喜讯后,疯狂转发,阅读、点赞量空前绝后,相关喜讯铺天盖地,成了这个春节最热门的话题。

春节前后,兰花小镇和世纪大街的旅游接待又一次达到饱和。

放假这几天,林书记和廖海峰、廖金华都在一起,他们一边关注着景区的人流变化,一边商量下一步的发展思路。林书记说,看来国家AAAA级旅游景区的牌子要充分擦亮,要辐射到全镇甚至周边乡镇,起到真正振兴乡村、造福百姓的作用。廖海峰说,兰花小镇还有发展空间,小木屋原本就规划了三百六十五座,第一期才建了一百座,剩下的可以分成两期建成。等到水上乐园和儿童游乐场建成，这些小木屋也可以进一步满足游客的需要。随着返乡人员逐渐增加，世纪大街也可以进一步扩大，建成二期、三期工程，土地没问题，可以向四周扩展。在建筑上也是按照第一期的思路，统一设计、统一建设，个性化装修，与第一期项目达到互补作用，把一些民俗文化、非遗文化展现出来，成为旅游新的增长点……

春节过后，兰田村的警务室、执法管理工作室、镇卫生院的卫生人员派驻村卫生所等各项工作落实到位。为了把小镇的养蜂产业发展起来，廖海峰选出朱兰英等五位愿意养蜂的老员工到楼子坝养蜂场培训，准备在村里成立养蜂合作社，为公司文旅产品开发提供源源不断的兰花蜜。

廖海峰又请来专业人士，指导林下套种灵芝、猴仙丹、黄花远志等中药材。把从田螺坑翻过去一道山梁、一个不影响水源地安全的山谷命名为翡翠谷，放养河田鸡，最终达到年供应十万羽河田鸡的规模，并采用沼气和种果相结合的方法，做好水质和土壤保护。通过翡翠谷的养鸡产业，村里成立了河田鸡专业合作社。

朱兰英她们外出培训回来，注册成立了养蜂专业合作社，朱兰英担任合作社理事长，她带领十多位同村妇女，传授了基础的养蜂技术，在田螺坑外围建立了一个蜂蜜养殖带，利用得天独厚的优势，大量养殖蜜蜂，打造"田螺坑兰花蜜"品牌，作为旅游纪念品进行深加工和精细化包装。

温泉水看到兰花小镇喜事连连，在城里待不住了。刚过完年他就来到田螺坑，在游客中心摆出一张长长的案台用来写字画画。他专门写带有兰花的诗句、画各种兰花的小品，跟"汀柳素"兰花一样，以平民的价格售出。当天写好、画好的字画都会被抢购一空，他快乐得像个孩子。

林书记跟廖海峰商议,如何把他这个"扶贫状元"的名号进一步用好。他们参照"月亮带星星"的传帮带模式,把兰花合作社、河田鸡合作社、养蜂专业合作社等各农业专业合作社都纳入到"扶贫状元工作室"来,不断做精做细,打造统一的"田螺坑"品牌,进一步推向市场。

随着各种合作社的成立,廖海峰的工作越来越忙碌。虽然公司的收入一直在稳步增长,但是他心里牵挂的是所有合作社社员的利益,尤其是那些刚刚脱贫的社员,需要扶上马送一程。有人问廖海峰,你的产业已经那么大了,为什么每天还忙忙碌碌,为成百上千的村民服务呢?廖海峰说,如果我死死地只看住自己家的一亩三分地,我的产业不可能做大,如今,大家跟着我一起发展,我同样也在分享大家越做越大的蛋糕啊!

按照规划,兰花小镇的第二期小木屋工程,一百五十座木屋分成两排,错落布局,依山而建。规划设计图纸经过董事会研究通过,决定项目于三月开工建设。公司决定由廖云岱负责这个项目建设,杨宇辰作为他的副手具体监督执行。这个项目,是连接第一期小木屋工程,在预留的一大片空地上向游客接待中心延伸,门前的小溪和街市也跟着小木屋延伸。这样,连起来打造出一条长两千多米的步行街,一条条清澈的水渠流向任何一座小木屋前。

预留的第三期小木屋工程在另一个方向,可以一直建到停车场那一侧,大约再建一百一十五座,三期合计三百六十五座,也刚好完成田螺坑的环山布局,形成半圆一条街和人工腰带水。这样,宣传的时候就可以毫不夸张地说:每天住一座小木屋,可以一年不重复,多有气魄啊!

根据地形布局,世纪大街的南北两面启动第二期工程,规划沿街建设一百栋商住用房,打造一条六百米长的新街。新街商铺是由村民按照报名先后顺序认购一边，如果还不能满足村民的需求，另一边也可以按顺序由村民认购，剩下部分连在一起，由公司统一认购，整体打造大型"民俗文化"基地。新建的基地与第一期项目相得益彰，集演出、购物、餐饮、住宿、民俗体验于一体，传承最原生态的客家文化，成为城里人愿意来、留得住、乐于体验、开心消费的新基地。

3

元宵节过后，董文娟和杨宇辰找到廖海峰，拿出畲心村鸳鸯谷的设计图纸，将自己的想法跟他做了简要汇报。

廖海峰边看边点头。他说，你们的思路比我刚回来那阵子要清晰得多，我认为可行。各部分功能区规划很到位，我看你们可以请我和云岱到现场看看，说不定能提出一些好的思路。

董文娟说，海峰哥哥，我们心里还是挺惶恐的，既怕你们说我们好高骛远，又怕背着没良心的罪名。可是，我们知道你们一定会支持的，对吧？

廖海峰笑着说，记不记得你们结婚的时候我写过一张字条给你们？

杨宇辰说，太记得了！"我们的事业共经营，你们的事业我参与！"我们还一直理解不了什么意思呢。

廖海峰说，不简单吗？田螺坑的事业大家来共同经营，你们如果要创业，我们可以从资金和技术上参与进来，你们欢迎吗？

董文娟拍着手说，太欢迎了！如果您和云岱哥哥都参与进来，我们就不会觉得压力那么大啦！虽然我们在公司做得还算顺手，那是因为在你们这棵大树底下乘凉，如果出去单打独斗，我们怕还太嫩了呢！

廖海峰问，你们知道我当时为什么写这张纸条吗？因为有一次在城里跟杨宇辰爸爸一起喝酒，他跟我随便说了一句，说孩子们回了趟老家，想考察一个什么项目。我当时就琢磨，你们考察的项目应该是跟生态农业有关的，后期肯定也是跟文旅融合相结合的。后来我又联想到，杨宇辰老家有个将军故里景区，如果能够连在一起打造，那就是四两拨千斤了。看看，我猜对了吧？

杨宇辰笑着说，廖总真是大智慧，一切都在运筹帷幄、决胜千里。现在就请您给我们指点迷津，这个项目我们该如何启动？

廖海峰说，我建议鸳鸯谷与田螺坑差异性发展，做到优势互补。合作我们放在下一步讨论。启动其实很简单，像我们田螺坑，最早只是在兰苑那一块，我借助云岱留下的苗圃，打造了自己的一片小天地。后面政府参与进来，就有了田螺坑这个大基地。当然，鸳鸯谷可以起点更高一些，修路、建管理房、种植都可以在第一期开始实施。有了一定的基础就可以借力。一是借自己的力，就好比田螺坑的以兰养兰；再就是借政府的力，张屋铺是将军故里，政府的能量很大，有了一定规模和一定成就，我们就可以借着联合打造国家AAAA级旅游景区的远景规划，把我们的项目纳入政府的盘子里。到那个时候，我们做事情就顺风顺水了！所以，我不建议一下子就搞大投资，那样风险太大。我主张第一步我们一起来投资，到后面实现自养和借力。这样你们有没有预估一下，第一期需要多大的资金量？

杨宇辰说，就按照第一期投资修路、建管理房、水电、其他基础设施，以及第一年种植投资来计算，我请专业人士估算了一下，大约在五百万元。目前，我们俩已经筹到了三百来万元。

董文娟说，待会儿我们把明细发给您过目一下，不一定准确，您帮忙把把关。另外，我们希望您来掌舵。

廖海峰说，掌舵不敢，我说了我会参与，包括资金和技术，甚至一些人脉。这样吧，我跟云岱商量一下，我们占股百分之四十，投资两百万元，不参与具体管理事务。我建议杨宇辰来担任执行董事，董文娟担任总经理，廖云岱担任监事，以后什么事情三个人商量着办。需要我参加或者我出面的，我也会来。你们也考虑一下，改天再碰个头。

董文娟和杨宇辰都很开心，有了廖海峰、廖云岱兄弟俩的加持，对项目的发展肯定是天大的好事。董文娟看了杨宇辰一眼，两个人微笑着点了点头。董文娟说，我们不用考虑了，一切听您的。

廖海峰说，那行，我和云岱商量好了回复你们。杨宇辰也可以找云岱好好聊聊，看看他的思路。另外，你们要站好最后一班岗，把部门负责人选好，做好交接班。

原本担心廖海峰会把他们留下，没想到他答应得挺爽快的。而且，就像老大哥一样信任他们，这事情开局就算是顺风顺水了。

吃过晚饭，杨宇辰夫妇来到廖云岱家里。一进门廖云岱就说，我就知道你们晚上会过来。我哥跟我打了招呼，我完全同意他的意见，你们有这么好的项目，我们没有理由不支持呀！再说了，你们是公司的青年才俊，能够加盟你们的产业，我们也感到荣幸啊！

廖云岱准备了酒菜，三个人边喝边聊。廖云岱有过两次创业经历，对类似行业比较有经验。所以，杨宇辰和董文娟就静静地听他讲故事，讲成功的故事也讲失败的故事。他对人情世故多有提及，对如何取得地方政府的支持再三强调。一句话，希望新开的公司可以少走弯路。

就如何给公司取个名字，他们也开诚布公。最后决定给公司命名为"鸳鸯谷生态文旅有限公司"，既包含了生态农林业，也包含了文化旅游业。鸳鸯谷是地名，而且是个可以加分的地名，一谈到鸳鸯，人们就会想到美好的爱情，给人一种神秘的力量。所以，将来在文旅融合方面，也可以打爱情牌，先把那条小河命名为"鸳鸯溪"，在鸳鸯溪里放养成双成对的鸳鸯……

在一个晴朗的日子里，廖海峰、廖云岱兄弟俩应邀到了鸳鸯谷，经过对这个地方的实地考察，他们非常满意。一是地域相对集中，有利于打造，短时间内就可以出彩；二是这个地方离将军故里景区很近，为将来连片打造提供了便利；三是这个地方有山有水，离附近公路也挺近的，交通方便，而且地处三县交界，为将来开展旅游、研学提供了足够的市场空间。

廖海峰他们对原来的设计方案提出了一些细化意见，如景观带的打造，应该跟大自然融为一体。另外可以设计研学营地，将室内住宿和室外露营相结合。对道路走向、水电布局，他们也提出了修改完善意见，在设计图纸上做了标注。

董文娟和杨宇辰一边站好公司的最后一班岗，一边物色人选，交接工作，同时做好新公司的登记注册。三月中旬，正值春耕季节，他们办好了公司注册手续，做好相关事务的交接班，辞去原来的工作，正式回到张屋铺老家，向鸳鸯谷进军。

爷爷奶奶看到杨宇辰夫妇回来创业，心里有喜有忧。喜的是孙子孙媳妇儿愿意回到老家发展，可以经常陪伴自己，自然非常高兴。忧的是这对年轻人能吃得了苦吗？他们的创业风险会不会很大？

老两口担心的事情太多了，因为在他们心目中，这对雏儿太嫩了。

一条简易公路修好了，杨宇辰首先请来工人搭建了一座临时板房，一楼办公、二楼住宿，开始了艰难的创业旅程。

万事开头难，杨宇辰和董文娟在短短半年时间里，经历了山洪暴发、山体塌方、倒春寒等自然灾害。首季种下的中药材由于低温气候大面积烂根死苗。每当他们坐在临时板房前欲哭无泪时，廖云岱就会及时来到他们身边。他们在廖云岱的现场指导下，一个个困难都克服了下来。

在廖海峰和廖云岱的帮助下，鸳鸯谷各项工作渐渐步入正轨。杨宇辰和董文娟招贤纳才，先后有十几位大学毕业生和各项技术人才加入进来，另外还与好几个专业团队建立了合作关系。国庆节前夕，鸳鸯谷终于完成了道路硬化、水电管网规范化。数百亩田地按照区块划分得清清楚楚，田间道路纵横交叉，各种农作物井然有序。

这年年底，第一批中药材终于有了收成，一座座兰花大棚正式启用……

元旦这天，新的办公大楼落成，杨宇辰和董文娟告别临时板房，正式搬进大楼办公。田螺坑农林开发股份有限公司中层以上管理人员在廖海峰的带领下，载着一百盆兰花前来道贺。杨宇辰的家人、董文娟的家人都来了，看到艰辛的付出终于有了收获，他们喜极而泣。村支书带来了村里的龙灯队、锣鼓队和十番乐队，鼓乐齐鸣、鞭炮声声，这个安静了多年的山谷，迎来了最为热闹的一天。

杨宇辰和董文娟，这对年轻的夫妇，终于在鸳鸯谷扎下了根。

4

董文娟和杨宇辰到鸳鸯谷创业去了，这是田螺坑培养的第二代新型农业的创业人。

田螺坑农林开发股份有限公司现在也是人才济济，杜雪梅已经堪担重任，接替董文娟当了行政总监，杨宇辰的职务也有专业科班出身的年轻人接替了。公司逐步走上常态化管理的轨道。

廖云岱虽然兼任了鸳鸯谷公司的监事，但只是偶尔过去一下，有事情的时候杨宇辰自然会联系他。

五月一日，田螺坑水上乐园和儿童游乐场正式开放，来自县城内外的千百名儿童在父母亲的陪伴下，到现场感受。一个孩子一般由两个家长陪伴，或者两个孩子由三个家长陪伴，这就带来了游客量的倍增，也给旅游市场带来了新的冲击。孩子的科普益智体验、大自然亲子互动、动漫乐园、穿越体验，以及兰花栽培、兰花糕点等DIY体验，给孩子们带来许多在城市里面体验不到的乐趣。

水上乐园和儿童游乐场经历了开业、暑假等几个火爆高潮，各种夏令营活动也前来合作，游客接待经常饱和，很多客人只好提前预约。公司每天都通过网站和公众号公布游客接待信息，预告第二期小木屋和其他新项目的开放时间。这种饥饿式营销吊足了游客的胃口，大家都期待着新项目上市。

自媒体的正面传播，给兰花小镇和世纪大街的运营带来了巨大商机。这种宣传是最省时省力的，杜雪梅对这方面的运作已经相当娴熟，她有一大批合作伙伴，可以随叫随到，更有很多直播达人自己找上门来，为各景点做免费宣传。

国庆节，兰花基地第二期小木屋正式向游客开放，兰溪的水幕电影同步开放。水幕电影设在兰花小镇和世纪大街步栈道交接的三角地带，是整个景区曝光度最好的地方，游客几乎在任何位置都能够全程观看水幕电影。这种结合景区宣传、文化传承、讲好一个故事及农业科普等于一体的水幕电影很受游客的欢迎。由于是免费开放的，自然就为景点加分不少，所以，国庆期间，新开放小木屋的入住率也几乎达到了百分之百。

紧接着，元旦前夕，世纪大街第二期项目也准备就绪，这其中包括了田螺坑农林科技股份有限公司运营的民俗文化市场的首次开放。民俗文化市场包括民俗美食文化、服饰文化、建筑文化、节庆文化、风情文化……简单地说，就是融合了物质文化和非物质文化。这些文化的展示体验和产品销售，给游客带来耳目一新的感受。

文化是景区的灵魂，植入文化的景区可以吸引更多喜爱文化、关注文化、传承文化人士的追捧。

这其中有一个最大的亮点：非物质文化遗产传习。汀柳县的非物质文化遗产有国家级的"客家十番音乐""唢呐艺术（长汀公嬷吹）""客家元宵节庆"，有省级的"刻纸龙灯""客家酿酒技艺""九连环"等。重点"非遗"保护项目更多，有民间音乐《长锣鼓》《小金筒演奏技巧》、民间手工艺制作《玻璃子灯》、民间舞蹈《手龙》《踩马灯》《踩船灯》《走马灯》、民间手工艺制作客家美食"麒麟脱胎""河田鸡"……这些文化在兰田村都有传承人。

这个古老的村落，把千年流传下来的历史文化和民俗文化融合在一段小小的街市里，把传承人集中起来，按照项目化运作，为供需双方搭建了一个很好的平台，既可以学习，又可以交流，还可以研究，为文化传承和发展搭台唱戏。新时代赋予了"非遗"新的使命,让它在保护中传承、在传承中发展、在发展中不断焕发出新的生机和活力。

世纪大街第二期项目开市这一天,温泉水写了一幅《一片素心如幽兰》的书法作品送给廖海峰,另附一行小字:无私无我天地宽。廖海峰接过这幅字画,内心充满了感动,正是老爷子一次又一次的鞭策,让自己少了贪心,多了恒心,有了爱心。现在看到这么多村民纷纷返乡,这么多原本贫穷的乡亲们在兰花小镇和世纪大街找到了致富的路子,过上了好日子,他的心里无比欣慰。他把这幅书法作品挂在公司在世纪大街的办公室里,好时时警醒自己、照亮他人。

廖海峰的一对儿女廖怡兰和廖怡松也都来了,他们为兰田村的巨大变化感到骄傲。走在大街上,他们自豪地说,我们兰田村可美了!他们蹦蹦跳跳地走进各家体验馆,对各项"非遗"产品和项目非常感兴趣,什么都好奇,什么都想学……身体里完全流淌着兰田村的血脉。

杨宇辰和董文娟特地过来祝贺。他们带来鸳鸯谷公司新加工的中药保健茶饮,请温老爷子、廖海峰和公司同人品尝。

廖金华和阙汉民来到廖海峰的办公室,共同祝贺世纪大街二期项目正式开业。廖金华感慨地说,海峰兄弟,在你回来的时候,谁都不敢想象会有今天。我有几个好消息要告诉你:一是我们村已经整村脱贫。根据县脱贫办的统计数据,我们村不光整村脱贫,村财收入还突破了百万元,村民人均年收入达到全县上游水平。这些指标是和县城的社区排在一起的,如果在乡镇的行政村来看,应该算是名列前茅。二是根据入户摸排和村民登记,兰田小学将在年后开学时提前完成招生指标,恢复完全小学。李校长已经到县教育局提出申请,并获得了批准。三是兰田村卫生室提升为白石镇卫生院兰田分院，以满足我们村和旅游景区卫生保健的需求。这三个好消息都是关乎民生啊！说实话，在我担任村支书那天，这些都还是画在墙上的大饼，以为是遥不可及的梦想，如今却一一实现了。

说话间，林书记带着镇领导班子进来祝贺。他说，兰田村的一点一滴变化都牵动着许多人的心，刚刚市长发来贺信，祝贺世纪大街二期项目开放暨"民俗文化市场"开市。贺信中说，这又是一项全市的创举，要好好宣传推广。另外，县委书记和县长也分别打来电话表示祝贺。县长说，兰田村一步先步步先，是全县乡村振兴建设的典范，要把兰田经验好好总结一下，向全县进一步推广。

林书记对廖海峰和廖金华在兰田村巨大变迁中发挥的积极作用，给予高度赞扬。他说自己已经接到文件，不日要到县上担任县委常委，分管全县的乡村振兴建设，希望继续得到大家的支持。

大家纷纷对林书记高升表示祝贺，廖金华表达了兰田村三千多位村民的谢忱。廖海峰说，我不会奉承人，根据这几年跟镇上的合作，我认为林书记是难得的好书记，一心为民，求真务实，办事雷厉风行，兰田村能够发展得这么好，白石镇能够发生这么大的变化，老百姓铭记在心。希望林书记在新的工作岗位上继续关心白石镇，关心兰田村，关心田螺坑兰花小镇，关心这里的产业振兴。

林书记说，我素来坦坦荡荡，今天破一次例，请廖总送一盆兰花给我，我好放在新的办公室里，时时警醒自己，就像墙上挂的这幅墨宝写的那样：一片素心如幽兰，无私无我天地宽。

林书记亲自选了一盆长势旺盛、价值百元的汀柳素，心满意足地端在手上。他招呼镇领导班子，与温泉水、廖海峰、廖金华、阙汉民、杨宇辰、董文娟他们在那幅苍劲有力的书法作品前合影留念。

　　廖怡兰和廖怡松匆匆跑来，站在廖海峰身边，开心地摆出各种造型。不少记者和游客记录下了这历史性的瞬间。

尾 声

春夏之交的一天夜里,兰田村又经历了一场罕见的强对流天气,就像多年前那个可怕的早晨。一时间雷电交加,暴雨如注。田螺坑兰花小镇和世纪大街被笼罩在狂风暴雨之中。廖海峰坐在总监控室,看到各处景点一切正常。他欣慰地笑了,喃喃自语:绿水青山回来了,我们这一代人、我们的子孙后代有福了!

廖海峰的脑海里随即闪现出畲心村鸳鸯谷的情景,那里刚刚进行大规模开发,虽说各处都砌了护坡,做了加固,可是能经受得住这场罕见的暴雨袭击吗?那里如今是否山崩地裂、浊浪滔天、泥石翻滚?他心里默默地祈祷:但愿,鸳鸯谷能够平安无事;但愿,那儿也能成为另一个田螺坑!

想到这儿,他给杨宇辰打了个电话……

后记：花未全开月半圆

对于写作者而言，每一部作品都会或多或少留下些遗憾。作为读者，我们每看一部小说都会思考：这部作品有多少吸引人的地方？写出情节的跌宕起伏了吗？写出人物的鲜活了吗？写出人性的复杂了吗？这部作品具有多少可读性、文学性、思想性和时代性？而且，一千个读者对同一部作品就会有一千种解读、一千种评价。这些评价有些相近，有些相反，总归是众口难调。

在多年采访的过程中，我认识了返乡创业的重点大学毕业生曾先生。他在中关村有自己的产业，因为在欧美等国家出差的时候，看到一座座静谧辽远的庄园，突然觉得自己真正想要的其实是这些，而不是那种匆匆忙忙上下班、紧紧张张过日子的生活，所以他毅然卖掉了别人梦寐以求的都市房产，回到家乡种草、种稻、种药材，养鸡、养鱼、养花鸟，通过互联网把有机绿色食材和漂亮的花鸟送到千家万户，并逐渐实现了自己的庄园梦想。但是，当孩子的学业受到影响时，当父母生病需要好的医疗资源时，他又能感觉到乡村的不足和无助。我问他后悔了没，他笑笑说，不后悔，因为人生总会留下些遗憾的。

我还采访了一位种兰花的专业户廖大伯，他原先只是在庭院里面养了些兰花，加上田里的收入，培养了两个孩子大学毕业。孩子们工作成家后，夫妻两人优哉游哉，小日子过得挺惬意的。一天，县林业局局长找到他，让他成立专业合作社，把兰花种到山上，带动更多的人致富。他一开始也是不愿意的，因为人这一辈子干吗要这么累呢？可是林业局局长和镇村干部都来做他的工作，还带来了政策和资金的扶持。终于，他鼓起勇气成立了兰花专业合作社，并且在林下大面积种植兰花。没几年工夫，他就带动了周边六个乡镇两百多户农户种植兰花，也确实有不少家庭致富了。可是这样一来，他的时间不自由了，还经常要为兰农解决兰花的技术问题和销售问题，整天忙得团团转。我问他后悔吗？他憨厚地一笑，摇了摇头说，如果不考虑自己累不累，看到那么多人真的在自己的带动下赚了一些钱，还是值了。

另外，因为天灾，一位受访农户苦心经营的百亩兰花园被大水冲毁了。大水退后，他看着满目疮痍的兰花园欲哭无泪。我和一些文友去慰问他。喝茶的时候，我问他还干吗。他说干呀，干吗不干？给我十年，我一定要把原来的产业打拼回来。

……

反过来看这部作品，我试图让故事更加引人入胜一些，让人物形象更加立体、丰满一些，多一些留白、多一些思考的空间。但是要做到这些，显然是件不容易的事情。正如"花未全开月半圆"也是一种美，那就留下些遗憾，在以后的创作中慢慢弥补吧！